JN306801

新装版

動く家の殺人

歌野晶午

講談社

新装版刊行にあたって

『動く家の殺人』は、『長い家の殺人』でデビューしたシリーズ探偵、信濃譲二を退場させるために書いた作品である。

彼の反社会的すぎる言動に対してさる筋から注文がつき、そのたびに台詞を削るなどして対処してきたのだが、なんだか口輪をはめられた犬のように見えてきて忍びなく、ならばいっそこの手で「殺して」しまおうと決意した。

といっても、シリーズを終わらせるつもりはなかった。実際、『動く家の殺人』を出したあとも、信濃譲二が過去にかかわった事件を短編で書きつなぎ、それらはのちに『放浪探偵と七つの殺人』として一冊にまとめられた。各短編には、『長い家の殺人』や『動く家の殺人』とのつながりが見える記述も散見され、自分自身、楽しんで書いていたことがわかる。彼のドイツ放浪時代、さらに遡り、高校、中学時代の探偵談も書いてやろうかと、そんなこともぼんやり考えていた。

しかしその一方で、もやもやした思いを抱えていた。

本格ミステリーと（名）探偵は不可分の関係にあると、無条件に信じてきた。本格ミステリーとは、探偵が関係者を前に、「さて」と謎解きを行なう種類の小説であり、そういう探偵が登場しなければ、それは本格ミステリーではない――。

そう信じていたからこそ、本格ミステリーを書こうと決めた時、トリックやストーリーよりも先に、探偵役のキャラクターをあれこれ考えた。そうして生まれたのが信濃譲二なのである。

しかし実作の経験を重ねるにつれ、自分の中に別の見方が生まれていた。本格ミステリーはかならずしも探偵を必要としない。むしろ、探偵を使わないことでしか描けない本格ミステリーもある。探偵――とくにシリーズ探偵を使うことを前提に物語を構築すると、ジャンルの可能性を狭めることにもなりかねない。

年に三作、四作と書けるのなら、何の問題もなかった。信濃譲二による探偵小説と、そうでないものを、並行して書いていけばよい。しかし自分には量産できるだけの能力がないと、これも実作を重ねてから痛いほどわかった。

考えたすえ、信濃譲二を本当の意味で退場させることにした。探偵小説は完成されたジャンルであり、あえて自分が書くこともなかろう。自分は、本格ミステリーの未知の鉱脈を求めて試行錯誤することに注力したい。

そう強く思うようになったのは二十一世紀を迎える前後のことで、それから十年になろうかという今でも、気持ちに変わりはない。信濃譲二の探偵談を書く予定も、その意志も、まったくない。

ただ、未来に絶対はない。もし信濃譲二がゾンビのようによみがえってくることがあったら、その時は彼のことを温かく迎えてやってほしい。

先に刊行された新装版『長い家の殺人』『白い家の殺人』同様、本作品も、執筆当時の空気感をそこなわないよう、内容には手を加えていないことをお断わりしておく。

二〇〇九年八月

歌野晶午

目次

動く家の殺人

マスターストローク特別公演

神様はアーティストがお好き

dedicated to Kiyomi Izawa

作　滝川陽輔
演出　風間彰

●配役

映画監督・ネッチコック　斎木雅人
音楽家・ニャンコフスキー　滝川陽輔
画家・ゴッホン　住吉和郎
作家・ソーセーキ　住吉和郎（二役）
メイド・しのぶ　毛利恭子
株式会社シャーロック・ホームズ一号店
店長・オーギュスト明智　風間彰
助手・ワトソン二〇四号　松岡みさと

●スタッフ

舞台監督　榊新一
美術監督　Keisuke 柴田
照明　庄司久志
音響　元木はじめ & his friends
機械　中添幸太郎
制作　信濃譲二

Special thanks to Yasunori Izawa

本日は御来場いただきまして、まことにありがとうございました。次回の公演からの参考にさせていただきたく、裏面にアンケートを用意しました。感想、お気づきの点と合わせ、ぜひ御記入くださるようお願いいたします。なお、次回公演のご案内をいたしたいと思いますので、御住所、お名前もお忘れなくお書き添えください。

★劇団員募集★　マスターストロークでは、役者、スタッフともに広く募集しています。初心者も大歓迎です。お気軽に、下記宛までご連絡してください。〒175 板橋区赤塚1-×-203　風間彰　☎975-03××

プロローグ

結論からいおう。

信濃《しなの》譲二《じょうじ》は殺された。

六月十五日のことだ。死因は、頭部強打による脳挫傷。

市之瀬《いちのせ》徹《とおる》の六月十六日はいつものように始まった。

歯ブラシをくわえながら新聞を取り込み、まずはテレビ欄とスポーツ面に目を通す。うがいをすませると、もう一度床に潜り込み、今度は一面から流していく。

政治家の放言に立腹し、ペナントレースの行方に一喜一憂する。が、居住まいを正して読み返したくなるほどの話題が提供されることはほとんどないといっていい。紙面に載るのはいつも、自分と間接的な次元で起きていることばかりなのだ。だから感情が動かされるといっても、その程度は知れている。

いつもと違うことが起きたのは、社会面を読み終え、さて学校に行くか、と新聞を畳みかけている時だった。「信濃譲二」という活字が視界の片隅をよぎったのだ。

読み進むうちに徹は、知らず布団を撥《は》ねのけていた。

網膜に映る断片的な単語。思考能力を失いながらも、何が起きたかは理解できた。だが二十行ほどの短い記事を何度読んだところで、信濃が死んだという最低限の事実以外には何も出てこない。

ショックだった。しかし不思議と悲しみは湧いてこなかった。新聞というフィルターを通すと、どんなに身近な出来事も非現実のものとなってしまうのだろうか。いや、これは夢だ。じきに目覚まし時計が朝のリズムを刻み、いつもの一日が始まるのだ。

金切り声をあげて路地を入ってくるチリ紙交換車。窓の隙間からは、雨に打たれはじめたアスファルトの匂い。向かいのアパートでは、うらめしげな顔をした主婦が干しかけた洗濯物を取り込んでいる。

すでに夢は現実になっていた。

徹はただぼんやりと布団に座り続けた。一方的なさよならを告げてきた記事をなぞる指先が、うっすらと黒ずんでいく。

顔を赤らめ、大声でまくしたてる信濃の姿が、脳裏に浮かんでは消える。

ああ、これはふた月前、新宿のビアホールでの信濃だ。不愉快な最後になってしまったな。

過去と現在を彷徨《さまよ》いながら、市之瀬徹は信濃譲二の残像を求めて部屋を出た。


信濃譲二、二十九歳。市之瀬徹にとっては十年来の友人だった。

金になる仕事をするのは気が向いた時だけ。それも、ドイツ語の翻訳、レコーディングのＡＤなどの頭脳労働をしたかと思えば、道路工事、トラックの運転などで肉体をいじめる、といった具合で、職種に一貫性がない。そして労働意欲のない時には、電話も引いていない奥多摩の一軒家に何日もこもりきり、一日中音楽にひたったり、マリファナを慈《いつく》しんだり。恰好よくいえば世間に束縛されない自由人、裏を返せば単なる遊び人だ。

彼の趣味は非常に多彩だが、なかでも難事件の謎解きほど心ときめくものはないらしい。徹の周りに起きた二、三の殺人事件も、信濃のおかげで真相が明らかにされた。徹の知らないところでも多くの事件にかかわっているらしく、その解決談についても、気が向くと、関係者に迷惑がかからない程度のことを聞かせてくれる。

四月十三日もそうだった。

三つの尖塔《せんとう》を持ったゴシック建築の城。買い取ってホテルにした日本人。新月の晩、錆《さ》びた音色を響かせる鐘。静寂を破る悲鳴。

かつてドイツで体験した怪事件について、黒ビールに酔いながら延々と喋り続けた。くしゃみと鼻水のおまけつきだ。なんでも症状は春先から続いていて、この日病院に行くと、案の定花粉症と診断されたという。

ふつう花粉症になると、思考能力が低下して気力も失せるという。ところが信濃ときたら、「頭がぼーっとして、トリップしているようだ」とにこにこ顔で、いつにもまして元気いっぱい、徹が本題を切り出そうにも、させてくれなかった。

「あさってからしばらく、インドに行くから」

徹がやっと喋る機会を得たのは、飲みはじめて三時間もあとのことだった。しかしその目的が、教授の調査の手伝いであるということをいう前に、

「おみやげはハシシがいい」

信濃は目を輝かせ、髭《ひげ》をぴくつかせた。

「ハシシ?」

「大麻の樹脂だ。これよりも数倍、効《き》きがいい」

とブリキのシガレットケースを叩いてみせた。その中には、自家栽培のマリファナを紙巻きにしたものが詰まっている。煙草は肉体を殺す、マリファナは精神を生かす、というのが信濃の持論だった。しかし徹は、ごく一般の常識人だ。

「俺、捕まりたくないよ」

「大量に持ち込もうとするから捕まるんだ。ちょこっとだったら解りゃあしない。税関を抜ける時には、俺はまじめな学生ですという顔をして胸を張るんだ。おどおどしてると疑われる」

「でも……」

「ふん。おまえはどうも気が弱い。スリルのない人生がそんなに楽しいか」

信濃は急に不機嫌になり、伝票を摑《つか》むと、さっさと席を立った。まじめなことをしているのにどうして怒られなければならないのか、と徹も不愉快になる。輪をかけて不愉快なことが起きた。

「八千六百五十円になります」

レジを打ったウエイトレスがコロコロとした声でいうや、信濃はバッグから財布を取り出すのをやめ、レシートをひったくった。打ち出された明細をいちいちチェックすると、

「これはおかしい。高すぎる」

「お客様、今月から消費税が導入されまして、当店でも消費税分を価格に転嫁することによって徴収させていただくことになりました。申しわけございません」

「そんなことは解ってる。俺がいってるのは計算方法だ」

信濃はウエイトレスにレシートを差し出し、くだくだと文句をたれはじめた。

先月は八百五十円だったジャーマンポテトが九百円になっている。消費税分を転嫁しただけなら、八百七十六円のはずだ。差額の二十四円はどこに行った。ビールの値段が据え置かれているのもおかしい。税制改革によってビールの値段は下がったのだ。

真っ赤な顔の信濃は、唾《つば》を飛ばし、バッグをほっぽり出し、身振り手振りを交えてまくしたてた。泣き顔のウエイトレスに代わって黒服の店長が出てきても、いっこうにやめようとしない。

こういった場合、信濃を諭《さと》しても無駄である。へたをすると火に油を注ぐことになりかねない。

「どうもすみません。すぐに終わりますから」

徹はバッグを拾いながら、レジの順番待ちの列に向かって頭を下げた。いつもそうだ。信濃の尻ぬぐいには慣れている。ところがペンケースをよこしてくれた若者に、「あんまりしつこくやると、その筋の者と間違われますよ」と忠告され、これはまずいと蒼《あお》くなった。

「一円、五円という端数が出ましたら、お客様もなにかと御不便かと思いまして、きりのいい値段にさせていただきました」

「不便じゃないよ、俺は」

と信濃がいったところで、徹は自分の財布から素速く札を抜き取ると、信濃を押しのけてレジの前に立った。そして、はっと気づいた。

信濃は金に困っているのではないか。かといって徹に面と向かって貸してくれというのはプライドが許さないから、ひと芝居打った。レジでしつこく口論を展開した裏には、見かねた徹がその場を収めるために全額支払うだろうという算段があったに違いない。まったく困った男だ。

店を出ると、信濃はマリファナ・シガレットに火を点け、駅へと向かった。彼には、法を犯しているという気持ちなどこれっぽっちもなく、人目をはばからずに堂々と喫《す》う。

先ほどのことによほど腹を立てていたのか、東口の交番の前でこれみよがしに火を消した。悠々と立ち去る信濃の横で、徹は冷や汗をかきながら証拠物件を回収するのだった。

マリファナを喫い終えると、信濃はふたたびまくしたてた。

西ドイツで付加価値税が導入されたのは一九六八年。当初の税率は十パーセントだったが、現在では十四パーセント。自分は付加価値税には賛成だが、税率がなしくずしにあがっていくのが恐ろしい。

こうなるともう、勝手にしてくれ、である。

信濃の家は遠いから、自分のアパートに泊めてやろうと思っていたのだが、すっかりその気をなくしてしまった。

徹は阿佐ケ谷で降り、信濃を乗せたオレンジ色の電車は、霞《かすみ》に溶け込むようにして西へと消えていった。

市之瀬徹はその翌々日から六月のはじめまでインドに滞在し、帰国後も信濃と会っていない。

口先だけでもいいから、ハシシを持ち帰るといっておけば、もっと愉快な最後となったかもしれない。そう思うと後悔してしまう。

音沙汰のなかった二ヵ月。この間の出来事が、彼の死と関係しているのだろうか。
信濃のことだ、もしかするとなんらかの事件に首を突っ込んでいたのかもしれない。
それが災いし、命を落とすはめになった？
事件を担当する刑事と会ったけれど、これといった情報は得られずじまい。
誰に話を訊けばいいのだろう。
信濃譲二はもういない。
残された手がかりは一つだけ。
マスターストロークの風間彰《かざまあきら》。

第一幕　犯罪劇

1

俺が部屋のドアを開けたのは、殺人が起きる三分前だった。

部屋の中央には一人の男が立っていた。汚らしい男だ。

ブラシを買ってやりたくなるようなボサボサの髪。まばらに生えている不精髭《ぶしょうひげ》。青黒い顔にこけた頬。染《し》みだらけの白衣。

しかし眼光だけは鋭かった。一点を凝視し、前方に伸ばした右手を動かす。止めて、また凝視。時折、胸のあたりで上に向けた左の掌《てのひら》の上に右手を持ってきては、こねるようなしぐさをする。

油絵に取り組んでいる画家。それが俺の判断だった。

唸《うな》ったり、わめいたり、音程の狂った鼻歌を奏でたり。彼は孤独な作業をにぎやかに続けていた。

突然、彼の背後に人影が現われた。ヨットパーカのフードで顔をすっぽりと覆《おお》っているその者は、抜き足差し足で画家に忍び寄っていった。

キャンバスに神経を集中させている画家はまったく気づく様子がない。かたわらのテーブルから小ぶりのパイプを取りあげる時も、前を向いたままだ。作業が順調にいっているのだろう。顎《あご》をなでながら、うまそうに二度三度くゆらす。

ヨットパーカの人物は、画家の背後五十センチでいったん立ち止まった。音をたてずに深く息を吸い込み、大きく吐き出す。俺の位置からでははっきりと見えないが、目を閉じて覚悟を固めている様子だった。

決断はすぐについた。後方に回っていた怪人物の右手が、頭上高く差しあげられたのだ。鈍い光。登山ナイフか？

ひと呼吸おいた後、左手を素早く画家の首に回し、体を密着させた。

画家の体はびくっと反応した。床を転がるパイプ。しかし振り返ることはできなかった。怪人物の右手が振り降ろされたのだ。

「ギャーッ！」

胸を押さえて前かがみになる画家。一歩退く犯人。

うめきながら体をよじった画家の右手に渾身《こんしん》の力がこもった。ヨットパーカのフードがはぎ取られた。

「お、おまえは……」

こぼれ落ちんばかりに見開かれた画家の瞳が、意外な犯人を物語っていた。だが俺にとっては見知らぬ者でしかない。

「おやすみなさい」

犯人はフードを被《かぶ》り直すと、右手のナイフで十字を切った。そして身を翻《ひるがえ》し、俺の逆方向へと走り去っていく。

つっぷしてうめき続ける画家。左手は胸、右手は宙を摑む。

やがて、画家の動きが止まった。

2

「あー、そんなんじゃダメ！　もっと体全体で苦しんで！」

パイプ椅子で腕組していた男が勢いよく立ちあがった。鼻先までかかった髪を掻《か》きあげながら死体に近づいていく。

うつ伏せで倒れていた画家の死体はむくむくと動き出し、片膝を立てて座った。

「カズの演技じゃあちっとも痛くないんだよ。ほら、しびれが切れた足を思いっきり蹴られたことないかな？　あれって死にそうに痛いだろう？」

「あるある。心臓止まりそう、おしっこちびりそう」

ヨットパーカの人物が、熊手のように曲げた十本の指で宙を掻きむしった。長髪は指を鳴らし、

「それだよ、それ。あの感覚を思い出して。もっとおおげさにやってほしいんだよな」

「俺、しびれた足を蹴られたことねえからな」

「だからカズには、いつもちょい役しか回ってこないんだよ。イマジネーションででいないと」

一人がからかった。

「あー、そんないい方はねえだろう。人が足りないっていうから手伝いにきたのによお。風間さん、何とかいってよ」

カズと呼ばれた男が下唇を突き出した。

「甘えるな」

頭ひとつ抜け出た男がいった。一瞬、沈黙。次に聞こえた舌打ちは、カズのものだ

ろう。

「まあまあ。とにかくこういう感じでやってみてよ」

風間は長髪を振り乱しながら前のめりに倒れ込み、

「ううっ、もう、だ、め、だ。でも犯人の手がかりだけは遺《のこ》さなきゃ。そうだ、キャンバスにメッセージを記《しる》そう。最後の力をふり絞って……。ガクッ」

棒でつっつかれた芋虫《いもむし》のようにのたうちまわった。不自由そうに右半身を起こし、震える右手を宙に大きく這《は》わせ、「ガクッ」の言葉とともに床を嘗《な》めた。

うまいもんだ。俺は感心のあまり、思わず拍手してしまった。

と、いっせいに俺に視線が集まった。断末魔《だんまつま》の演技指導をしていた風間も弾かれるように起きあがった。次に彼らは、お互いに顔を見合わせた。

「おはようございます」

快活に挨拶しても、彼らは相変わらず胡散《うさん》臭そうな目を向けてくる。

「スタッフ募集の件で連絡した信濃です」

内心むっとする俺だったが、あくまでもにこやかにいった。するとどうだ、風間は掌を返したように目尻に皺《しわ》を作り、

「ああ、ゆうべ電話くれた。どうぞどうぞ」

トレーナーをはたきながら、「頭から繰り返して」と残りの連中に声をかける。

「ここ、解りにくかったでしょう？　バス停から遠いし、道が込み入ってるし。あ、僕が風間です」

ジーンズのポケットから名刺を取り出す。折れ曲がった角を伸ばして俺によこしてきた。


演劇集団・マスターストローク　代表　風間彰

「制作やったことがあるっていってましたよね、信濃さん？」

風間は、よれよれのハイライトに百円ライターで火を点けた。彼のトレーナーは、今しがたどこをはたいたのかと思われるほど美しかった。

「須貝《すがい》さんのところ、ガメラさんのところ……、全部で五、六回かな」

「ガメラ……、『コミック９０９』の大沢さん？　へー、あんなところで」

風間は感心したらしい。しきりにうなずいていた。そのたびにフケの浮いた髪が俺の鼻先をかすめた。肩まで髪を伸ばすなら、せめて手入れだけは毎日してほしいものだ。これでは、高い鼻筋も、くっきりした顔の輪郭もだいなしである。

「マイナーだった時のことですよ。それにほんの手伝い程度だったし。ちょっと失礼」

俺は、いいながらポケットティッシュを使う。

「でも、経験あるなら話は早い。早速だけど仕事してもらいたいんだ」

「すぐ？」

「見ての通り公演前なんだ。前回まで制作やってたやつがちょっとね……。つてはいくつかあるんだけど、みんなスケジュールが合わなくて。いやあ信濃さん、助かったよ」

風間は必要以上の大声を出し、俺の肩をポンポン叩いた。練習を続けている連中の中にも、風間の言葉にうなずいている者がいる。

どこも事情は同じだな。俺は口元を押さえて小さく笑った。

俺が、マスターストロークという小さな劇団で制作スタッフを募集していることを知ったのは、Ｐというイベント情報誌の欄外記事からだった。

――スタッフ募集。初心者大歓迎。経験者と一緒に楽しくやりましょう。稽古場《けいこば》に遊びにきてください――

今まで制作をやっていた者が逃げ出したから、あわてて八方手をつくしているのだろう、と記事を見るなり俺は推測したが、まさにその通りだった。

芝居の制作といえば聞こえはいいが、要は雑用係である。練習場の確保、チケットやポスターの手配、会計管理、買い出し、その他もろもろの使いっ走り。人前で目立つことが役者の仕事なら、制作のそれは公演を舞台の下から支えること。どんなにうまく仕事をこなしたところで華《はな》はない。

それでも見返りがあるのなら制作志望の者も少なくないのだろうが、セミ・プロ級の小劇団の報酬など高《たか》が知れている。「お疲れ」の一言で片づけられてしまうことだってしばしばだ。

劇団員はおいしい言葉を並べ、それでもだめなら泣きを入れ、顔見知りの者をくどき落とそうとする。頼まれた者は、あれこれ理由をつけて断わろうとする。骨身を削って制作をするはめになるのは、実状を知らない素人か、断わりきれなかったお人好しと相場は決まっている。

だから俺のように自ら飛び込んでくる者は、役者連中の目にはカモとして映っているのかもしれない。

「最悪の場合は僕たちがやる覚悟だったけど、役者が制作を兼任するとパニックになりますからねえ。信濃さんのような経験豊富な方が来てくれてよかったなあ、ホント」

風間は解りきったことをくどくど喋り続ける。カモに逃げられまいと必死なのだ。

だがその心配は無用だ。

　俺は自ら志願してここに来たのだ。お人好しでもなければ、トウシロでもない。俺は制作の仕事がやりたくて飛び込んできたのだ。何故って？　好きだからさ。こんな愉快な仕事がどこにある。

「で、公演はいつなんです？」

　風間の能書《のうがき》にあくびが出はじめた俺は、膝の荷物を開けながら尋ねた。

「五月二十四日から」

「今日は四月の十五日でしたよね」

「そう。うん？　それ何？」

　風間は俺の膝の上に首を伸ばしてきた。

「ノートワープロ。手帳の代わりに使ってるんですよ」

　そっけなく答え、五月二十四日の記入欄に文字を打ち込む。

「信濃君って金持ちなんだな」

「金持ち？　冗談じゃない。でも必要なものには金を惜しまない主義でしてね。風間さんだってそういう部分は持ってるはずですよ」

「僕も？」

「そう。どうしても観たい芝居なら、給料前の一万円も惜しくないでしょう。違います？」

「……、まあそうだな。しかし芝居とワープロでは値段が違う」

風間の言葉はステロタイプだった。座長ではあるが、たいした人間ではないらしい。俺は、ここぞとばかりにもうひと押しする。

「ものごとの価値は金銭の大小で決まるものではありませんよ。一カラットのダイヤモンドを目の前にして狂喜する公団住宅の御婦人がいるかと思えば、見向きもしないアラブの石油王もいる。工事現場から発見された化石に嬉々とする学者がいる一方には、工事が中断となって苦虫を潰している関係者もいる。ダイヤと化石、どちらの価値が上ですか？　そんなものです。

目を閉じて思い出してください。台詞《せりふ》の一字一句、脇役の指先の動き一つまで心に焼きついている芝居があるでしょう？」

「あ、ああ……」

「その感動より、このワープロの方が価値あるものですか？」

「…………」

「それにワープロなんて安いものですよ。風間さんは一年間に芝居を何本観ます？

映画は？　ビデオは？　その経費を考えてごらんなさい。ワープロが何台買えます？」

風間は目をぱちぱちさせて唸る。煙草の灰が伸びているのにも気づかない。圧倒できた俺は満足だった。俺は、常に優位に立っていなければならない人間なのだ。

「これって、文書を作るだけでなく、スケジュールや金銭の管理もしてくれるから、慣れればすごく役立ちますよ」

俺は忙しくキーを叩いた。

「ふーん。そりゃあ便利だな」

風間はノートワープロに興味を惹《ひ》かれたらしい。俺の横に座り直し、許可も得ずにワープロのボディーを触り出した。

「電卓と首っぴきでやるよりは、はるかに楽ちんですよ。他にも、名簿をインプットしておけば、ダイレクトメールの宛名書きの時間も節約できる。使ってみます？　ここになら何を打っても構いませんから」

俺は空いたページを呼び出し、ワープロを渡してやった。

「初日が五月二十四日ということは、あとひと月半もないのか」

「あ？　そうそう。いつもはもっと余裕を持ってやってるんだけど、今回はちょっとごたごたしちゃって」

キーを叩くのに執心していた風間から答が返ってくるまで、ワンテンポの遅れがあった。

「嘘ばっかり」

練習の輪の中から笑い声がした。「黙ってろ」といった調子で手を振り降ろす風間。

「まあ、だいじょうぶでしょう。三週間で間に合わせたこともある」

俺は自信をもって答えた。

「へえー、なかなかやり手だね」

「今のところの進行状況は？　チケットやポスターの発注は？　稽古場は？」

「それが急なことで……。まだ全然なんだ。稽古場を少し押さえてある程度で」

風間はばつの悪そうな顔をした。

「いつものこと」

ヨットパーカが笑いをよこした。

「打ち合わせなら飲みながらにしようよ。もうすぐ時間だし、次のシーンはできないし。本、書き直している最中でしょう」

画家役の男がいった。「本」というのは台本のことである。台本が完成しないうちから練習をはじめることは往々にしてある。

「そうだな。じゃ、今日はこれであがろうか」

風間はようやくワープロを手放した。それぞれに着替えたり、椅子や机を並べたりしはじめる。俺は、丸めたティッシュの山をごみ箱に放り、部屋の隅に移動する。

「お先」

瘦身長軀《そうしんちょうく》の男が背中を向けてドアを開けた。練習中のほとんどを鹿爪《しかつめ》らしい顔ですごしていたやつだ。

「おい、タキ。どこに行く？」

風間がいった。

「帰る」

「待てよ。信濃君が入ってきた歓迎会も兼ねてるんだから、ちょっとは顔を出せよ」

「本を仕あげなきゃならん」

これみよがしに大声でいい、消えるタキ。追う風間。俺は、開けっぱなしのドアをぽかんと見つめたが、他の連中は涼しい顔をして作業を続けている。

次の瞬間、俺の頰はひんやりとした感触に驚いた。

「動かないで」

と女の声。

感触が消えると、エメラルドグリーンの服を着た女が俺の前に回り込んできた。鼻先に白いものを突きつけてくる。例の登山ナイフだ。女のうす笑い。

「えいっ！」

俺の左胸にナイフが刺さる。

「ううっ、やられた……」

椅子を倒し、両膝を突き、床を掻《か》きむしる。あとは、風間がやってみせたことを反《はん》芻《すう》した。

耳元で女がささやいた。

「あなたもなかなかやるじゃない。役者の素質ありよ」

俺は起きあがると、彼女の手からナイフを奪った。

「こいつはよくできている」

刃先を手首に押し当てる。刃が柄の中に引っ込んでいく。柄を手首から離す。徐々に刃が姿を現わす。柄の中にスプリングが入っているらしいが、形といい重さといい、本物の登山ナイフそのものだった。

「私、毛利恭子《もうりきょうこ》。よろしくね」

香水のきつい女だった。だがニナ・リッチは嫌いじゃない。

3

俺の歓迎会が行なわれたのは、目黒駅前の居酒屋だった。

予算は一人千五百円。飲む前に全員から徴収し、店に預けてしまう。今日は七人だから合計一万五百円。この額に達したらお開き、完全前金制の飲み直しなしだ。

ずいぶんセコイ飲み方ではあるが、芝居にかかわっている連中はみんなピーピーで、それでも酒を飲みたいとなると、この方法がベストなのだ。マスターストロークではいつも千円均一でやっているらしいから、今日は俺のためにふんぱつしてくれたわけだ。感謝、感謝。

「はーい、自己紹介」

ひと通りの打ち合わせを終えると風間が手を叩いた。俺たち二人をさしおいて盛りあがっていた連中の口が休まる。

「タキからいこうか」

最初に指名されたのは、練習が終わるなり帰り出した男である。人のいい風間が俺

のためを思い、連れ戻してきたのだ。ところがやっときたら、

「新入りが先に挨拶するのが筋だろう」

煙草をふかしながらそっぽを向いていう。先輩風をふかせる人間にロクなやつはいない。しかもだ、何をいきがっているのか、目の前には缶ピース。手を出してやりたいところだが、ここはぐっとこらえる。先はまだ長い。

「そうですね、じゃあ俺から。信濃です。よろしく」

「私、知ってるぅ」

ハスキーな声に、俺はぴくりと反応した。中指にリングをはめた手が挙がっている。

「さっき遊んだもんね」

俺にナイフを突きつけてきた毛利恭子だ。少し厚めの唇に笑みを浮かべ、ウインクをよこしてきた。

「さっき遊んだ……、ね。そういうこと」

「私のこと、恭子って呼んでいいわ。キョンキョンでもいいけど。あなたのことは何て呼べばいいの？　信濃ちゃん？　ちょっとピンとこないな。名前、何だったっけ？」

「譲二」

「あっ、それにしよう。譲二。うわぁ、ジョージって呼ぶとハーフみたい」

「よくいわれる」

「カッコつけんな。それになんだ、自己紹介するならグラサンは外せ」

またタキだ。眉根に縦皺を寄せて睨《にら》みつけてくる。

「花粉症で目がしょぼしょぼするんだよ」

文句はつけられるだろうと思ってはいたが、いい方が気にくわない。俺の返答も自然と汚くなった。が、いちおう先輩というものを立ててサングラスを外す。まん丸レンズのフラット・タイプ。ジョン・レノンが好んで使っていたあれだ。

「だから鼻をかんでばっかいるのかぁ。花粉症なんてトレンディじゃん」

キャハハハ、と恭子が笑った。おかげで少しは救われた。

「歳は？」

なんだ、こいつは!?

「だからジョージはいくつなの？」

「あ、歳ね。五九年のイノシシ」

「イキじゃんイキじゃん、そのいい方。私もそうしようっと。六三年のウサギで二十二」

「ふん。六三年生まれの二十二歳がいるかよ。来月、六になるんだろう」

タキがいった。「もう！　つまんないやつ」と恭子はそっぽを向く。

耳に半分かかる程度のショートヘアー。スプリット・レイヤーとかいうやつだ。角のない卵型の顔立ちにぴったりだ。一見無造作に垂らした前髪が上瞼《うわまぶた》にかかっている。どちらかといえば垂れ目がちだが、愛嬌があっていい。厚めの唇の右だけにできるえくぼ。ニットのサマーセーターに浮かびあがるヴォリュームのある胸。だがウエストはキュッと締まっている。

毛利恭子は、なかなか俺好みのルックスをしている。しかしどうにもなれなれしすぎるのは困りものだ。あまりお近づきにはなりたくない。

十二月で三十歳だというと、「一緒だ」という声がふた手から挙がった。

「俺、住吉和郎《すみよしかずお》。カズって呼んでねーん」

こいつは画家の役をやっていた男。練習中と違って髪にはブラシを通してある。だが、顔色の悪さとこけた頬は直しようがないらしい。にもかかわらずひょうきんとしているから、少々気味が悪い。

住吉はアルコールのいっさいがダメということで、荒れた唇をオレンジジュースで汚している。これも不似合いな光景だ。

「俺はブースカ。本名は斎木雅人《さいきまさと》。あだなの由来は……、話すまでもないか」

俺は口元をさすりながらうなずいた。下脹《しもぶく》れのでかい顔は、小さいころテレビで見た「快獣ブースカ」そっくりだ。そして俺の倍近くありそうな額の幅、七ヵ月の妊婦よりもせり出した腹、短めの顎鬚《あごひげ》も年齢を高く見せる。

斎木は、堂々とした体をしているわりにはおとなしい。何が嬉しいのか、いつもにこにこして他人の話に耳を傾けていた。そして今は、締まりのない表情で俺を見つめている。こいつも気味悪い。かんべんしてくれよ。俺にその気《け》はないぜ。

しわがれた声がした。

「雅人や、もう三十でしょう。就職もせずに芝居なんかやっていてどうします。早く田舎に帰ってきてお見合いをしなさい。母より」

「そ、それだけはかんべんを！」

声の主に向かって両手を合わせる斎木。こういうアドリブは利くわけだから、ネクラというのでもないらしい。だが、自ら積極的に話を切り出さないだけに、存在感は希薄だ。

「くだらん」

俺の横で眉をひそめているタキが、そうつぶやいたように聞こえた。

「ホントだよ。早く身を固めた方が親孝行だよ。あ、あたし、松岡《まつおか》みさと」

斎木をからかった声は一転、張りのあるソプラノで自己紹介をした。

みさとは細面《ほそおもて》で、顎がちょっぴりしゃくれている。眉は薄く、目も細い。どこにでもいるようなソバージュ・ヘアーの女だが、若さには自信があるとみえ、ルージュひとつ引いていない。二十そこそこといったところか。

それにしても、どいつもこいつも芝居がかった喋り方をしやがる。

「ジョージもフリーターなの？」

恭子は俺に、グラスを持つよう促した。気配りのないやつだ。俺は、他人から酌《しゃく》をされるのが嫌いなのだ。

「ま、似たようなもんだ」

「そうよね。じゃないと制作なんかできないわよね。私も大変。先月も客演したでしょう。ちっともバイトできなくて」

顔の半分をしかめ、恭子はそのまま俺の横に居すわった。

「あら、変な煙草。見たことないわ。これ、メンソール？」

人のシガレットケースを勝手に開けていう。「違う」と答え、おまえにはもったいないとばかりにひったくる。

「けちけちしなくていいじゃない。でもいいわ。私、メンソールしか喫わないもーん」

と恭子は、尖らせた唇にセーラムを差した。

あたりまえのように煙草を喫う女だ。これでは声がかすれても仕方ない。

さて、最後に残ったのが例の癪《しゃく》に触る男だ。

「滝川陽輔《たきがわようすけ》。よろしく」

これだけである。あとは、うつむきかげんに額をつまんでだんまりをきめこむ。風間がフォローした。

「タキは本も書いてくれている。僕とは大学の時からのつきあいでね。ちなみに、マスターストロークの正式メンバーは僕とブースカ、恭子、みさとの四人。タキとカズは助っ人できてもらっている」

「そうそう。俺は手伝ってあげてるんだよ。うるさく文句をつけられたらやめちゃうかもしれないよ。そこんとこ、よーく考えるように」

くわえ煙草の住吉が胸を張った。

「いいわよ。あんたの代役ならいくらでもいるんだから。才能なき者は去れ、よね？」

「あっ、嘘です。嘘。冷たくしないでください。さ、どうぞ」

住吉は、滝川を横目で見る恭子にビール瓶を捧げ出した。

みんな、芝居が好きなんだな、と思う。

少々むかっ腹の立つやつもいるけれど、それさえ我慢すれば居心地はよさそうだ。

4

ぶ厚いレンズの黒縁眼鏡をかけた作家。扇子《せんす》片手に、差し出された名刺を覗き込む。

「なになに。『警察庁公認　株式会社シャーロック・ホームズ一号店店長　オーギュスト明智』？　何ですか、これは？」

「名刺です。つまようじに見えますか？」

作家の周りをゆっくり歩く探偵。

「私は警察に電話したんですよ。探偵なんて呼んだ憶えはない」

「ですから私が警察官です」

「はあ？」

蝶ネクタイを引っ張っては首をかしげる音楽家。

「これは失礼。正確にいいましょう。警察に代わってやってきたのが私、オーギュスト明智です」

「ああ、なるほど。あんた、先発隊だね。あとから警察官が到着するんだ」

だぶだぶのコートをひっかけた映画監督、メガホンでポンと手を叩く。

「来るわけないでしょう。今日は土曜日ですから」

「はあ？」

「おやおや。あなた方は本当になんにも御存知ない？」

首を突き出す探偵。恐れたようにきょろきょろする作家、音楽家、映画監督。探偵は両手を広げて天を仰ぎ、

「これだから芸術家は嫌いだ。世の中の動きをなーんにも知らない。あなた、スポーツ新聞読んでます？　パ・リーグの首位はどこです？」

「と、東映フライヤーズか？」

作家、映画監督に耳打ちする。映画監督、高速で首を左右に振る。

「テレビ見てます？　『ねるとん』見てますか？　ちょぉっと、待ったぁ！」

左から右にダッシュする探偵。メイドの前で片膝を突き、両手を差し出す。

「ごめんなさい」

メイドは冷たくいい、手を引っ込めた。探偵、泣きながら走り去るポーズ。

「い、いや。ちょっと前に『シャボン玉ホリデー』を見たきり、テレビとは御無沙汰しておる」

作家がいった。

「シャ、シャボン玉……。おお、これは重症だ。では、東海村の原発が爆発したのも知らない？」

目を剝《む》く三人の芸術家。探偵は涼しい顔で続ける。

「チェルノブイリで足が十三本ある牛が生まれたのは？　日本がアメリカ第五十一番目の州になったのは？　東京タワーにスペースシャトルが墜落したのは？　上野動物園にいるツチノコは？　えーい、これならどうだ！　富士山が噴火したのは⁉」

右、中、左、中、右、と指差して探偵は尋ねるが、反応は返ってこない。

「これじゃあダメだ。ワトソン二〇四号君、説明してさしあげて」

探偵、ぜいぜいと息をして頭を抱える。ポケットから取り出した頭痛薬一瓶を流し込む。

大きなリボンを結んだワトソン、首を右四十五度に曲げてにっこり微笑み、

「盗み、火つけに、誘拐、殺し。週末だって事件は起きる。株式会社シャーロック・

ホームズは全国三百店ネット。安心、安心、大安心。御利用、御利用、はい御利用。本日の御指名、まことにありがとうございます」

「ありがとうございます」

ラップ調の節回しに、ロボットのようなカクカクした動き。探偵の合いの手も入る。

「土曜、日曜、祝日、祭日、役所はどっこもやってない。土曜、日曜、祝日、祭日、公務員休めと法律決めた。市役所、区役所、保健所、郵便局。大学教授に代議士のセンセ、裁判官に警察官。全国的にお休みよ」

「警官だって公務員。週休二日でなぜ悪い。今ごろ熱海かディズニーランド」

ここでワトソンの口調があらたまる。

「そこで、週末の犯罪捜査を代行するのが当社なのです。なお最近、警察庁未公認の探偵事務所がぼったくりをやっていますから御注意ください。ありがとうございました」

営業スマイルとおじぎ。

「お解りかな？　ちなみにワトソンというのは、当社の助手の総称でしてね。一号、二号……、とナンバリングして区別しているのです。今日連れてまいりました二〇四号は、全国一千人のワトソンの中でもずば抜けて優秀な子ですから御安心を」

パイプを振る探偵。

ワトソン、右四十五度、スマイル。

一同は目をしばたたかせてうんうんと首を振る。

「つまらない説明で時間を食ってしまいましたな。さて、みなさんにお話を伺うことにしましょう。殺された画家の方……、何というお名前でしたっけ？」

「ゴッホン」

三人の芸術家、いっせいに咳《せき》をする。

「早くいってください」

映画監督、探偵の耳にメガホンを押しつけ、

「ゴッホン」

「私をばかにしてるのかね！」

「ですからゴッホンというのが彼の名前です」

音楽家がいった。探偵、呆《ほう》けた顔をした後、

「じゃあ、あなた方のお名前は？」

「ソーセーキ」

作家はそう答えたかと思うと、メイドが捧げ持った銀の盆の上からソーセージを摑み取り、ひと口にほおばった。

「うーむ。まったりとしてこってり、しかもすっきりとした喉越《のどご》し。これは本場ドイツはミュンヘン、『ラーツケラー』のポーク百パーセント添加物いっさい使ってませんソーセージとみた！」

「魚肉ソーセージです。百と五十種類の添加物がほどよくミックスされています」

作家、足を滑らせ、背中から倒れる。

「彼女はメイドのしのぶ君。ちなみにメイド・イン・ジャパンです。……、ああ、受けない！　大音楽家ニャンコフスキーとしたことが！　スランプだぁ！」

音楽家が頭を掻きむしる。

「私はネッチコックといいます。かのヒッチコックの下で修行すること三十年。グッチが似合う女性にマッチしたリッチなタッチの映画作りに専念しております。ビッチが出てくるエッチな映画に手を染めるとニッチもサッチもいかなくなりますから──」

ねちっこく喋り続ける映画監督の口を探偵が塞《ふさ》いだ。

「揃いも揃って奇妙なお名前ですな。まともなのはメイドさんだけだ。しかしまあ、これで犯人は解りました」

一同、驚嘆の声をあげて顔を見合わす。

「この明智にとっては、ゆですぎたスパゲティよりも歯ごたえのない事件でした。現場には大きな手がかりが遺されていたのですからね」

「いったい、どんな？」

「心臓を刺されたゴッホンさんは最後の力をふり絞り、目の前のキャンバスに犯人の名前を記したのです」

「ダイイングメッセージ！」

全員が復唱。

続いて、ダイイングメッセージという言葉を織り込んだ歌と踊り。

ワトソンだけがいったんひっこみ、イーゼルごとキャンバスを運んでくる。

「お静かに！」

探偵の号令でミュージカルシーンがストップ。

聖書を題材とした絵だった。ユダヤの民を導いてエジプトを脱出するモーゼが、目の前に広がる大海をまっぷたつに裂いて道を作る、という有名なシーンである。

その中央、ちょうど海が裂けているところに「ש」という形のへこみ。ゴッホン画伯の指の跡だ。

「ゴッホン君はいつも、聖書をモチーフとした絵を描いていたんですよ」

音楽家がいった。

「それにしても見事なできばえだ。遺作にふさわしい」

作家は二本目のソーセージをくわえ、しげしげと見入る。

「感心している場合じゃないだろう！」

探偵の口調が急に荒々しくなった。そして作家の口からもぎとったソーセージを一人の男につきつけた。

「犯人はおまえだ！」

5

四月十九日の稽古場は、中野駅近くの区民センターだった。

稽古場を転々とするのが小劇団の宿命だ。民間のスタジオを借りていたのでは懐《ふところ》がいくつあっても足りないから、公民館や地域センターといった公共の施設をただ同然で借りる。

この場所取りが結構やっかいな作業で、「非営利団体に限る」とか、「使用者全員が区民であること」とか、いろいろとうるさい制限があるのだ。

どんなに赤字を抱えた貧乏劇団でも営利団体には違いなく、メンバー全員が同一区民ということもありえない。だからノーマルな方法であたったところで使用の許可はおりない。そこでみんな、ちょっとしたテクニックを使っている。大きな声ではいえないが、一種の詐欺《さぎ》だ。

悪いことだと解っていても、劇団に金がないのだから仕方ない。俺もこの数日間、詐欺師となって稽古場の確保に走り回った。

それにしても、あの滝川陽輔にコメディー・タッチの台本を書く才能があったとは驚きである。

タイトルは「神様はアーティストがお好き」。四人の芸術家が暮らす洋館で起きる連続殺人事件を探偵と助手が解決する話だ。

小指ほどの身に二度も三度も衣をつけて揚げた立ち食い蕎麦《そば》屋の海老天のように、貧弱なストーリーをギャグのオンパレードでコーティングした作品で、シリアスなのはラストの十五分ほどしかない。

しかし、実にくだらないギャグと思いながら、この俺もしっかり笑わせてもらった。悔しいが、彼のことを少しは見直さなければならないだろう。

驚かされたといえば、彼の演技もだ。間の抜けた音楽家を演じる姿からは、普段着の滝川は想像できない。底意地の悪い滝川が作りもののような錯覚さえ覚える。売れないとはいえ、さすが役者だ。

ちなみに他の配役はというと、画家と作家の二役を住吉和郎、映画監督を斎木雅人、メイドを毛利恭子。探偵とワトソンは、風間彰に松岡みさとだ。

「やあ、ごくろうさん」

窓際に腰を降ろしていた俺のところに風間が歩み寄ってきた。彼の肩越しに、あれこれ注文をつける滝川《タキ》と、考え込んでいるみさとが見える。住吉《カズ》と恭子は煙草を喫いはじめた。練習は小休止のようだった。

「これ、稽古場です。注文通りに埋めておきました。まずいところがあったらいってください。すぐに変更してきますから」

今しがたワープロから打ち出したばかりのリストを差し出した。風間は、トレーナーの袖で額を拭《ぬぐ》いながら表に見入る。すえた臭いがすると思ったら、案の定、最初に会った時と同じトレーナーを着ているじゃないか。

「サンキュー。あとでみんなに確認しておくけど、たぶんだいじょうぶだろう」

「チケットとポスターも連休前まではあがりますから」

「おお、それは助かる。信濃君は要領がいい」

風間は満足そうな笑顔で煙草をくわえた。恭子が提案したニックネームはいまひとつ定着していない。ジョージと呼ぶのは名づけ親だけだ。

「でも柴田《しばた》さんが愚痴ってたよ。こんなにせっつかれるのははじめてだって」

「やるときにはやるのが俺の主義ですからね。それに柴田さんだって、短期集中であげた方があとあと楽でしょう。他の仕事もつまってるんだろうし」

柴田というのは、風間の後輩のグラフィックデザイナーで、マスターストロークの公演の際にはいつも、ポスターのデザインから舞台美術までを手伝っている。いや、手伝わされているといった方が正しいか。ロハなのだから。

「で、印刷所の支払いなんだけど、都合つきます？　風間さんから預かった分は半金として置いてきたけど、あと半分ないことにはブツを渡してもらえませんよ」

「うーん。正直いって今はあれがせいいっぱいなんだよな。前の公演は完璧な赤字だったし……。前売りのアガリが頼りなんだよねぇ」

風間は、汗で光った髪を摑んでは離す。

「なんとか金策するけどさ、もしも間に合わなかったら、信濃君の方でどうにかしてよ」

「自腹を切れ、と」

　俺は不快感を隠さなかった。

「そこまではいってないよ。ちょっとの間だけ立て替えてもらえればいいんだ」

「でも俺だってその日暮らしなんですよ。まとまった金なんか持ち合わせていない。もちろん銀行も空っぽだ」

　と両手を開いてみせる。

「だから、そこはそこ、金を借りる方法はいろいろあるだろう……」

　風間は歯切れ悪くいい、すがるような上目づかいで俺を見た。

「まさか、サラ金？」

「他にあてがなかったら、そういうことになるのかなあ」

　すっとぼけた野郎だ。

「サラ金だけはかんべんしてよ。俺、深みにはまりたくない」

「だいじょうぶ。チケット代が入りしだい、すぐ返すようにするから」

「嫌です。どんなに貧乏してもサラ金にだけは手を出すまい、と誓っているんだからら。サラ金で金を借りるなら、俺じゃなくてもいいでしょう。風間さんが行けばいい」

俺は語気を荒げた。すると風間は、

「僕はだめなんだ。めいっぱい借りていてね……。月々の返済にも首が回らないんだよ。リーダーをやっていると、何かと負担が大きくて。解るだろう？　だから信濃君、頼むよ。この通りだ。な？」

仰々しく土下座し、汚らしい前髪の間から、ちらりと俺の顔色を窺《うかが》うじゃないか。

解った解った。負けたよ、おまえには。これも制作を引き受けた者の宿命だ。

それにしても、入ってきたばかりの者に平気な顔をして、サラ金に行ってこいだなんて、たいした度胸だぜ。滝川とは違った意味で自分勝手な男だ。

灰皿を使いに斎木《ブースカ》がやってきた。俺をしげしげ見ながら煙草をもみ消し、ジュースのボトルと一緒にみさとがいる方に去っていった。風間に押しきられた俺を哀れんでくれているのだろうか。それともやはりホモの気がある？

「風間さん、一つ訊きたいんだけど」

おぞましい想像を振り払いながらいった。

「今回の小屋は『シアターＫＩ』でしょう？　あそこって審査が厳しくて、なかなか借りられないそうじゃない。いっちゃあ悪いけど、マスターストローク・クラスの劇団が押さえられるとは思えない」

駒込のシアターKIは今年できたばかりだ。キャパシティは三百ちょっとだが、照明、音響等の設備の充実ぶりは、雑居ビルの一角にある一般の小劇場とは較べものにならず、そこそこの名実がないことには貸し出してくれないと聞く。マスターストロークには高嶺《たかね》の花としか思えないのだ。

「あ、ああ……。ちょっとしたつてがあってね」

「小屋の人と懇意だったとか？」

「……、ってところかな」

さっきまでの威勢のよさはどこへやら、風間は斜め下を向いて黙り込んでしまった。

「それはラッキーでしたね」

皮肉じゃない。俺は素直にいった。だが風間はうなずきもせずにジーンズの後ろポケットをあわただしくまさぐった。

「小腹がすいたな。何か買ってきてよ。サンドイッチとか菓子パンとか。ジュースはボトルに入ったやつね。紙コップはあるから。えーと、やっぱりウーロン茶がいいな」

汗をたっぷりと吸い込んだ革の財布から出てきた小銭全部を俺に押しつけてくる。

メロンパンは必ず買うように、という追加の一言もうつむいたままでだった。

6

その夜、やっかいな女に捕まってしまった。

稽古のあと、いつものように縄のれんをくぐった。さっさと姿を消した滝川《タキ》は抜きである。一人千円だからお開きは早い。

俺は他の五人に遅れて中野駅に着いた。小脇にワープロを抱え、不自由な手つきで財布をまさぐっていると、目の前に切符が飛んできた。俺でなくても上体をのけぞらせたはずだ。

慈善家は毛利恭子だった。他の連中はすでにいない。

俺はまっすぐ帰るつもりだった。しかし彼女は、俺のワープロを人質に、新宿駅の改札を出てしまった。

入ったのは雑居ビルの地下。ドアを開けると、官能的なテナー・サックスが耳に飛び込んできた。曲名は思い出せないが、ソニー・ロリンズのはずだ。見ると、カウンター内の壁は全面がレコードラックになっている。優に四、五千枚はありそうだった。

「ここって、ボトルが入ってたらほとんどタダみたいな値段で飲めるの。これは食べ放題だからね」

恭子は、テーブル上の広口瓶を開け、小皿にジャイアントコーンを山と盛った。

出てきたボトルは彼女の名前ではなかった。人にボトルを入れさせておいて、残りはちゃっかりちょうだいする。いかにも彼女らしい。

「タキって意外といいセンいってるよ。正直いわせてもらえば、あのデカイ態度は気に食わないけど、本も演技もなかなかできるじゃないか」

恭子が二杯目の水割りを作る段になり、ようやく俺は喋る機会を得た。

「そーぉ？」

恭子は唇を突き出した。今日はパールピンクだ。

「不満はあるよ。謎の解明が強引だ。ま、芝居だから仕方ないがね」

「彼、ミステリーなんか読まないもの」

「じゃあうまくできてる方かな」

「無神経なやつ！」

恭子は頬を歪め、顔をそむけた。形のいい唇もだいなしだ。何か悪いことでもいったか？　だがそれは、俺に対する罵《のの》りではなかった。

「人が死んじゃうのよ！　よりによってそんな本を書かなくてもいいじゃない。かわいそうよ。彼っていつもそう。他人の気持ちなんかお構いなし。自分さえよければいいのよ。だから私、嫌い！」

恭子は俺をひと睨みすると、作ったばかりの水割りを一気に飲みほした。俺には彼女の言葉の意味するところが解らなかった。そしてなんだか自分が叱られているような気分になり、心にもなく滝川を弁護するはめになった。

「題材は殺人事件だけど、タッチが軽快だからあと味は悪くないよ。心に残るのはシリアスなラストじゃなくて、ぶっ飛んだキャラクターだ。仏頂面《ぶっちょうづら》で文句ばかりつけている人間の作品とは思えない」

「でもあんなのダメね」

セーラムをはさんだ恭子の手がひらひらと揺れた。

「そうか？　どこがダメなんだ？」

「どこって具体的にはいえないけど……。確かに仲間内では一目置かれてるわ。でも彼に本物のセンスがあるなら、とっくにメジャーなところで活躍しているはずよ」

「だって彼はまだ若いだろう。先がある。いくつだ？　三十……」

「二。若いったって、もう十年以上やってるのよ。これだけやってメジャーになれないのなら、もうダメね」

「そんなもんか？」

「私、才能は年季から生まれてくるもんじゃないと思うの。才能がある十六の高校生なら、努力を重ねた五十歳の脚本家よりもすばらしい作品を書けるわ、きっと。『才能なき者は去れ！』って他人をけなすのが彼のお決まりだけど、そろそろ自分が気づくべきね」

真顔の恭子をはじめて見た。目を細め、ルージュと同色のマニキュアを塗った爪で壁の落書をなぞっている。

「そういう私もダメ。あと二、三年かな」

俺の視線に気づいたのか、恥ずかしそうに首をすくめた。

「寂しいことというなよ。おまえさんの演技は光ってる。六人の中で一番じゃないか」

「よくいうわ。ジョージの目が悪いだけよ。私はマイナーのまま、芝居とはさよならよ」

やたらとメジャーにこだわっている。世間でもてはやされることは、そんなに魅力的なのだろうか。世間をあざわらい、影のように生きている俺には、彼女の気持ちがさっぱり解らない。自分に光が当たらなくても、充分に楽しい人生を送れるじゃないか。少し考え、俺は尋ねる。

「今までにおいしい話はなかったのか？　たとえばテレビのプロデューサーから声がかかったとか」

「ありっこないじゃん」

テーブルを叩いて笑った。そんなに現実離れしたことだろうか。歌にも演技にもとりえのない者が次々と出てくるではないか。

「もしも話が舞い込んできたとしたら？」

「そりゃあチャンスがぶらさがってたなら、どんな手を使ってでも摑むわよ」

「マスターストロークを捨ててでも？」

「なあに？　そのおおげさないい方」

当然だ、と恭子の顔に書いてあった。そして声色《こわいろ》を変え、長い指で俺の袖を引っ張る。

「やめようよぉ。私、お酒飲みながら芝居の話するの好きじゃないんだ」

アパートのベランダに野良猫が住みついてしまったこと。三回も「レインマン」を観、三回とも泣いたこと。よくもまあ疲れないものだ、と感心したくなるほどぺらぺら口が動く。

俺の口は適当に相槌《あいづち》を入れた。頭は別のことを考えている。

芝居の仲間をつなげているものは、いったい何なのだろう？　同じ志を持って集まったのとは違うのか？　俺も以前は、先ほど彼女が口にしたようなことを聞くたびに不思議に思った。だが今はおぼろげながら解りはじめている。彼らには、一緒に苦労をし、グループ単位でのしあがってやろうという気持ちはさらさらないのである。

前回制作を担当した劇団はきわめて個人的な集団だった。笑顔と軽口が絶えない稽古場を一歩出ると、言葉少なに駅に向かい、それでグッバイ。練習後の飲み会はいっさいないなし。喫茶店にも行かない。公演が終わってしまうと、次の公演の練習に入るまでの何ヵ月もの間、電話ひとつしない。

この例は極端かもしれないが、芝居をやる者なら誰でも、自分の底をさらけ出さないよう努力するのだ。そして虚像を使ってかけひきをし、仲間を利用し、価値のない者とはさっさと別れる。一見のんびりしているマスターストロークだって、ひと皮剝《む》けば同じような部分がこぼれ出てくるはずだ。

「私ばっかり喋ってちゃつまんなーい。ジョージの話も聞きたいわ」

と恭子がいったところで、俺は腕時計を見た。

「あんなに喋っておいて、何がつまらないだ。さて、俺はそろそろ帰るぜ」

「もうちょっといいようよ。私がおごるから」

他人のボトルを飲んでおいて、よくもしゃあしゃあといえたものだ。

「帰る。明日はバイトの日だ」

「じゃあ私も帰る。その代わり、あなたのところに泊めて。私のうちって遠いの。帰るのがかったるくなっちゃった」

恭子は俺のワープロをしっかりと抱きしめ、テーブル越しに首を突き出してきた。

「だめだ」

「クールしちゃってぇ！　こんなにいい女が頼んでもダメ？」

「女は泊めない」

「もしかしてホモなの？　あーっ、それとも、彼女が待ってるのかなー？」

この軽いノリは何だ？　張り倒してやりたくなる。しかし俺を見つめる二つの瞳、この潤《うる》んだ輝きには弱い。

「俺の家も遠いんだ」

さほど突き放したいい方はできなかった。

「どこ？」

「奥多摩」

「ひゃーっ。ずいぶんすごいとこに住んでるのね。奥多摩って何市だっけ？」

「あのなあ、奥多摩は町。東京都西多摩郡奥多摩町」

「へー。東京に郡なんてあったの。ホントに遠いーって感じ」

「だから早くしないと電車がなくなる」

「それならしょうがないか。許してあげる。じゃ、電話番号教えてよ。またゆっくり飲もうね。稽古じゃない時」

恭子は、バックスキンのセカンドバッグからアドレス帳を取り出した。

「電話はない」

そっけなく、俺。

「ない!?　電話が？　見えすいた嘘はやめてよ。そんなに私のことが嫌いなの!?」

ダブルの水割り五杯でも赤くすることができなかった恭子の顔が、瞬時に変わった。すまないとは思うのだが、俺にはこうしかいえない。

「本当に電話はないんだ」

恭子の吊りあがった目は、次第に大きく見開かれ、やがて笑みをたたえた元のものに戻った。

「ふーん。ジョージって変わってるのね。田舎に住んだり、電話も持ってなかったり。でもそういえば、タキちゃんのとこにも電話なかったような……。うん、そうだわ。どこにも置いてなかった」

「あいつの部屋に行ったことがあるのか？」

今度は俺の言葉が詰問《きつもん》調になった。アルコールのせいかもしれない。いってから、しまったと思う。

「もしかして妬《や》いてるの？　ラッキー！　私のこと気にかけてくれてるのね！」

「おいおい――」

「彼とつきあってたことはあるわ。でも、すぐに別れちゃった。だから安心して私をくどいていいわよ」

やはり取り返しがつかないことを口にしてしまったようだ。恭子はにこにこ顔で新しい水割りを作り、俺の前に置いた。勝手に二度目の乾杯をする。

「誤解するな。俺は、タキのことを知りたいだけだ」

見えすいた言葉だが、はぐらかしたい一心で俺はいった。これはまた彼女を増長させかねないな、と後悔する。ところが彼女の反応は意外だった。

「あんなやつのことを知ってどうするの？　自分勝手でえらぶって。ちょっと本が書けるからってさ。思いあがりもいいとこよ！　一緒の時にマスターストロークにいなくてよかったわ。おまけに、『俺は繊細だから』だって！　バッカみたい。ナイーブなら一人でやってなさい！」

眉を寄せて俺を睨みつける。

「なんだ、昔はマスターストロークのメンバーだったのか。どうしてやめたんだ？」

「どうだっていいじゃない、そんなこと。とにかく私はあいつのことがだいっきらいなの。悲劇のヒーロー⁉　死ぬまでやってろって！　じゃあ私は何だったの⁉　ダッチワイフと同じじゃない！」

酔っているとはいえ、凄まじいけんまくだ。微妙にひっかかる箇所はあったが、さらにつっこむことはためらわれた。今ここで訊くと、テーブルごとひっくり返されかねない。

彼女が煙草を喫い終わるのを待って、俺は静かにいった。

「帰るぜ。終電のリミットだ」

「置いていくのぉ」

今度は泣きそうになる。いや、本当に頬が濡れていた。しかし俺は信じない。いつでも涙のひとつぐらい流せない者に役者は務まらない。

「そうだ。また今度な」

恭子がハンカチを使っている隙《すき》にワープロを取り返す。

「じゃあさあ、私のところに泊まんなよ。すぐ近くだから」

涙は残っていたが、言葉はあっけらかんとしていた。

「うん？　さっき、遠いっていってなかったか？」

「あれは嘘。ジョージのところに泊まりたかったから、いってみただけ」

あぜん。

「しかしな、仕事が――」

「私だってバイトが入ってるわ。八時からよ。起こしてあげるから心配しないで。さ、行こっか」

恭子の腰は急に軽くなった。今度は、テーブルの上に置きっぱなしにしてあったサングラスを人質に取られてしまった。不覚にも、完全にペースを握られている。

店を出ると、ゲームセンターに行きたいといい出す。彼女は欲求不満がたまっているのか、下手くそなくせに、シューティング・ゲームに千円もつぎこんだ。

ゲームセンターを出ると、頼みもしないのに腕をからませてきた。いつものニナ・リッチにアルコールの匂いがミックスされ、俺の鼻腔がくすぐられる。

コマ劇場の横手を通り、歌舞伎町を東へと進む。風林会館の角を左に折れた。

緑のランプを点けた客待ちのタクシーが道の両側に列をなしている。ビルの壁には上から下までバーの看板。男を誘うフェロモンだ。

「どこまで歩くんだ？　大久保？　それなら山手線に乗るなり、駅前で車を拾うなりした方がよかったのに」

つとめて前だけを見ながら俺はいう。

「こうやって歩きたかったのよ」

俺の肩に柔らかな髪を押しつけてきた。こいつもフェロモンを撒き散らしてやがる。

職安通りに達する前に、恭子は路地に入った。すぐに立ち止まり、いった。

「さあ、着いたわ」

やってくれるぜ毛利恭子！

「空室」の明りが控えめに点《とも》ったホテルの前だった。

7

四月二十八日の金曜日は朝から雨。予定が詰まっている日にかぎってこれだ。しかし大地が雨に飢えているのならそれも仕方ない。

出がけにテレビを見た。成田からの中継だ。

「今日から休みを取ったからぁ、十連休なんですぅ」

あまりに間の抜けたOLの笑顔に、腹を立てる気にもなれず、釣られて笑った。もっともよく考えれば、俺のような者にとっては毎日がゴールデンウイークのようなものだ。

今日の午後には、ポスター、チラシ、チケットがあがることになっている。が、その前に行かなければならないところがあった。

結局、風間は金を用意してくれなかったのだ。チケット代が入るまでは俺が立て替えるはめになった。小さな劇団で仕事をすると、なかなかうまくはかどらないものだ。

だから金策、である。俺のような不逞《ふてい》の輩《やから》に金を貸してくれる銀行はない。すると行くところは自《おの》ずと知れてくる。

印刷所がある池袋の西口で電車を降り、ビルの三階にあがった。

「いらっしゃいませ。こちらへどうぞ」

サラ金は笑顔で迎えてくれた。紺色の制服を着た女性社員——女子行員とはいわないだろうな——が肘《ひじ》掛けのついた椅子を指し示す。右隣にはくたびれたブレザーを着た半白の男、左隣にはサンダル履《ば》きの中年女性。あまりいい気はしない。

「こちらははじめてでいらっしゃいますか」

座ったまま俺が黙り込んでいると、快活な声。とってつけたような明るさも気持ち悪い。俺は無言でうなずく。

「今日はおいくらほど御用立ていたしましょう？」

「十万円」

と保険証を出す。彼女は、融資の契約書をこちらに向け、太枠の中を書き込むようにいった。

生年月日の記入欄で、いったん手を止める。「昭和　年　月　日」の昭和を消し、「1959年12月24日」と力強く書く。俺は元号が嫌いなのだ。

「勤めに出てない場合はどうすればいいのかな？」

勤務先の欄でもペンを止めた。

「アルバイトでいらっしゃいますか？」

「ええ」

「でしたら空白のままで結構ですが、本日はお客様の収入を証明するものをお持ちでしょうか？」

「はあ？」

「たとえば、アルバイトの報酬の明細書ですとか、確定申告の控えですとか」

「いや、家に戻ればあるけど……。いま持ってなかったら借りられないんですか？」

俺は肩を落とした。

「いえ、お金はお出しできます。ただこちらといたしましても、いちおう信濃さんの御収入を確認しておきませんことには、月々の御返済がなんですから……」

女性社員は笑顔を崩さなかったが、語尾には煙たそうな感じがこもっていた。こちらの返済能力を確かめたいのだ。会社勤めと違い、浮き草暮らしの人間は何かとやっかいなものだ。

「じゃあ、今から取ってこよう。夕方、また来ます」

溜め息まじりに立ちあがろうとすると、

「それにはおよびません。明日、明後日は休みですから、一日の月曜日にでも持ってきてください。できましたら最近の二、三ヵ月分の明細をまとめて持ってきていただけますか？」

俺はうなずき、座り直す。契約書の続きをさっさと書いてしまい、上下を返して渡した。

これですんなり借りられるのかと思えば、そうではない。なにせ俺は、誰からも変人扱いされることを抱えている。

「信濃さん、お電話は？」

ほら、やはりいわれた。そして、「ない」と答えると、決まって冗談ととられる。

俺の小学校時代は、電話がない家庭がクラスに四、五人はいた。なのに今では中学生までが自分の部屋に専用の電話機を持っているときている。これでは好奇の目で見られても仕方ない。

「これ、電話番号の代わりになります？」と住民票を差し出してみたが、彼女は一瞥《いちべつ》しただけで返してきた。住民票よりも電話を持っている人間の方が信用あるとは滑稽《こっけい》だ。

嫌気《いやけ》のさすことは他にもあった。

親の住所、氏名を書けという。「身元確認するだけです」というが、いざという時の保証人も兼ねているのだろう。会社勤めでない者は、ここでも子ども扱いだ。

鹿児島の住所を書き終えると、彼女は契約書を持って奥に引っ込んだ。

「私、中山《なかやま》と申しますが、譲二さんは――。東京にいるらしい？　ああ、そうですか。いえね、実は来月、同窓会をすることになったんですが、それなら結構です。東京から来ていただくわけにはいきませんから。それでは失礼します」

さっそく鹿児島に電話している。それにしても嘘のうまいこと。マニュアルでもあるのだろうが、厳密にいうと犯罪ではないのか？

椅子に座って二十分、ようやく十万円が俺の財布に入った。ついでに、新規契約の記念にと、カルダンのハンカチセットもらった。ポケットティッシュ一つで片づけられてしまう銀行とは大違いだ。もっとも、十万円借りると日歩が八十円の高利貸しだから、この程度のサービスは当然か。

「お知り合いの方を御紹介してくださいましたら、信濃さんにささやかなプレゼントをさしあげますので、お声をかけてみてください」

サラ金は笑顔で送り出してくれた。しかしよくよく考えると、すごい文句である。ネズミ講まがいだ。過当競争でサラ金も大変なんだな、と思う。

ランチタイム・サービスが終わってしまった喫茶店で昼食を摂《と》る。一服した後、印刷所に足を運んだ。

まだ温かみの残るポスターに顔を寄せると、インクの匂いが鼻をくすぐる。明日になれば消えてしまう旬《しゅん》の香りだ。

外は相変わらずの雨。せっかくのものを濡らさないようにとタクシーを奮発し、稽古場へ向かった。

　この日の稽古場は目黒区の地域センター、俺が最初に訪れたところだ。

　ドアの中には熱気が充満していた。「神様はアーティストがお好き」、中盤あたりの稽古の最中だった。

　お調子者の探偵は、画家殺しの犯人を音楽家のニャンコフスキーと指名する。理由はあっけない。キャンバスに遺された「」の形が三連符に似ているからだ。

　しかし音楽家は、自分の犯行でないと主張する。探偵は、あらゆる手段を使って自白させようとする。このあたりは下品なギャグの連続なので、あえていうまい。

　堂々巡りの末、探偵は、音楽家を監視するために館に泊まることになる。警察庁公認の探偵事務所とはいえ、逮捕する権利はないのだそうだ。

　第二の殺人が起きるのは、その晩である。

8

「『さあ船を出せ！　われらは七つの海を股にかけるヴァイキング』。あー、違う！　あのころには『七つの海』という言葉はなかったはずだ」

　原稿用紙を丸め、無造作に投げ捨てる作家。ふたたび文机《ふづくえ》に向かう。

「『いざゆかん、今日は南に明日は北。勇気のオーディン、われらとともに』おや？」

はた、と顔をあげ、指を折る。

「『いざゆかん　きょうはみなみに　あすはきた　ゆうきのオーディン　われらとともに』こりゃあうまい具合に五七五七七になっとるぞ」

一人きりの部屋で拍手する。しかしすぐにきりっとした顔になり、

「えーい！　私は短歌を詠《よ》んでいるんじゃない！」

原稿用紙を丸め、肩越しに投げ捨てた。書いては破り、書いては破り、瞬《また》く間に丸めた原稿用紙の山ができる。

「『魔力を秘めたこの剣をそなたに授けよう。抜けば玉散る氷の刃《やいば》。天にかざせば雷鳴轟《とどろ》き、敵はたちまち退散するであろう』」

今度は旅芝居の国定忠治よろしく、左手を腰に当て、万年筆を持った右手を斜め上に挙げる。が、すぐに激しくかぶりを振り、

「だめだだめだだめだーあ！　ドラゴンクエストしている場合か！」

どうにも黙って仕事ができない作家だ。だからヨットパーカの人物が背後に忍び寄ってもまったく気づかない。

怪人物はポケットから右手を抜いた。鞘《さや》を払うと鈍色《にびいろ》の光。すでに画家の血をすっている登山ナイフだ。

一歩、二歩と近づき、作家の背中にぴたりと張りついた。

深呼吸を一回。

ここまでは画家殺しと一緒だ。

一人殺したことで度胸がついたのだろう、怪人物は作家の肩をぽんぽんと二度叩いた。

「じゃまするでない！　今まさに天の声が聞こえたところなんだ。ソーセーキは創作《ソーサーク》に没頭して――」

怒鳴りながら振り返り、作家の表情が凍りついた。目の前にはナイフのきっさきがあった。

「お、おまえ……、何を……」

金縛りにあった作家は、それだけいうのがせいいっぱいだった。

頭頂まで振りかざされた犯人の右手は、最大の位置エネルギーをもって作家の左胸をえぐった。

「グエーッ！」

胸を押さえて文机につっ伏す作家。

散乱する原稿用紙。倒れるインク瓶。

いつものように右手のナイフで十字を切り、足速に姿を消す犯人。

身もだえしながら机を掻きむしる作家は、やっとの思いで万年筆を握った。

震える右手が原稿用紙の上を走った。

9

「ちょっと待った！　この前、違うっていったじゃないか」

風間はパイプ椅子を蹴り、作家に扮した住吉《カズ》に歩み寄った。

「万年筆を普通に握っちゃだめだろう。握るというより、むしろ摑むんだ」

と風間は万年筆をわし摑みし、もの心がついたばかりの子どもが落書する時のように、原稿用紙をゴリゴリとこすった。なるほど、この方が遠くからでも見映えがする。

「でもタキさんがさあ……」

住吉は、横に立っている滝川《タキ》を見あげた。滝川はうなずき、

「俺が注文したんだ。わし摑みするよりも、普通に握った方が雰囲気がある」

「そんなことはない。絶対に摑んだ方がいい。苦しさもよく解る」

「違う。おまえは俺の台本を全く理解していない」

「タキは黙ってろ。演出は僕なんだぜ」

風間は長い髪を振り乱し、親指で自分を指した。

「一人よがりの演出では、いい作品は仕あがらない」

滝川は腰の左右に手を当て、風間を見降ろす。

「まあまあ。どっちだっていいじゃん。それとも多数決で決めよっか？」

住吉が割って入った。

「アホか、おまえは。こんな大切なことを多数決で決められるか。だいたいおまえはどう思ってるんだ？　摑むのと握るのと、どっちが合ってると思う？」

滝川が訊くが、住吉の答はない。「こんな大切なこと」という台詞に、俺は笑ってしまった。しかし滝川はいたって真面目に、

「ちっ！　役になりきってない証拠だ。役どころが解ってれば、俺がいってることが正しいと断言できるはずなのに。もっとしっかり本を読んでこい。ついでに台詞もちゃんと憶えろよ」

仲裁に入った住吉だが、藪蛇《やぶへび》になってしまったようだ。

「それからみさと、おまえも相変わらずいい回しが下手だな。ノートを開ける場面は――」

つまらなそうな顔したみさとに説教する滝川。助っ人のくせにすっかりリーダー気取りだ。本物のリーダーはというと、唇をへの字にして顎をさすっているだけである。

輪の中から恭子が抜け出てきた。またはじまったとばかりに、両の掌を肩のあたりで上向きにし、首をすくめている。俺の姿を認めると、人さし指で投げキッスをよこしてきた。

「あれ、ポスターできたんだぁ！」

テーブルの上を見ていった。必要以上の大声を出してくれたおかげで、滝川の小言は中断となった。全員が俺の元に集まる。

「なかなかカッコいいじゃーん」

住吉がいった。今しがたまで攻撃の的になっていたとは思えないほど軽い口ぶりだ。他の者も満足そうに、B全のポスターを広げている。

版面《はんづら》の真中に、鈍い光をたたえた中世ヨーロッパ風の短剣が一本。先端は、一枚の絵の中に突き刺さっている。劇中にも使われる、モーゼが海をまっぷたつに裂いている構図だ。上からは、窓ガラスを伝う雨のように血がしたたってきている。

しかし、タイトル――「神様はアーティストがお好き」――の一字一字をポップな書き文字にし、それぞれ色を変えて全体にちりばめているため、さほど暗さは感じられない。このアンバランスさは、芝居の内容とマッチしていていい。

チラシのデザインもポスターと同じ。B5に縮小しただけだ。

「さて、お楽しみのチケットだ」

俺はクラフト紙を破り、テーブルの上にチケットの束をどんと積んだ。

「風間さーん。今回のノルマ、百枚ってホント？」

みさとが泣きそうな顔をした。

「ああ。人数が少ないからね。どんどん売ってよ。百枚とはいわず、二百枚でも」

「まいっちゃうよな」

と住吉。

「気合いで売るんだ。特に今回はな。解ってるだろうな」

滝川が一人一人の顔を見た。

「そうだな。チャンスでもあり、礼儀でもある」

斎木《ブースカ》がぼそっといった。笑っていた者も、困っていた者も、真顔になってうなずいた。

「解ってると思うけど、売れたら即、俺の方にチケット代を回してよ。これを作るためにサラ金に行ってきたんだぜ」

俺は念押しした。嬉しいことに恭子も、

「やだぁ、ジョージ。サラ金だなんて。みんな、彼を借金地獄から救ってやって！がんばって売るのよ！」

ふた昔前の青春ドラマ風にいってくれた。俺に睨まれた風間は、「悪い悪い」と拝みのポーズ。

「チケットの配布はあとだ。稽古を続けるぞ。信濃、ナンバリングしとけよ」

滝川がいい、練習は再開された。こいつだけが呼び捨てにしやがる。

作家ソーセーキ殺害シーンが繰り返される中、俺は黙々とスタンプ押しの作業を続けた。

チケットにナンバーのスタンプを押してから、各人にノルマとして渡すのだ。それにより、誰が売ったチケットで何人来たかということがチェックできる。

ノルマというのはその名の通り、各個人にあてがわれた前売りチケットのことである。売れても売れなくても、ノルマ分のチケット代を劇団に納めなくてはならない。

仮に一枚もさばけなかったら、全額自腹を切る掟《おきて》だ。制作の者にもノルマは課せられる。

正直いって、ノルマ百枚は地獄だ。今回の前売りチケットは一枚二千円だから、ノルマの半分しか売れなかったら、自分の持ち出しは十万円にもなる。バイトもままならぬほど芝居にうちこんでいる彼らにとっては大金だ。


公演まで約一ヵ月。彼らはあらゆるつてをたどってチケットをさばきにかかる。

芝居をやっている連中は、顔だけは異常に広い。友だちの友だちが友だちを呼び、というように、連鎖反応的、ネズミ算的に増えていく。いや、チケットを売る時のために、普段から顔を広くするよう心がけている、といった方がいいかもしれない。

恭子のアドレス帳にも、男女とりまぜ、何百人もの名前があった。しかしその大半は顔も思い出せないという。これは彼女に限ったことではない。

広くて浅い。それが芝居の世界なのだ。

そんな薄いつながりをたどりたどるのがこれからの一ヵ月間。

がんばってさばいてくれないことには、俺だって困る。

10

チケットを配り終え、さあ帰ろうかと荷物をまとめていると、風間に呼びとめられた。

今日は飲まないはずだった。いつも主導権を握る住吉に深夜喫茶のバイトが入っていたし、斎木とみさとは示し合わせたように消えた。俺にしつこくつきまとう恭子も、熱っぽいといって、すでに帰っていた。

風間と二人で入ったのは、目黒駅前の喫茶店だ。

「信濃君には迷惑かけるね。でも、おかげでおお助かりだ。ひと月前にチケットがあるとちょうどいいんだよね。それより早くても遅くても売りにくい。ああそれから、これが発送リストね」

席に着くなり、風間は落ちつきなく喋った。

芝居のチケットには、前売り券の他に、当日精算券というものがある。これは、とりあえず無料で配るチケットで、当日入場する際に代金をもらうシステムをとる。確実に金になる保証はないが、大量にばらまけば相当な効果がある。

もちろんばらまくといっても、居酒屋の割引券よろしく道端で手渡したのでは意味はない。芝居が好きな人にだけ渡す。

公演の際には必ず、受付で署名してもらったり、芝居後にアンケートを書いてもらったりするので、それを基にしてダイレクトメールを発送するのだ。自分の劇団の名簿だけではサンプル数が少ないと思ったら、他のところのも拝借する。また、親しい者には当日精算券を大量に渡し、さばいてくれるよう頼みこむ。

その宛名書きと発送をするのも制作の仕事だ。ＤＭは千通を越えることも珍しくないので、かなりの重労働ということになる。

それにしても、と思う。ＤＭの打ち合わせなら稽古場ですればよかったじゃないか。本題は別にあるはずだ。

俺の勘は当たった。コーヒーを運んできたウエイトレスがさがるのを待って、風間はおもむろにいった。

「公演になればどうせ解るんだから今のうちにいっておくけど……。今回の公演には特別な意味があるんだ」

咳ばらいをした。そして指先でシュガーポットの蓋《ふた》を叩きながら、ぽつり。

「追悼《ついとう》公演なんだ」

「追悼公演？」

驚き、おうむ返しにいった。風間はうなずき、

「以前ウチに、伊沢清美《いざわきよみ》という女の子がいたんだ。六年前までね。八三年の五月二十四日に亡くなった。今年はちょうど七回忌にあたる」

唇を嚙み、大きく嘆息。

「すると、毎年今ごろに追悼公演をやってるんですか？」

少し間を置いて俺は訊いた。

「今年がはじめてだ。というのも……」

風間はもう一度大きな息を吐いた。考えをまとめているようだった。やがてゆっくりと喋りはじめる。

「清美ちゃんが死んだのは、稽古中の怪我が原因だった。カンフーを題材にした芝居でね、はでなアクションシーンをふんだんに盛り込んでいたんだ。事故が起きたのは、女性拳法家を演じる彼女が、槍《やり》を持った悪党と一戦を交えるシーンだった。槍が……、彼女のおなかに刺さってしまったんだ」

「でも、本物の槍なんか使ってないでしょう？」

「最初は棒きれの先にアルミホイルを巻いただけのものを使っていた。しかし、どうにもちゃちだということで、鉄パイプを叩き潰して鋭利に削ったものを棒の先につけ

たんだ」

「ああ……」

「おもしろ半分でやったのが間違いだった。しかも殺陣《たて》は素人だ。ちょっとしたはずみで彼女はよけそこない……、救急車で運ばれた。傷は思ったより浅かった。ほっとしたよ。でも……、入院中併発した腹膜炎が命取りになってね」

風間は、飲みもしないコーヒーをかきまぜ続ける。

「それは大変でしたね」

俺もつくづくばかな男だ。こんな平凡な言葉しか出てこない。

「彼女は死にぎわにいったんだ。『事故の責任は私にもあるんだから、こんなことで劇団を解散しないでね』って。でもだめだった。いつの間にか一人抜け、二人抜け。タキやカズもそんな口だ。特にタキは槍をリアルにしようといい出しただけに、責任を感じるのも無理はなかったけど……」

事故を機に芝居もやめたのならいいが、彼らは続けた。滝川はフリーで、住吉は他の劇団に入った。これではまるで、前々からマスターストロークに見切りをつけていて、事故に乗じてやめたようなものではないか。ひどいと思わないかい。風間はそんなことをブチブチと続ける。

「十人を超える大所帯だったのに、気づいてみたらたったの二人。ブースカと僕のね。実をいうと、清美ちゃんの腹に刺さった槍を持っていたのはブースカなんだ。あいつは泣きながらこういったよ。『俺は一人になってもマスターストロークを名乗る。マスターストロークを愛していた清美ちゃんのためにも』

その言葉を聞いて、僕は決心した。絶対にマスターストロークは続けなければならないってね」

いつも柔和な笑顔を絶やさない斎木に、そんな過去があるとは思ってもみなかった。本物の正義漢でもある。

「劇団の解散はどうやらまぬがれた。でも、どうしても解決しない問題が残ってしまったんだ。彼女の親父さんだ。葬式に行っても入れてくれない、香典は受け取ってくれない。謝りの手紙を何度書いたところで、封も切らずに送り返される」

「娘さんを溺愛していたんですかね」

性格が異常に潔癖な者は、人を許すことができないと聞く。

「一人娘を亡くした気持ちが解らないでもないけど、僕たちにとっては辛いことこのうえなかった。怨《うら》みの言葉を書き連ねた手紙まで届くんだぜ。一年経っても、二年が過ぎても」

風間はこめかみに拳を当て、しきりに首を横に振った。

「今でも怨まれているんですか？」

俺は訊いた。言葉が過ぎたかな、と反省する。「それがね」と風間は前髪を払って顔をあげた。

「先月、親父さんから手紙が来たんだ。

芝居を、マスターストロークを愛していた娘の気持ちが、ようやく痛いほど解るようになった。君たちを怨んだところで娘は喜ばないだろう。むしろそれは娘に対するむごい仕打ちというものだ。これからは芝居に取り組んでいる若者を応援することにより、娘の供養としたい。今までのことは許してくれ。

だいたいこういった内容だった」

「ああ、それはよかった。で、追悼公演をやることになった？」

「うん。だが手紙には続きがあって、これには驚いたのなんのって。親父さん、自分の金で小屋を作ったんだ。そこで公演をやってくれという」

「劇場を？」

俺も驚き、コーヒーをこぼしそうになった。

「あの人は建築家なんだ。知らないかな？　伊沢保則《やすのり》。建築雑誌によく出てたよ。今は第一線を退いているけど、大規模な開発プロジェクトのメンバーには、決まって名前を連ねている」

そういえば聞いたことがある名前のような気がする。

「だから、土地や建築費の提供はもちろん、設計も自分でしたらしい」

「その小屋というのがシアターKIか」

俺は手を打った。風間は笑顔でうなずき、

「これがまたとんでもない小屋でね。とんでもないなんていったら失礼だけど、ほとんど採算を度外視した作りになっているんだ。キャパが小さいのに、大劇場顔負けの設備を備えている。なのに料金は格安。力はあるが金がないという若者のための小屋で、メジャーどころには貸し出さない方針らしい。本気で清美ちゃんのために作ったんだな」

「シアターKIのKIは、伊沢清美のイニシャルだ」

もう一度手を打つ。なるほど。これで、マスターストロークに足を突っ込んでからもやもやを感じていたいくつかに説明がついた。

風間はさめきったコーヒーを流し込んだ。口に合わなかったのか、続けざまに水も一気飲みした。そして俺のライターを使って煙草に火を点けると、前髪の間から厳しい目をよこしてきた。

「今回の公演には、清美ちゃんがいた当時のメンバーにも出てもらいたいと思った」

「ああ、その方が追悼になる」

「しかしみんな冷たくてね。今さらかかわりたくない、といった感じさ。タキとカズだけだよ。ちゃんと解ってくれたのは。もっとも、すでに芝居から足を洗っているやつが多かったのも確かだけどね」

　風間は溜め息をついた。

「当時の仲間が集まってくれないことには、せっかくの場を作ってくれた伊沢さんに悪いですよね」

「だけど今さらいってもしょうがない。それに、嫌がるやつを無理やり引っ張ってきたところで無意味、いや、かえって失礼になるかもしれない。結局、助っ人はタキとカズの二人にとどめて、六人という小人数で公演を打つことにしたんだ」

　ここで風間は煙草をもみ消し、突然俺の手を握った。

「信濃君。僕は初対面で思ったんだ。君は頭が切れて、誠意をもって仕事をやる人物だと。そしてまさにその通りだった。だからあと一ヵ月、せいいっぱいの力を貸してもらいたいんだ」

「もちろん――」

「僕たち役者は、最高の演技を目指していく。いや、どんなことがあっても最高を出してみせる。だから君も制作としてのパワーを出しきってほしいんだ。絶対に成功させたいんだ」

「そりゃあ俺だって。気持ちは同じですよ」

「正直いってウチの実力では、五日間全七ステージとも満員にするなんてとてもできそうにない。だけど、無償で小屋を貸してくれた伊沢さんに報いるためにも、清美ちゃんに喜んでもらうためにも、なるべく多くのお客さんを集めたいんだ。ウチに来て間もない君に、必要以上のことを頼むのは心苦しく思っている。思ってはいるけど、あえてお願いしたい。この通り」

風間は俺の手を離し、テーブルに額をつけた。

「あらたまっていわれなくても、俺はいつでも全力でやりますよ。それに、話しにくいことまでいってくれたんだ。ここで気合いを入れなきゃ男じゃない。そうでしょう？」

俺はきっぱりといった。「ありがとう」と風間は、またも俺の手を握りしめる。

タヌキ野郎だぜ、こいつ。のんびり屋のお人好しだと思っていたが、ひと皮剝《む》けばなかなかの食わせ者じゃないか。

追悼公演だから力を入れたいのは解る。しかしそれは半分にすぎないだろう。小劇場ファンの間で話題になっているシアターKIでの公演を成功させたとなると、「小劇場にマスターストロークあり」と口コミで伝わる。結果、固定のファンが多くつく。評論家に取りあげられるかもしれない。

これまで細々とやってきたマスターストローク、そして風間彰の目の前に、はじめて降りてきた一本の糸。これを切らずに昇りきれば、夢にまで見たメジャーが待っている。必死にならないでいられようか。

追悼公演を利用した一発逆転の大勝負だ。

俺も燃えないはずはない。

11

大きく「ㄣ」と書かれた原稿用紙が黒板に貼りつけてある。

「ソーセーキさんもダイイングメッセージを遺したんですよ。これが何を意味するか？　あなた方には解らないでしょうな？」

音楽家も映画監督も首をかしげる。

探偵、唇の端に笑みを浮かべ、黒板に「𝄾」と書く。

「八分休符です。おや、これはおもしろい。ゴッホンさんのダイイングメッセージが三連符だったかと思うと、ソーセーキさんは八分休符を書き遺した。この暗合は何を意味しているのでしょう？」

「私は殺してない！」

探偵に睨まれた音楽家、両手をばたばたさせる。

「この期《ご》に及んで、まだいいのがれをするのか！」

「私じゃなーい！　それに、これを八分休符と解釈するのは強引すぎる」

指揮棒を使って原稿用紙の「ㄣ」を叩く。

「強引？　ノー、ノー。よく考えてみなさい。ソーセーキさんは心臓を刺されていたんだよ。思い通りに手が動くわけないでしょうが。書き遺したものが少々いびつな形になっても仕方ないというものだ」

「違う！　さっきもいったでしょう」

ツイストを踊るようにだだをこねる音楽家。

ＢＧＭ入る。10ＣＣの“Don't hang up”。

「私はずーっと電話していたんだ。『やあ、カラヤン君？　お久しぶり、ニャンコフスキーだよ。今度、ベントーベン君のベンツでドライブしよう。もちろん弁当《ベントー》持ってねー――』」

おもちゃの電話機を持って喋る。カラヤンは、「ラ」の部分にアクセントのある大阪弁だ。

「ああ、これね」

探偵はポンと手を叩き、映画監督の首に下がっているものをひったくると、

「タナカイチロー！　おまえは包囲されている。おとなしく出てきなさい！　ほら、おまえの母さんも悲しんでいるじゃないか」

「イチローや……」

しゃがみ込んでおいおい泣いているのはワトソン。

「それはメガホン！」

映画監督、探偵からメガホンを取り戻す。

「じゃあ、これだ。『おーい、おまえ。ワシは肩がこったよ。ちょっと張ってくれないか。ほー！　すーっとして気持ちいい』」

座り込んで両肌《もろはだ》脱ぐ探偵。その肩に白いものを張るワトソン。

「それはトクホン！　わざとボケないでくださいよ。私がしていたのはテレホン！

あい、すぺんと、らすと、いーぶにんぐ、おん、ざ、てれふぉん。ゆー、しー？」

音楽家、力まかせにトクホンを剝ぎ取る。

探偵の悲鳴。

「私には確固たるアリバイがあるんですよ。ソーセーキ君が殺された時、電話中だったんです」

探偵、肩をさすりながら音楽家を睨みつけ、

「電話でのアリバイなど、誰が信じられよう。古今東西、電話を使った偽アリバイのトリックには枚挙にいとまがない」

「ばかな！　カラヤン君に確かめもせずに」

「あー！　聞いちゃったぞー！　このオーギュスト明智のことをばか呼ばわりしたな。ちくしょう！　ただじゃおかないからな！　ワトソン君、例のものを出しなさい」

探偵、音楽家に人さし指を突きつける。

ワトソン、トランクの中から卵を取り出す。

探偵のけんまくに震えていた音楽家がずっこける。

「これはゆで卵だ。このゆで卵を使って私の頭の良さを証明してやろうじゃないか。

ついでに、ばかなのがあんたたちだということも。さあ、美しく立ててみなさい！」

唐突な注文に、一同、口あんぐり、目をくるくる。

ややあって映画監督がゆで卵を手にした。底面の殻を叩き割って平らにし、そのままテーブルに立てた。

探偵、腹を抱えて笑い出す。

「失格！　そんなことはとうの昔にコロンブスがやっておるわい。しかもゆで卵の形が崩れている。私は、『美しく立てろ』といったはずだ」

ワトソン、映画監督の顔に、「失格」と書いた紙を貼りつける。

「さあ、次はあんただ」

新しいゆで卵を音楽家に押しつける探偵。

音楽家は少し考え込んだ後、かたわらのメイドに耳打ち。メイドはエプロンのポケットから何かを取り出し、音楽家に渡した。音楽家、一同に背を向けてテーブルに向かう。

「さあ、これでどうです」

ゆで卵はテーブルの上に立っていた。しかも底面は割れていない。

探偵は驚きの表情を見せるが、ルーペを使ってテーブルをじっくり観察すると、

「反則！　あんた、テーブルに塩を三粒置いたね？　その上に卵をそっと立てた。こうすれば三脚の要領で卵は立つが、外力を使うのは明らかに反則技だ。よってあんたも――」

探偵の言葉に呼応し、音楽家の顔に「失格」の紙を貼るワトソン。

「やっぱり頭がないのはあんたたちの方だ。賢い人間は、こうやって立てるのだ」

探偵は、テーブルにゆで卵をごろんと寝かせた。そして満足そうな笑みをたたえ、一同を見回す。

「早く立ててくださいよ」

音楽家がいう。しかし探偵はニヤニヤしているだけである。

「横向きに置いてどうするんです。さあ早く」

映画監督もいった。すると探偵は胸を張り、

「すでに立っておる」

「はあ？」

「私は、『縦に立てろ』とは一言もいってない。だから横に立てればいい。それが問題の答だ」

「そ、そんな。いんちきだ！」

「ペテン師！」

「えーい、たわけ者ども、よーく聞け！　この問題の意図は、卵を立てることにあるんじゃない。あんたたちの注意力を試したのだ。その結果はどうだ。人の話をろくに聞きもせず、固定観念だけで行動して。言葉の端々までに注意を払えない者に、このオーギュスト明智を馬鹿呼ばわりする資格はない！」

腕を振りあげて一喝。音楽家も映画監督も額突《ぬか》く。

「これで私の頭の良さが証明されたわけだ。私がいっていることは天の声。さあ、ニャンコフスキー、罪を告白するのだ！」

「そ、それだけはできません。私は何もしていないのだから」

「ええい！　往生際の悪い男だ。ここに、『私が殺しました』と一筆したため、サインをするのだ」

紙とペンを押しつける探偵。

あとずさりする音楽家。

探偵、腕時計に目をやり、部屋の中を駆け回る。

「いかん！　あと三十分で日曜日が終わるじゃないか」

「何をあわてているのですか？」

メイドが訊く。

「月曜日に突入したら、この二日間の苦労がパアになるんだよ。今日中に犯人のサインを取って警察の夜間ポストに入れなければ、ウチの会社に報酬が振り込まれないシステムになっているんだ。なにせ週末以外の活動は禁止されているから。さあ早くサインを！」

探偵は、無理やりペンを握らせた音楽家の腕を取り、紙の上を走らせる。

「ゴッホンとソーセーキを殺したのは私――」

と、その時、ワトソンの手が探偵の顔に飛んだ。

「な、なにをするんだ！」

探偵の顔に貼りついた「失格」の紙。

「先生って嘘ばっかいってる」

今までになく醒《さ》めた声のワトソン。

「バッカモン！　助手という立場を忘れたのか!?」

「あたし、真実に目覚めたの」

「とち狂ったことをいうな！」

探偵は怒鳴り、両手の拳を胸の前で糸巻のようにぐるぐる回した後、右の人さし指をワトソンに突きつける。

「教育的指導！」

「先生って推理してないもん。三連符とか八分休符とか、あんなのこじつけよ」

「十パーセントの減俸、六ヵ月間！」

「ゆで卵の話だってそうじゃーん。卵が横向きになっている状態を『横に立っている』だって！　あんなのただの詭弁《きべん》よ」

「減俸六ヵ月やめ！　懲戒免職！」

ここでワトソンは髪のリボンをほどくと、探偵の口が開かないように縛りつけておき、

「ゆで卵が美しく立っているというのは、こういう状態のことをいうんだわ、きっと」

ゆで卵をつまんだ三本の指を勢いよくひねる。テーブルの上でコマのように回るゆで卵。最初は横向きに回っていたが、次第に起きあがり、ついには回転の軸が縦になった。

一同、驚嘆の声。

「卵の底は割れてないでしょう。つっかい棒も使ってないよね。自身の回転エネルギ

ーが、ゆで卵を美しく立たせているのよ。ゆで卵だからできる技ね。生卵だと、いくら力を入れても回ってくれないわ。みんなもお台所で実験してね」

にっこり。

音楽家と映画監督は探偵を足蹴にし、ワトソンの前にひれ伏す。

「あたし、思うんだ。ものごとをよーく観察するでしょう。そしたらさ、いろんな特徴が見えてくるわけ。で、その特徴をもう一度整理して答を出す。これが推理ってもんよね、やっぱ」

左から右にゆっくり歩きながら、ワトソンは笑顔で喋った。

「じゃあワトソン先生は、私が犯人でないと信じてくれるんですね！」

「あったりまえじゃん」

「おー、先生！　私は今、あなたの愛を感じました」

音楽家、ワトソンに抱きついてうるうるうると泣く。

「では真犯人はいったい？」

映画監督が尋ねる。

ワトソン、いつまでもしがみついている音楽家を、「どけよ！」と突き飛ばし、

「犯人はあんたよ。ね？」

12

五月十五日。公演まで十日を切った。稽古には、本番用の衣装や小道具も使っている。

稽古場は世田谷のK大学、サークル共用施設の一角にある合宿用の大部屋。風間と滝川がここの演劇部出身だったことから、後輩を利用して部屋を取ってもらったのだ。厳密にいうと学則違反である。

今日はギャラリーが多かった。K大学演劇部の者が数名と、音響、照明、舞台監督の各スタッフ。

台本や演技に合ったSEやBGMを選び、小屋で音出しをしてくれるのが音響さん。同じく、的確な色やスポットライトの使い方を考え、機械操作するのが照明さんの仕事。この日音響スタッフは、サンプルのオープンリールテープを持参し、稽古中にデッキを回していた。いまひとつしっくりこない音があったら、家中ひっくりかえして差し替えの音を探すつもりらしい。いい根性している。

舞台監督は、台本、演技、照明など、芝居全般にわたってのアドバイスをする、その道のプロだ。とはいっても、下手な役者をこきおろしたり、台本に難癖つけたりはしない。あくまでも個々の劇団のレベルに沿ったチェックにとどめる。彼は劇団の一員でないのだから、仁義に反するような必要以上の介入はしない。

窓を締めきった部屋に十数名。じっと座っているだけで汗が噴き出てくる。五月に入ってからは七、八時間の練習がほとんど毎日続いている。役者連中の疲れはピークだ。一様に顔色は悪いし、通し稽古の後半にもなると、出ずっぱりの者の息は荒くなる。

だがよく見るがいい。目だけは死んでない。落ちくぼみながらも、日増しに輝きと鋭さをたたえていく。

俺も少々疲れぎみだった。ゴールデンウイーク以降、はりきりすぎたようだ。ダイレクトメールの宛名書きと発送、入場者に渡すアンケート用紙の作製。そしてポスター貼りにチラシ配り。

ポスターは、都内に点在する小屋回りをし、入口近くの目立つ場所に貼らせてもらった。同時にチラシの束を壁にかけておき、その小屋に来た客が自由に持っていけるようにしておいた。また、芝居好きがよく集まる飲み屋にも置かせてもらった。

K大学の演劇部に顔を出し、チラシと当日精算券の山を押しつけたのはいうまでもない。

役者もポスター貼りやチラシ配りをするにはするが、彼らには稽古があるので、自然と俺の負担が大きくなった。

正直、疲れた。だがそのかいあってか、チケットの売れゆきはまずまずだった。斎木《ブースカ》は二週間も経たないうちに百枚のノルマをこなしきった。人は見かけによらないものである。反対に、お調子者の住吉《カズ》や、人見知りのかけらもない恭子が、まだ半分しかいっていないと泣きそうな顔をしている。しかしまあ、半月で五十枚も売れたなら優秀だ。

「信濃君、二寸と三寸の釘がきれたんだ」

肩を叩かれ、はっと顔をあげる。風間だった。どうやらうとうとしていたらしい。

「裏門から出て五分ほどのところに商店街があるから、そこの金物屋で買ってきて。途中、スーパーがあるけど、そこで買っちゃだめだよ。あのスーパー、高いんだ」

風間は俺に千円札を手渡すと、部屋の中央に戻っていった。うっとうしかった長髪はどこにもない。わずかに耳にかかる程度である。年二、三度の公演前だけ床屋に行く、というのが風間のライフスタイルらしい。

すでに稽古は終わり、部屋中にベニヤ板やペンキ缶、大工道具が散らばっている。K大の後輩を強制参加させての大道具作りだ。貧乏劇団は、何から何まで自給自足なのだ。

鋸《のこぎり》と金槌《かなづち》が作り出すハイテンポのリズムに送られて、俺は部屋を出る。

何をこだわってか、芝居の世界では未だに尺貫法を使っている。「一メートルに切って」という代わりに、「三尺三寸に切って」という。いつも芝居にかかわっている者はあたりまえのように口にするが、俺にはどうもピンとこない。

金物屋で二寸と三寸の釘を買い、ついでに冷えたウーロン茶も二本仕入れる。

K大のキャンパスはこぢんまりとしているが、そこここに緑があった。急いで戻っても手伝いをさせられるだけだから、ぶらりと一周することにしよう。ビートルズの"Maxwell's silver hammer"を口ずさみながら。

周回道の両側には欅《けやき》の並木。高いところで張り出した枝が、見事なアーチを作っている。まだ濃緑《こみどり》になりきっていない葉を通じて漏れてくる午後の陽射しが肌に心地よい。道端のベンチに腰かけ、シガレットケースを取り出す。

誰がいい出したわけでもないのだが、連休明けごろから、役者連中はぴたりと煙草をやめた。喉のためもあるが、むしろ精神コントロールの方に意味があるようだった。一日二箱喫っていた恭子ですらまったく口にしない。俺と二人きりの時でもだ。

仕方なく俺も、稽古場で煙を出すのを自粛している。郷に入っては郷に従え、というやつだ。

喫い終え、ベンチから立ちあがると、サークル施設の方から見知った二人が歩いてきた。住吉とみさとだ。やつらもサボリ組か？

俺は声をかけようとした。が、すんでのところで思いとどまり、素早く木陰に身を隠した。おだやかならぬ会話をかわしていたからだ。

そして二人をやりすごし、何も聞かなかったことにして大部屋に戻った。

俺はマスターストロークのためを思って口を閉ざしたのだが、その努力が無意味だったと二時間後に知らされる。

大道具の製作がひと段落つくと、久しぶりに飲み会をやった。演劇部の連中に報酬を払う代わりに、安酒を飲ませて丸め込もうという魂胆だ。珍しく滝川《タキ》も顔を出した。

それは前売り券のアガリを住吉から回収している時だった。

「あたし、公演が終わったらやめるから」

唐突にいったのはみさとだった。

「まじーよ、いっちゃ」

住吉が顔をしかめた。斎木は小さな目をせいいっぱい吊りあげ、みさとと住吉を交互に見る。彼女はもう一度いった。

「マスターストロークをやめます」

あまりに突然のことに、誰もすぐには反応できなかった。ようやく風間が口にしたのが、「どうして……？」だけだったから、あわてようが解るというものだ。

「あたしね、テレビでやっていくことにしたの」

「テレビ！」

恭子がすっとんきょうな声で復唱した。

「バ、バッカねぇ。『私をテレビに出してください』、『はい、解りました』って具合にいくわけないじゃない」

口調は軽いが、笑いはひきつっている。

「それが出られるんだなー。だってもう決まったんだもん。CXのドラマ。あんまし台詞はないけどね。撮りは六月の第二週からで、いきなり箱根のロケよ。だから、もう一緒にできないの。ごめんね」

「おまえがドラマだって？」

滝川が鼻先で嗤《わら》うのも無理はない。つい二時間前にはじめて耳にした時には、俺だって同じ気持ちだった。

みさとの演技ときたら、素人の俺でさえはらはらのし通しなのだ。同じ下手でも、住吉のように基本ができていれば、なんとかごまかしは利く。彼にはセンスが足りないだけなのだ。ところがみさとはただの「大根」にすぎない。出荷したところで誰もセリ落としてくれないだろう。加えて顔は十人並。これでテレビとはお笑いだ。

「嘘をつくなら、もっと気の利いたものにしなさいよ」

恭子も顎を突き出した。

「何とでもいって。あ、オンエアは八月だから」

みさとは涼しい顔だ。

「お、俺はおまえがマスターストロークをやめるなんて聞いてないぞ」

斎木がいった。

「あら、話さなかったっけ？」

「聞いてない。なのに何故カズが知ってるんだ」

震える指先は住吉に、ひきつった顔はみさとに。

「話のついでに出ただけよ」

「俺を差し置いて、どうしてカズなんだ」

「えー？　カズちゃんもブースカも、おんなじお友だちよ。どっちに先に話したっていいじゃん。たまたまカズちゃんが先になっただけ」

　痛恨の一撃。二百ポイントのダメージ。

「あんた、何したの？　コネ？　元からあるわけないわね。お金？　違うわ。寝たの？」

　言葉を失った斎木に代わって、恭子がいった。演技もルックスも上の自分を差し置いて、という焦りがありありだ。頭に血が昇っては、唯一劣っていることが「若さ」という重要なファクターだと気づくはずもない。「やめとけ」と俺は肘でつっつくが、

「寝たんでしょう？　やっだぁ！　そんなにしてまでテレビに出たいの？」

　みっともない。俺の前で何といった。あれほどメジャーにあこがれていたというのに、いざ他人に先を越されたらこれだ。

「だったらどうするの？」

「あー、やっぱり寝たのね」

「だったらどうするのって訊いてるの。恭子さんもやってみる？」

　手を出したり直截《ちょくせつ》に罵《ののし》ったりしない喧嘩ほど気分の悪いものはない。

「やめろ。解ってるだろう？　今は大事な時なんだ。公演はだいじょうぶなんだ

な？」

風間が割って入った。みさと、うなずく。

「やっぱ、公演が終わってから明かした方がよかったよ」

住吉がいった。

「早くいった方がみんなのためよ。いつまでも引き延ばしておいて、『今日でやめます』なんていいえないわ」

「どうして俺に相談してくれなかった……」

斎木がぼそっといった。

「もー！　ブースカってどうしてはっきり喋んないのよ。やだ、あたし」

みさとは、ぷいと顔をそむける。斎木は巨体を縮ませ、「怒るなよ。あとでゆっくりな」とすがる。

「何も聞くことはないわ。あたしが話すことも」

「落ちつけって。水、飲む？」

「いらない」

「いいかげんにしろ！」

滝川がテーブルを叩いた。

「みさと。やめるならやめろ。テレビでせいぜいがんばるんだな。百年経てば、大河ドラマに出るチャンスがくるかもしれない」

「あら、嬉しい」

「だが一つだけいっておく。今回の公演での手抜きは許さんぞ」

「解ってる。最後だもん。いっしょうけんめいやります」

「口だけじゃないだろうな？　明日からはおまえを集中的にチェックするからな。覚悟しておけ」

「受けて立つわ」

「あと十日もないんだ。今は公演のことだけを考えろ。みんなだぞ」

ようやく風間が、リーダーらしいことをいった。

おいおい、直前にこの調子でだいじょうぶなのか？　公演ががたがた、不入りになったらどうするんだ。だから俺は心配して口を閉ざしていたというのに、当のみさときたら。いったいどういう神経をしてるんだ。

飲み会の場もすっかりしらけてしまったじゃないか。自分を隠すための軽口を叩き合ういつものおまえたちはどこへ行ってしまったんだ。おし黙って現実を見つめるのは帰ってからにしてくれ。決して人前で本音を出さないのが、おまえたちの特技じゃないか。

ほら、せっかく誘った学生たちが困りはてている。住吉、くだらない冗談を飛ばせ。恭子、彼らの中に入っていってナンパされてこい。

なんで喋らないんだ！　眠くなるじゃないか。眠く――。

13

歩いている。俺は歩いている？

コンビニエンスストア、銭湯、シャッターが半分降りた中華料理屋。ポストを右に曲がる。

ここはどこだ？　俺の家の近く？

背中に圧力。左腕の自由が利かない。

誰だ？　横に誰かがいるぞ。滝川《タキ》？　滝川陽輔？

「俺……」

といい、立ち止まる。滝川も止まった。

「やっとお目覚めか。一人で歩けるな？　もうすぐだ」

滝川は俺から離れた。左腕が自由になる。どうやら肩を貸してくれていたらしい。

「いい気なもんだ。おかげでこっちは大迷惑だ」

滝川は先を歩いていく。俺は頭を振った。痛い。そして気づく。

「もしかして、店で寝た？」

「もしかして、ときたもんだ。叩いても、水をかけても起きやしない」

といわれ、首筋を触る。冷たい。シャツの背中も濡れている。しかし怒る気にはなれなかった。怒りをぶつけるなら自分にだ。

蓄積した疲労にアルコールと重い空気が相乗効果となって作用し、酔いが回ったらしい。この俺としたことが大失態だ。

「ここは？」

「三軒茶屋。あの飲み屋から一番近いのが俺の下宿だったからな。そこまでタクシーで来た。あとで金をもらうぞ。それから、俺の部屋は狭いけど、文句いうなよ。泊めてやるんだ。朝になったらとっとと帰れよ。さあ、着いた」

滝川は左手の門扉《もんぴ》を押した。表札には「井上」とある。ドアを開けると、半畳ほどの狭いスペースに靴が散乱していた。急勾配の階段を昇る。俺は、酔いも手伝って足を取られた。

「しーっ。一階は大家なんだ」

振り返った滝川が、唇に人さし指を当てた。

「五号室」の木の札が下がったドアの前で止まる。昔懐かしい真鍮《しんちゅう》メッキのノブ。鍵穴が部屋の中まで貫通している。

部屋に入るなり、俺は息を飲んだ。

四畳半は天井までの本棚に囲まれていた。本棚がないのは押入前のほんの一角だけで、窓さえも塞がれている。他に、腰の高さほどの冷蔵庫、カラーボックス。そして驚くべきことに、この部屋にしてテレビは二十五インチ。座るのもままならないというのに、いったいどうやってテレビを観るのだろう。

こんな狭い部屋、見たことがない。建売住宅がウサギ小屋なら、こいつの部屋は鳥籠《かご》だ。

しかし狭いなりに整頓されていて、わずかにのぞいた畳の上には紙屑ひとつ落ちていない。水切りの上にもきちんとふきんがかけられている。

カラーボックスの上に陶器の写真立てがあった。若い女性のスナップ写真が入っている。前髪を眉のあたりで切り揃え、目鼻と口がちんまりとまとまっている。恋人？やけにじみ好みなんだな。

「四畳半がそんなに珍しいか？」

きょろきょろする俺に、滝川は自嘲《じちょう》気味にいった。

「いや……。本とビデオの数が」

内外の戯曲、文学、哲学書、教典、と本棚には隙間がない。ビデオは二百本を下らないだろう。よくも床が抜け落ちないものだ。地震が起きたら一巻の終わり、アンドレ・ザ・ジャイアントと小錦にのしかかられるようなものだ。

「世の中には、塒《ねぐら》に金をかける愚か者が多いからな。3LDK、エアコン完備、バスはシャワー付き、床はカーペット張り。何故そんなところに住む？ 他人に自慢したいからだ。器《うつわ》なんて最低の大きさでいいじゃないか。要は中に何が詰まっているかだ」

こいつ、俺に劣らず、すねた生き方をしている。

「突っ立ってないで座れよ」

滝川がいう。しかしどこに腰を降ろせばいいのだ。やつは長身を器用に畳み、本棚とテレビの狭間《はざま》にすべり込んでいるが、俺にはそんな芸当はできない。

「寝ていいかな？」

立ったままいう。

「まあ、座れ。コーヒーを淹《い》れてやるから」

「いや。頭痛いし」

「飲んだらすっきりするぞ」

首を伸ばし、しつこく勧める。見かけによらず寂しがりやなのかもしれない。根はいいやつかもな。俺を助けてくれたことだし。素直じゃないだけだ。

本音の滝川と膝詰め――そう、まさに膝詰め！　――で話すのもおもしろいかもしれない。しかし頭の痛さはどうしようもない。きっぱりと誘いを断る。

すると滝川は不機嫌になり、ピースをくわえたまま顎をしゃくった。

「押入で寝られるようになっている。信濃のすぐ後ろ、そう、そこだけ襖《ふすま》が開くだろう？」

いわれたように、五十センチだけ露出した襖に手をかけた。上段にはプラスティックの衣装ケースが並べられ、その上に布団が敷かれている。簡易ベッドだ。

「悪いけど、寝かせてもらうよ」

と一言いい、押入に潜り込んだ。その時、ちらりと下段に目をやった。驚いた。ここにも本がぎっしりだ。

圧迫感と湿っぽさはあるが、まずまずの寝心地といえよう。

横になったせいか、少しは頭痛が和らぐ。そしてふと思う。

滝川はどこに寝るのだろう？　テレビさえどければ横になれないこともないだろうが、どける場所はない。座ったまま寝る芸を会得しているのだろうか。あいつのことだから、なきにしもあらずだな。その姿を想像し、笑いが込みあげる。

そしてまたふと思う。

恭子は、この部屋に来たことがあるといった。泊まった？　どこに寝た？　部屋には足の踏み場もない。じゃあここ、俺が今寝ている押入のベッド？　滝川と一緒に？

俺は激しく頭を振った。痛みがぶり返す。

連想ゲームはおしまいだ！　あんな女のことを気にするな。深入りすると、結末に待っているのは災いなのだ。俺は女で身を滅ぼすほど愚かじゃない。

そうとは解っていても、野性的な髪形が、愛嬌のある瞳が、官能的な唇が、脳を占拠して離れない。実体のない香りまでも漂ってくる。そして俺の体は柔らかな感触を思い出す。

だめだ！　今のうちに消せ！　どうせ長続きはしないのだ。

そうこう葛藤を続けるうちに、いつしか眠ったらしい。気がついた時、俺の中に恭子はいなかった。

はめっぱなしの腕時計を見ると三時前だった。頭痛はすっかり消えていた。しかし無性に喉が渇いている。

そっと押入から降りる。滝川は座ったまま眠っていた。だが、俺が想像していた形とは若干異なり、折り畳み式の卓袱台《ちゃぶだい》に上半身をあずけていた。英和辞典が枕代わりだ。

机で寝た経験は俺にもある。なかなか気持ちいいものだ。ただし、起きぬけに襲われるげっぷの連発には閉口してしまう。

滝川に毛布をかけてやり、流しで水を飲む。酒でいかれた舌には塩素の味など解らないから、何杯でもいける。

もうひと眠りしたら始発で帰ろう、と押入に戻りかけた時だ。注意していたつもりなのだが、ごみ箱をひっくり返してしまった。滝川の頭がわずかに動いた。

狭い部屋はこれだから困る。音を立てないようにごみをかき集める。

と、くしゃくしゃに丸めたはがきが目にとまった。なんとなく拾いあげ、皺《しわ》を伸ばした。常夜灯にかざしてみる。

前略
先日送った写真、どうでした？　いつまでたっても返事がないから心配しています。またこの前のように、見もせずに捨ててはいないでしょうね? 陽輔と同じ中学の三年下だそうです。礼儀正しく、ひかえめな娘さんと評判です。会うだけでも会ってみなさい。

お父さんはあんな人ですから何もいいませんが、あなたが戻ってくることをとても期待しているようで、新聞の求人広告をながめては、「最近は新潟にもいい勤め口があるなあ」といっています。あとふた月で三十二でしょう。そろそろいいんじゃないかしら。

恩給があるから、私たちはなんとかやっていけるんです。まじめな暮らしを考えなさい。私だって、孫の顔を見ずに死ぬなんていやですよ。

体だけは大切に。三食しっかりとるんですよ。野菜もね。

かしこ

表面《おもて》の下半分まで、細かな字がびっしりと書き込まれていた。

食うや食わずの生活、いつまで経っても新聞に出てこない息子の名前。芝居をしているというが、何か悪いことにでも手を染めているのではないか。だから就職できず、結婚も避けているのでは。

人間としての正しい形は一つしかないと信じきっている親ならではの心配だ。同じやくざ者の俺としても耳が痛い。嫌なものを見てしまったな、と丸め直したはがきをごみ箱に投げ入れる。

と、今度は、ぎょっとするものが飛び込んできた。ちぎって捨てられた紙片の上に、「殺してやる」と浮かんでいたのだ。大きめのかすれたそれは、ワープロの文字を拡大コピーしたものと思われた。

あわてて同じような紙片を集め、ジグソーパズルを組み立てた。

滝川陽輔、楽しみに待っていろ。まもなくおまえを殺してやる。

最高の舞台を用意した。完璧な演出もしてやろう。精神のすべてを注ぎ込んだ殺人劇だ。

舞台の上。それがおまえの死に場所だ。

時代がかった脅迫状だった。

第二幕　殺人舞台

1

「ゴッホンさんのアトリエにどんな絵があったか知ってる?」

ワトソンが首を回した。

舞台の照明が落ち、スライドが映し出される。

荒涼としたシナイ山で十戒を授かるモーゼ。雲を突くバベルの塔の建設のために石をかついで歩く人の列。箱船に集まる動物の群。廃墟と化したソドムとゴモラ。

映像が変わるごとにワトソンは注釈を入れた。

照明が戻る。

「さて問題です。ゴッホンさんが描いていた絵の共通点を一言で説明しなさい」

「聖書を題材にしていること」

音楽家がいった。

「ブー！　それだけじゃだめ」

「旧約聖書」

映画監督がいった。

「ピンポンピンポンピンポーン！」

「ヤッホー！　四泊六日のハワイ旅行だ！」

舞台中央に駆け出てガッツポーズ。自らのコートのポケットから取り出した紙吹雪を撒き散らす。

「あるわけないだろう！」

ワトソンは映画監督の頭をメガホンで叩き、

「でね、もっとよくアトリエを調べてみたの。そしたらさ、ヘブライ語の辞書が出てきたんだ。小口《こぐち》がまっくろけの——」

「解った！」

さるぐつわ代わりのリボンを外した探偵が声をあげた。

「ゴッホン画伯は、絵に独自の解釈を入れるために旧約聖書を原書で読んでいたのだ。ヘブライ語のね。手垢《てあか》で汚れた辞書がそれを証明しておる。よって、ゴッホン画伯がキャンバスに遺したメッセージはヘブライ語の文字なのだ」

　一同に歩み寄り、胸を張る。

「今ごろ遅いんだよ！」

　ワトソン、どつく。

「あたし、辞書を引いたわ。そしたらね、この文字は『シン』っていうの。さあ、みんな一緒に」

「シン」

「よろしい。そんでもって、アルファベットに対応させると――」

　とワトソンは、黒板の「ש」の横に「Sh」と書く。

「つまりさあ、ゴッホンさんがいい遺したかったのは『Sh』じゃないかって思ったわけ」

「その通り」

　探偵、胸を張り、またもワトソンにひっぱたかれる。

「次にソーセーキさんね。あの人、古代ゲルマンの戦記小説を書いていたみたいなの。で、書斎を調べていたら、こんなものが出てきたわ」

　ワトソンはトランクから一冊の本を取り出し、映画監督に手渡す。

「なになに、『失われたルーン文字』。何ですか、ルーン文字というのは？」

「古代から中世にかけて、北ヨーロッパを中心に使われていた文字よ。単純な直線の組み合わせで作られた文字で、おもに木や石に刻まれたの。武器に刻めば、強大な力が宿るという信仰もあったみたい」

「石に刻むということは、ヒエログリフやフェニキア文字の類《たぐ》いですか？」

「うーん、そんなもんかな。製紙技術とラテン文字が入ってきたら、あっという間になくなっちゃったんだから」

「すると、ソーセーキ君が遺したのはルーン文字だったと？」

黒板の「ᛋ」を指しながら音楽家が尋ねる。

「そういうこと。『ソウェル』って読むの。さあ、一緒に」

「ソウェル」

「よろしい。対応するアルファベットは――」

とワトソン、「S」と書く。

「ゴッホン君が『Sh』でソーセーキ君が『S』か」

唸る映画監督。

「だからいったでしょう。犯人はあんただって」

「ワトソン二〇四号君、ごくろうだった。三十パーセントの昇給を約束しよう。あとはこのオーギュスト明智にまかせておきなさい」

ワトソンを押しのけて前に出る探偵。いつの間にか持ち出した十手を突き出す。

「そうだ、おまえが犯人なのだあ！『S』ではじまる名前、しかも『Sh』と続くのはおまえしかいなーい！　さあ、この書類にサインするのだ」

しかしメイドのしのぶは、無表情で紙をひったくると、細かく破いて宙に散らした。

「な、何をする!?　無駄な抵抗はよせ。書類ならいっぱいあるぞ」

探偵、トランクを開ける。書類を十センチほどわし摑みにし、メイドに突きつけた。

メイドは鼻先で嗤《わら》い、エプロンのポケットに手を差し入れた。出てきたのは例の登山ナイフだ。

赤くなる照明。

階段から転げ落ちるような激しいピアノの旋律は、ＥＬ＆Ｐの“Karn evil 9, 2nd impression”。

探偵、紙の束をしのぶに投げつけ、へっぴり腰であとずさり。

「殉職は二階級特進だ。故郷《くに》の御両親もさぞや嬉しかろう」

とワトソンを盾にして、首だけを覗かせる。

「そうよ。私が殺したのよ」

メイドは映画監督ににじり寄る。映画監督、四つん這《ば》いで後退。

「あんたたちも殺すはずだった」

今度は音楽家にナイフを突きつける。

「ど、どうしてだ。何が不満だというんだ。給料か？　よし、あげてやろう。ついでに私の愛人にしてやろう。おこづかいたーっぷり。ミンクのコートだって、翡《ひ》翠《すい》の指環だって買ってやる」

および腰の音楽家はメイドの肩に手を回す。

「近づかないで！」

一喝。

音楽家の鼻先にナイフ。その場にぺたんと尻餅をつく。

「じゃあ私も愛人契約を結んでやろう。月に百万でどうだ？」

「半年に一度の海外旅行もつけてあげなさい」

探偵のアドバイス。映画監督、うなずく。

「お黙り！　なによ、その鼻持ちならない態度。何様だと思ってるの！　だから芸術家は死ななければならないのよ」

ナイフを振り回してわめくメイド。

あたふたと逃げ回る他の者。

ここからは、メイドのしのぶこと毛利恭子の独擅場《どくせんじょう》だ。

「人間の生になにひとつ役立たないものをこしらえる毎日。遊んで暮らす子どもとどこか違って？　紙屑の束を、雑音の詰まったプラスティックの円盤を大金に化かす錬金術師。詐欺だわ。オブジェという名のもとに、鍋や釜から本来の機能を奪い去ってしまう。冒瀆《ぼうとく》以外のなにものでもないわ。それでいて自分の作品が評価されないと周りを馬鹿扱いする。サイテー！　あんたたち芸術家なんて、オゾン層を破壊するフロンガスよ！」

「われわれは作品を通じて、一般庶民の心にやすらぎを与えているのだ」

映画監督がいう。

「欺瞞《ぎまん》だわ。なにが、『やすらぎを与える』よ。エゴを押し通すための大義名分じゃない。あんたはただ、好き放題に、おもしろおかしく生きたいだけでしょう？　太陽の下で汗水たらして働きたくないのよ。現実にもまれて生きるのを怖がっている臆病者よ」

「天から授かった才能を使わずに野に埋もれてしまうことこそ神への冒瀆じゃないか。私は音楽をクリエイトするために生まれてきたのだ」

言葉に詰まった映画監督に代わって、音楽家が声高《こわだか》にいった。

「そこまで思い込めればたいしたものだわ。あんたは裸の王様よ。誰もあんたに才能があるなんて思ってないわ。真実を口にできる純真な子どもが一人出てくれば、あんたの存在価値はなくなるでしょうね。芸術なんてそんなもの、存在自体が詐欺なのよ！」

すごすごひきさがる音楽家。

バロック調の荘重な音楽。

メイドは踊る。

「私は神に遣わされた掃除人。神が創りそこなったごみを集めて天に送り返す。だから芸術家を殺すのよ」

踊りが終わって静寂。

青暗い照明。

チーン、チーン、チーンと鐘の音が三回。

"Our life together is so precious together
We have grown-we have grown
Although our love is still special
Let's take a chance
And fly away somewhere alone"

「十年前、私はマーク・チャップマンを名乗っていた」

　メイドはピストルを手に、低い声でいった。

「チャップマン？」

「マンハッタンを徘徊《はいかい》して獲物を探す毎日だった。そこに現われたのがジョン・レノンよ」

　一同、目を剝《む》き、口あんぐり。

「彼は愛を歌った。人間を歌った。だけどそれがなんだっていうの？　ただの道楽だわ。しかもその道楽で多くの民《たみ》を酔わせてしまった。おお、洗脳！　人々は彼を超人と崇《あが》めた。超人、すなわち神。人間のくせに神だなんて！　これこそ神への冒瀆！しかも彼は天上の神を否定した。おまえ、『ゴッド』の歌詞を訳してみろ」

　音楽家にピストルを突きつける。

「神なんて、人間が苦悩の度合いを測る観念にすぎない」

「ああ、もうやめて！　神が人間の観念だなんて、よくもいえたわね。『イマジン』だってそうよ」

「想像しなさい、天国なんてないということを」

「お黙り！　おのれ、ジョン・レノンめ！　神を冒瀆するにもほどがある。だから神は私にいった。『キル・ヒム！』。十二月八日、寒い夜だったわ」

銃声。

“(just like) Starting over” もぶつりと切れた。

「その前は山崎富栄《やまざきとみえ》だった」

今度は腰紐を手にしている。

「山崎富栄？」

「修治《しゅうじ》は臆病な男だった。二言目には『死にたい』というくせに、いざとなったら尻込みする。玉川上水でもそうだった。ふんぎりをつけさせたのはこの私。逃げ出そうとする彼の腰に赤い紐を結びつけて、無理やり川にひきずりこんだ」

いいながら、映画監督相手にその様子をやってみせる。

「あの……、修治って、太宰《だざい》さんのことですか？」

おずおずとワトソン。

「太宰治《おさむ》、本名津島《つしま》修治。私が神の使徒とも知らずに近づいてきた愚かな男」

「きゃー。あたし、太宰治のファンなのぉ！　ねえねえ、サインなんか持ってる？」

「そんなものなら腐るほどあるわ。北斎、ワーグナー、ボッティチェリ。古今東西、芸術家の死の陰には私がいたのだから。

そして今、四人の芸術家が住むこの屋敷にやってきた。ゴッホンを葬り、ソーセーキを天に召した。残るはあと二人。ところが――」

とメイドはワトソンを睨みつける。

「はいはい、そうですね。この子がでしゃばったまねをしたばかりに御迷惑をかけてしまって。どうぞおしおきしてやってくださいな。あ、いや、私はあなた様が犯人だなんていってませんよ」

探偵、ワトソンを突き飛ばす。

よろけたワトソンはメイドの懐へ。目の前に光るナイフ。

しかしメイドはワトソンを投げ返す。

「そんなことおっしゃらずに。つまらないものですが取っておいてください」

探偵はもう一度突き飛ばす。

メイドも投げ返す。

キャッチボールされて足がもつれるワトソン。

「こんな小娘の命など欲しくない。私が神におおせつかったのは、こいつらを殺すことだ！」

メイドが音楽家に飛びかかった。

白刃一閃。

悲鳴。

胸を掻きむしる音楽家の両手の間には、ナイフの柄が突き立っている。しばらくはよろけながら舞台を彷徨《さまよ》っていたが、やがて腰から崩れ落ちる。よく見ると、白いシャツの胸が赤く染まっている。

「次はおまえだ！」

メイドは映画監督を指さす一方で、仰向けになった音楽家の胸からナイフを抜き取ろうとする。

が、その前に映画監督が行動を起こした。

「芸術家やめます！　ビッチの出てくるエッチな映画を撮るから、お許しを！」

舞台下手《しもて》へ駆け込んでいく。

罵声を浴びせながら手ぶらであとを追うメイド。

舞台に残されたのは探偵とワトソン、そしてナイフを胸にぴくりとも動かない音楽家。

「先生、追いかけなくていいのぉ？」

ワトソンがいった。探偵はかぶりを振り、

「見たまえ。十二時を回っておる。もう月曜日、私の捜査権限は消えてしまった」

「今週もお金にならなかったわね」

「来週こそ見事に解決してステーキを食べさせてやるから、それまではこれでがまんしなさい」

探偵、ワトソンの口にゆで卵を入れる。

「それにしても、あのメイドさんはなんだったのかしら？　精神病？　それとも変な宗教に入れ込んでいたのかなあ」

口をもごもごさせてワトソン。

「ま、そんなところだろう。ほら、もひとついきなさい」

むきたてのゆで卵を渡す探偵。

下手に消える二人。残された音楽家の死体。

照明が徐々に落ちる。

ボブ・マーリー&ザ・ウェイラーズの“No woman, no cry”。

ナレーションがかぶさる。

「しのぶさん、しのぶさん。三番テーブル御指名です」

「しのぶ君、一人殺しそこねたんだって？　だめじゃないか」

「とんだじゃまが入ったんです」

「困るよ。仕事はきっちりやってくれなきゃ」

「解りました。今度から気をつけます」

「芸術作品に価値が出るのはアーティストが死んでからなのだ。だから生きているうちに作品を安く買いあさり、殺す。しかる後に『未発表作品』として高く売り払う。これがわが社のモットーなんだよ」

「地上げ屋も顔負けね。財テク上手なんだから、神様も」

「しーっ。下界では社長と呼びなさい」

音楽、フェードアウト。

幕。

2

五月二十三日。昼前にシアターＫＩに入った。

照明のセッティングやＰＡのチェックが行なわれる中、舞台では場の転換の練習。袖に引っ込むタイミングを計り、大道具の入れ替えをやってみるのだ。ちっぽけな劇団に専属の大道具さんがいるわけはないから、役者自らが駆け回ることになる。

夕方になってゲネプロ。衣装、メイク、小道具、大道具、照明、音響、すべて本番通りの総リハーサルだ。ゲネプロというのは、ドイツ語のゲネラールプローベの略らしい。

「いやあ、おもしろかった。まだおなかの皮がぴくぴくしてますよ」

カーテンコールの練習が終わるなり、銀髪の男が舞台に歩み寄ってきた。背丈は百七十を越え、ポロシャツの胸を押し出す筋肉も引き締まっている。浅黒い肌には染みひとつ見当たらず、誰も七十過ぎとは思わないだろう。たとえれば上原謙のようなタイプだ。

がらんとした客席にただ一人、ゲネプロを最初から観ていたこの男こそ、伊沢保則である。

「どうもありがとうございます」

風間が深く頭を下げた。「当時」を知っている滝川《タキ》、斎木《ブースカ》、住吉《カズ》も、いつになくかしこまっている。

「先月ここに出た『極仁会チューリップ組』をちらっと観たんだが、君たちの方がよっぽどおもしろい。毎日観させてもらうよ。娘と一緒にね」

今をときめく極仁会チューリップ組より上とは、世辞にしても誉《ほ》めすぎだ。

それにしても伊沢は妙なことをいった。確か彼の子どもは、亡くなった清美一人だったはずだ。しかし神妙になっている風間たちは、それに気づかないらしく、何も訊き返さなかった。

「誰の作品なんだね？　風間君か？」

「いえ。僕は演出で、本を書いたのは彼です」

と指され、滝川が軽くうなずく。

「そうかい。台本をちらっと見せてもらった時にも笑わせてもらったが、こうして舞台を見ると、より以上におもしろかった。芝居はいいもんだな。みんなの力でどんどん良くなる。それから、ゆで卵を出してくれてありがとう」

伊沢はあくまでもにこやかである。マスターストロークを、芝居を憎んでいた過去は微塵《みじん》も感じられない。小道具のナイフを手に、「よく作ったもんだ」などと感心したりもする。

舞台に散った血糊《ちのり》を拭きながら、俺は思う。

恭子とのはじめての夜、彼女が滝川に対して怒りをあらわにしたのももっともだ。

追悼公演だというのに劇中で人が死ぬのだ。状況、人物、動機の設定を現実から離すことによって重苦しさを感じさせないようにしてはいるが、伊沢、そして亡くなった清美への礼儀としては避けてしかるべきだ。

初対面のころに較べると滝川に対する見方が変わってきている俺だったが、こういう無神経なところはどうにも気に食わない。

しかし伊沢は度量が大きいのだろう。不快な表情はこれっぽちも見せなかった。過去は過去、芝居は現実と無縁の作りもの、娘を楽しませてくれればそれでいい、と割り切っているように思えた。

「あー、疲れちゃった」

両肩に柔らかな感触。しゃがんで雑巾《ぞうきん》を使っていた俺は顔をあげた。

「稽古場と舞台とでは疲れ方がぜんぜん違うのよぉ。ジョージには解んないだろうな」

場末のキャバレーのホステス顔をした恭子。本番のメイクをしていると、間近では見られたものじゃない。

「明日からはもっと疲れるぞ」

風間がいった。頰と唇に紅を点《さ》している。なるべく直視しないようにする。

「でも、それだから、打ちあげのジュースがうまいんだよなー」

住吉がいった。大の男がジュースとは、気味悪いやつ。

「ゲネプロより、あのおじさんの話の方がまいったわ」

みさとが舌を出した。退団の件といい、こいつも無神経の塊《かたまり》だ。

「もう少し舞台稽古したいな。予想以上に感じの摑みにくい舞台だよ、ここは」

滝川が難しい顔をした。「私も」と恭子。

「もうちょっとやってみるか？」

みんなを見回して風間がいう。「そうだね」と斎木。

「今日は早いとこあがって、明日にしないか？　小屋入りの時間を早めて、本番前にやるってのは？」

腕時計を見ながら滝川が提案した。結局この意見が通り、

「じゃあ、伊沢さんにかけあってくる。信濃君を手伝ってハケといて」

図1〈シアターKI〉

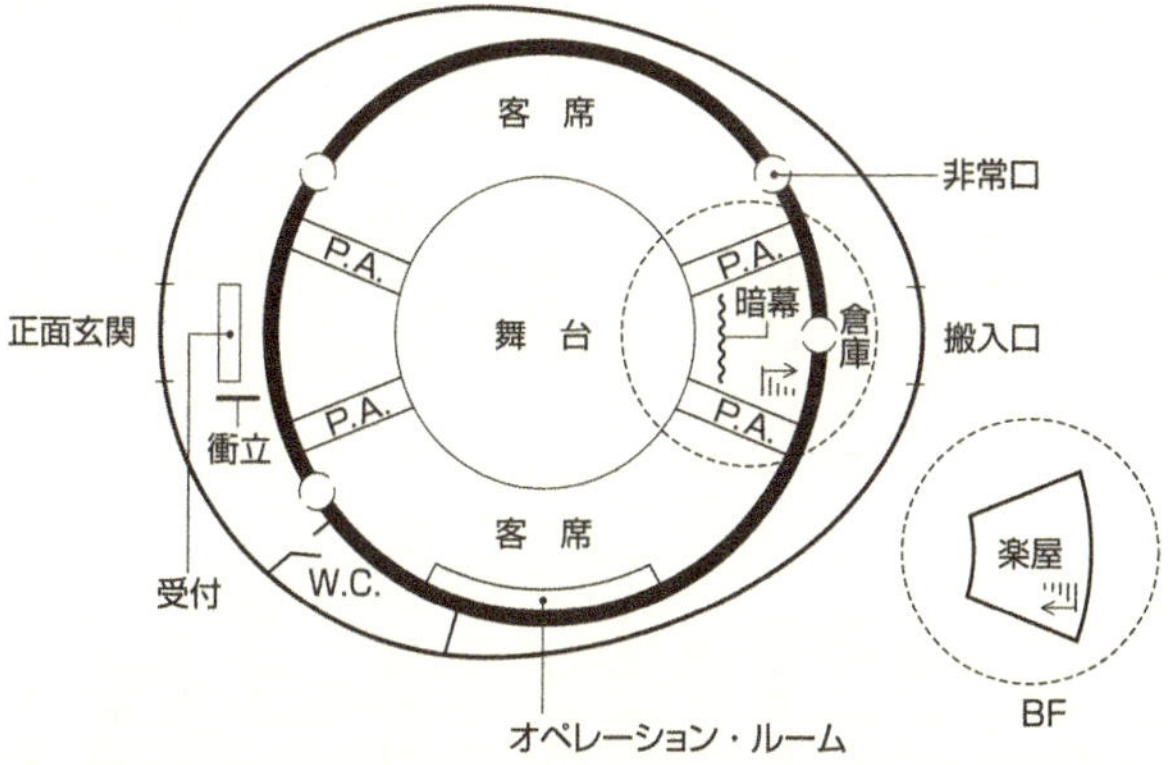

風間の号令で片づけ《ハケ》がはじまった。

彼らがみんなして、舞台の感じが掴みにくいというのも解る気がする。ここシアターKIの舞台は変形なのだ。いや、舞台だけじゃない。建物自体が普通でなかった。

横にした卵の半分を地中に埋めたような外観。これは、亡くなった清美をイメージしたものだ。一週間食べ続けてもまだ飽きないというほどのゆで卵好きだったらしい。だから伊沢は、芝居の中にゆで卵を使った場面が出てきたのを喜んだのである。

内部の構造もゆで卵にたとえた方が解りやすい。縦に割ったゆで卵をイメージする。底面にあたるところにエントランスが、頂点に器材の搬入口がある。卵黄部分が客席とステージだ（図1）。

入口ホールの右手にはトイレ。ホールから壁の曲線に沿って時計回りに進むと搬入口に面した倉庫に達する。さらに歩き続けるとトイレの裏で行き止まり。トイレの入口はホール側にしかないから、一周してホールに戻ることはできない。ホール正面の左右には二つの扉があって、ここを開けると、実に奇妙な世界が広がっている。

中央にある円形の回り舞台を、同心円の客席がぐるりと囲んでいるのだ。つまり舞台は三百六十度から見つめられることになる。

ユニークな建築発想で鳴らした伊沢保則らしい小屋だ。しかし舞台に立つ者としては戸惑うことこのうえない作りでもある。

普通のステージは百八十度を対象として作られている。舞台の横や後ろには客がいないのだから、役者は前面だけに気を配って演技すればいい。

ところが三百六十度となると前後左右の区別がない。すべてを「前」と考えなければならないのだ。なのにいつもの調子で演じていると、ある方向の客には背中ばかり見せるはめになる。

有能なブレーンと金さえあれば、この特殊なステージを十二分に活《い》かした脚本、演出、道具だてができるだろう。

しかしメジャーとマイナーの狭間で奮闘している若者には、たとえ頭があっても金はない。芝居全体を通じてステージをゆっくりと回し続け、どの席の客にも公平に「背中を見てもらう」配慮をするくらいが関の山だ。そしてマスターストロークもこの手法しか取り入れられなかったようだ。

回り舞台を客席で囲むことによって、芝居は四次元的な広がりをみせる、というのが伊沢の狙いだったようだが、これでは宝の持ち腐れだ。

ＰＡシステムにしてもそうだ。円形の客席を分断するように四ヵ所に配置されたＪＢＬスピーカー。さらに、階段式の座席の下にはボディーソニック・システムまで埋め込まれている。

コンサートホールにも負けないＰＡに、音響さんは必要以上にはりきってしまい、ＢＧＭやＳＥをやたらめったら、それも大きめのヴォリュームで入れてしまうのだ。貧乏性というやつだな、きっと。

ＰＡに挟まれた扇形の二つのスペースは袖として使われている。どちらが上手でどちらが下手なのか？　舞台の全方向が正面だから区別はつけづらいが、建物の頂点側をいちおう下手としているようだった。こちらの袖の真下に楽屋がある。

ステージの片づけを終えた俺たちは、下手の袖にある階段を降り、楽屋に集まった。一時間ほどの打ち合わせに舞台監督、音響さん、照明さん、回り舞台を動かしてくれる小屋づきの機械係、といった外部スタッフも加わった。

「明日の小屋入りは一時。最後の舞台稽古を軽くやって、七時からの本番に備えよう」

風間がしめくくり、それぞれ足速に帰宅していった。

俺？　俺は、また捕まってしまったのだ。

「今日からは私のとこに泊まんなよ。公演中は神経使うから、奥多摩から通ってたら大変だよ」

「ああ」

「ラッキー！　公演の前の晩っていつも、気持ちが高ぶって寝つけないの。手伝ってね」

恭子もたいした度胸だ。舞台であがることもないだろう。

それにしても、俺の体《てい》たらくぶりは目を覆うばかりだ。最近は断るそぶりもみせないじゃないか。蘭《らん》のような女だぜ、恭子ってやつは。すると俺は、甘い香りに誘われてせっせと受粉に通う哀れな蜜蜂か。

女と寝るのにいちいち自己弁護するなんて、もっとなさけない。

好きなら好きだとはっきりいってしまいたい。

3

滝川《タキ》が破り捨てた脅迫状。

俺はあれを見た瞬間こそ驚いたが、やがてああそうかと納得した。

劇中、滝川演ずるところの音楽家は殺される。だから滝川は、脅迫状もどきを自分で作り、それが本当に送られてきたのだと思い込むことによって、殺される者の心理状態を体験したのだろう。

犯人役の恭子も似たような自己暗示で演技に磨きをかけていた。「殺してやる」と念じながら、見知らぬ者のあとをつけ回すというのだ。俺にはとても信じられなかったが、恭子いわく、「すっごく気持ちが高ぶってくるの」。

しかし俺の推測は間違っていた。

五月二十四日、舞台は本物の血を吸ったのだ。

その日、一時に小屋入りした俺はまず、受付の準備をはじめた。

ホール正面、客席に通じる二つのドアの間に長机と椅子を置く。銀行に足を運び、当日精算券の釣りを用意する。客席は土足厳禁だから、靴を入れてもらうためのビニール袋を買いにいく。アンケート用紙の間に他の劇団のチラシを挟み込む。

その合間には、やれ弁当が欲しい、今度はジュースだ、と声がかかったもので、舞台でどのような最終チェックが行なわれていたのか、まったく知らない。

受付を手伝ってくれる女性が二人やってきたのが三時過ぎだった。ともにK大演劇部の部員だ。受付だけでなく、制作全般を手伝ってくれればよかったのにと思うが、今となっては仕方ない。

俺たち三人は、五時半から受付に座った。開場は六時半だが、その一時間前から整理券を配るのだ。全席自由だから早い者勝ちなのである。

ところがだ、せっかく三百番まで作った整理券はさっぱり減らない。開場と同時に入場したのは三十人にも満たなかった。

「平日だからしょうがないですよ」

と彼女たちは慰めてくれたが、俺の顔はひきつるばかりだ。

ホールのピンク電話が鳴ったのは六時四十分だったと記憶している。

「滝川さんになんですけど」

後輩の一人がいった。

「俺が行ってくるよ」

本番前の楽屋には立ち入らない方がいいだろうと気を配っていたのだが、受付にいたのでは心臓に悪いばかりだ。

俺は席を立ち、時計回りに廊下を歩いた。搬入口の向かいにあるドアを抜けて下手の袖に出ると、ところ狭しと置かれている大道具の間にぽっかりと穴が開いている。階段を降りて楽屋に入ったとたん、とんでもないシーンに出くわした。滝川の右フックが住吉《カズ》の左頰にヒットしたのだ。

住吉は腰から崩れ落ち、ついでに小道具やバッグが載った長机までひっくりかえしてしまった。

「な、なにすんだよー」

タオルやら女ものの下着やらを払いのける住吉。口の中を切ったのか、声に力がない。

「口ばっかりのやつにはこうするしかないだろう！」

なおも右の拳を握りしめたまま、滝川は一歩前に出る。住吉は尻餅を突いたままあとずさりする。しかし衝立《ついたて》にぶつかって逃げ場を失ってしまった。衝立の脇にあったプラスティックの籠《かご》を盾《たて》代わりにして身構える。

「やめろ！　ブースカ、頼む」

風間が間に入った。長身の滝川に対抗できるのは巨漢の斎木《ブースカ》しかいない。斎木は無言で、滝川の腰にしがみついた。

「タキがいうことも解るが、殴ってどうする。こんなことをしている場合じゃないだろう」

風間は滝川を睨み、住吉を助け起こす。滝川の歯軋《はぎし》り、住吉が口の中を嘗《な》める音。

「電話」

俺は、滝川の燕尾服を後ろから引いた。

「俺に⁉」

嚙みつくように見降ろしてくる。

「なんで俺に電話が入るんだよ⁉　誰から？」

「あ、聞かなかった」

「ばか野郎！　ちゃんと聞いておけ！」

滝川は俺を突き飛ばすと、荒々しい足音とともに消えていった。

台風が去り、人々はようやく災害の復旧にとりかかった。風間は住吉の両肩に手をかけ、低い声でなにごとかを喋っている。おそらくなだめているのだろう。

「どうしたんだ」

恭子に耳打ちする。

「舞台稽古の時にカズちゃんがだらだらやってたのよ」

「だからヤキを入れたのか」

「カズちゃんの態度、私も悪いと思った。でもねえ……」

恭子は顔をしかめる。

「あいつ、口うるさいだけだと思っていたけど、手も早いんだな。硬派とは意外だった」

「なにが硬派よ！　殴るなんてサイテー。いつものヒステリーだけなら許せるけど、もう絶対に口も利いてやんないわ。オンスのある男ってやあねぇ」

「バーカ」

と恭子を小突いた時、またも荒々しく階段が鳴った。

「だから聞いておけっていっただろう！」

滝川が俺に詰め寄ってきた。

「駅まで来たが道が解らない。ただそれだけだ。おまえが道順を教えてやればよかっただろう！」

「そんなことといっても、電話を取ったのは俺じゃない。俺は伝達しにきただけだ」

睨み返してやった。今日はサングラスをしているから迫力があるぜ。滝川は舌打ちを残して衝立の陰に引っ込んだ。

「もうすぐ七時か。開演、ちょっと遅らせようか」

風間がいった。

俺は楽屋を出て道を引き返した。客は集まらない、ごたごたは起きる。とんでもないところで仕事をしてしまったものだ、と溜め息が出る。

途中、大きな荷物を抱えてよたよた歩く伊沢とすれちがった。若く見えても足は正直のようだ。

受付の彼女たちに訊くと、なんとか百人は入ったらしかった。

それでもキャパのたった三分の一！　ひと月半の努力が、疲れとなってどっと押し寄せる。軽い眩暈《めまい》。努力はもうやめだ！　「頼んだぜ」と一言、俺は客席に入る。

ホールにある二つのドアのうち、向かって左を引いた。一歩踏み込むと、同じ観音開きのドアがもう一つある。これを押し開けると客席だ。つまり、ドアは二重になっているのだ。音響の効果を高めるためだろう。そういえば、倉庫と下手の袖の間のドアも同じ作りになっていた。

客席を見回す。寂しい。

　俺は、下手側にある非常口の近くに腰を降ろした。

　実をいうと、受付を離れて客席にきたのは、単にさぼりたかったからではない。先ほど楽屋で起きたトラブルの影響が気になったからだ。芝居がめろめろになりはしないか、と。特に住吉が気がかりだった。殴られ損でむかついているだろうし、口がしびれて台詞がうまくいえないかもしれない。

　七時ジャスト。始まる気配はない。

　幕があがった舞台には、祭壇のセットが置かれている。やがてここに恭子が一人で現われ、芝居が始まるのだ。

　ぼんやりと眺めるうちに、昨日の疑問が解消した。「娘と一緒に観る」といった伊沢の言葉の意味だ。

　舞台の向こう側の客席――ホール右のドアから入ったのだ――、中央最後列に伊沢が座っていた。そして横には大きな額に入った写真。伊沢清美の遺影に違いない。

　さらに二・〇の目を凝らすと、新たな発見。伊沢清美こそ、滝川の部屋に飾ってあった写真の人物だ。昔の恋人ということか。

　なるほど。やつがヒステリックになるのも解らないでもない。今は亡き恋人に完璧な芝居を捧げたいのだ。

そうこう考えるうちにようやくベルが鳴り、場内の照明が落とされた。開演が五分遅れたおかげで、若干名客が増えていた。

スモークが流れる舞台の中央に跪《ひざまず》く恭子。稽古中のヨットパーカとは違い、魔女っぽいフードつきの黒いコートで身を包んでいる。小学校のバザーで買った男もののバスローブにフードを継ぎ足し、自分で染めたという。

単調なフレーズを繰り返すシンセサイザーをバックに、「神の声」が聞こえてくる。

「コードネーム０８５９Ｄ。シレイヲアタエル。コンカイノシゴトハ、ヒジョウニオオキナモノダ――」

ボコーダーで処理した人工的な声だ。祭壇の前でじっと聞き入る恭子を載せて、ゆっくりと舞台が回る。

一周したところで暗転。シンディ・ローパーの“Girls just want to have fun”が流れ出す。

明るくなった舞台はアトリエに変わっていた。とぼけた調子の歌に合わせて軽快なステップを踏む住吉。足を滑らせて笑いを買った直後、見事なブレイクダンスで溜め息をつかせる。出だしは上々だ。

ひとしきり舞台を踊り回った後、舞台中央のイーゼルの前に立った。ポスターのデザインを手がけた柴田が突貫で仕あげてくれた油絵が置かれている。

描いては踊り、描いては歌う。このシーンでは、住吉がところ狭しと動き回るから、舞台は止めてある。

突然、照明が紫になった。

エスニックなドラム、呪術的なベースライン、闇を切り裂くサックスの高音。ウェザー・リポートの“Scarlet woman”に包まれて、殺人鬼恭子の登場だ。同時に、舞台もゆっくりと回りはじめた。

それにしても音楽のヴォリュームが大きすぎる。ＰＡの近くに座っていることもあるが、早くも難聴気味だ。尻の下からも、ジャコ・パストリアスのベースが痛いほどに突きあげてくる。風間に一言いっておいた方がよさそうだ。

恭子が住吉の背後にぴたりとついた。住吉の首を左手で引き寄せる。体を密着させて右手を振り降ろす。

「あ！　ぎゅぅ……」

住吉は腹を押さえて前のめりに倒れた。なんともいいがたい叫び声だったが、妙にリアルだった。

「う、いぃ……」

顔を歪めて体をよじる。右手を震わせ、恭子のフードに手をかける。

俺の背筋に悪寒が走った。

かっと見開かれた潤みがちの左目。右目は半開き状態だ。小刻みに痙攣《けいれん》させている頬と唇。稽古場では見せたこともない迫真の演技だ。

カズ、やればできるじゃないか。おまえは本番に強い人間だぜ。ステージが終わったら、タキに一発お礼を返してやれ。

「おやすみなさい」

恭子は男の声色《こわいろ》でいうと、右手のナイフで十字を切った。スポットが当たった住吉の左胸は赤く染まっている。衣装の下に仕込んだ血袋を、住吉が自ら破ったのだ。

恭子が下手へ消えたあとも、住吉は床を掻きむしって転げ回った。イーゼルを倒した。

ところが、である。住吉の右手が、いつまで経ってもキャンバスに伸びないのだ。

ダイイングメッセージを遺すしぐさをしないのだ。

断末魔の演技に酔いしれてる場合じゃないだろう。

上手の袖から舞台監督の顔が覗いた。彼は、ステージ・トラブルがあった時のために上手の袖に常駐しているのだが、早くも出動だ。「右手、右手」と口が動いているのが解る。

だが住吉はもだえるばかり。舞台監督は、客席後方に張り出したガラス窓に向かって、それとなく合図を送った。照明のオペレーション・ルームだ。

ふっと明かりが消えた。

これ以上待っても仕方ないので場を転換しようということか。このドジが！　罰金ものだ。また滝川に殴られるぞ。

真っ暗になった舞台の上で、大道具を取り替える音がする。次の場は、館のリビングルーム。風間とみさとの登場だ。

しばらくは二人でギャグを飛ばし合い、そこに映画監督の斎木が顔を出す。次に、作家、メイドの衣装に着替えた住吉と恭子が連れだって現われ、最後に音楽家の滝川、という順番である。

「いてーよーぉ」

「もういいから、早く」

暗転中の舞台がざわついている。

「血が出てるよー！」

みさとの金切り声。俺は腰を浮かせた。客席もざわめいた。

「照明さん！　ライト！　ライト！　全部点けて！」

風間が叫んだ。ワンクッション置いて舞台が真っ白になった。スポットも全開だ。

舞台には役者の人垣。住吉の様子は解らない。客席は総立ちだ。俺は舞台に駆けあがった。

「いてーよーぉ」

住吉は胴を抱えてのたうちまわっている。顔は冷や汗と涙でぐっしょりだ。

「これ……、ホントの血よね？」

みさとが指さしたのは住吉の左の脇腹だ。衣装の一部分が切り裂かれ、ルビー色の液体がどくどくとにじみ出てきている。血袋に仕込んだ偽ものなんかじゃない。偽の血は、衣装の胸をわずかに汚しているだけだ。

「おもちゃのナイフが？」

俺と斎木は同じことをいった。

「恭子はどうした!?」

風間が血走った目でぐるりと見回した。

「楽屋。着替えてる」

とみさと。

「呼んでこい！」

「救急車を呼ばなくていいの？」

客の方が冷静だった。適切な指示を出し、行動も早かった。一一九番の連絡は客にまかせ、俺は楽屋へ走った。

下手の袖に飛び移る。ちくしょう！　暗幕がじゃましやがる。まとわりつくな！　暗幕をクリアーしたと思ったら、今度は大道具の山だ。くそったれ！　きちんと整理しろ！

階段を駆け降り、楽屋に飛び込んだ。

「恭子は!?」

メイクのチェックをしていた滝川に訊く。俺の大声にあぜんとしながら、リップスティックで衝立《ついたて》を指した。

「ジョージ……、どうしたの？」

衝立の陰から恭子の顔が覗いた。のんきなことにブラシをかけている。騒ぎが聞こえなかったらしい。

「ナイフは？　ナイフはどこにやった!?」

俺は彼女の両肩を摑み、激しく揺さぶった。

「いたーい！　なにすんのよ！」

「ナイフだ！　カズを刺したナイフは!?」

あった。プラスティックの籠《かご》の中に脱ぎ捨てられた黒いコートの下から柄が顔を覗かせていた。

「どうしたんだよ!?」

滝川が眉根に皺を作って睨んでくるが、構わず右手でナイフを摑む。刃先を床に押し当てる。

「ちくしょう！」

コンクリートの床を殴りつけた俺の左拳に血がにじんだ。怪訝《けげん》な顔をする恭子にいってやった。

「こういうことだ」

もう一度、ナイフの刃先を床に押しつける。恭子が口に両手を当てた。

「嘘……、嘘よ！」

「じょ、冗談だろ……」

滝川も言葉を飲み込んだ。

渾身の力を込めたところで、刃先はびくともしなかった。柄の中に仕込まれたスプリングによって引っ込むはずなのに。

「来い！」

目を見開いて立ちつくす恭子の手を取り、俺は舞台に走った。

舞台の上は相変わらずだ。恭子によって脇腹をえぐられた住吉を取り囲むだけしかできない大の男たち。

「カ、カズちゃん……」

犯人はそれだけいうのがせいいっぱいで、あとは両膝を突き、住吉の体を揺さぶるばかりだ。被害者は、「いてーよーぉ」と「死にたくないよぉ」を繰り返す。

声を失った総立ちの観衆が見守る中、血を流して倒れている男。とりすがる女。まるで恭子はドラマのヒロインだ。

まてよ、ここは舞台じゃないか。恭子がヒロインであたりまえだ。だが何故、虚構の舞台で現実の血が流れるのだ。俺の頭の中も混乱している。

その時俺は見た。後方の客席で茫然と壁に寄りかかっている銀髪の男、伊沢保則を。

そうだ。彼の娘は六年前、稽古中の事故が原因で死んだのだ。小道具の槍で腹を刺されて。そしてたった今、本番の舞台の上で、当時を知る一人の男が、ナイフで腹をえぐられた。

六年の時を隔てたこの暗合は!?

「警察も呼んだ方がいいのかな？」

客の一人がいった。役者たちは顔を見合わせる。

「警察が来たら、公演は中止か？」

この期《ご》に及んで、風間はそんなことをいう。斎木は腕組をし、「それは避けたいな」などとぬかしている。こいつら、いったいどんな神経をしているんだ！

「まずいだろう。これはただの事故じゃない」

俺はいってやった。しかし反応は返ってこない。俺はもう一度、一語一語はっきりといった。

「住吉の命が狙われたのは明らかだ」

その時だ。

「警察を呼べ！」

風間が叫んだ。

「新聞社、それからテレビ局にも――」

ここまでいって、はっと口をつぐみ、下手の袖へと消えていった。

俺はこの時ほど、風間彰という人間を恐ろしく思ったことはない。

4

「ゆっくりでいいから話してみるんだ」

俺が三度繰り返すと、恭子はようやく顔をあげた。楽屋を見回し、二人きりだということが確認できると、重い口を開いた。

「ジョージが出ていってすぐ、伊沢さんが来たの」

「ああ、俺も途中ですれちがった。彼は何を?」

「挨拶に来ただけ。娘さんの写真を持って、『清美を喜ばせてやってください』って」

今日、五月二十四日が命日だ。

「あ、それからビールの差し入れももらったわ。おかげで助かった。あの喧嘩のあとでみんなくらーくなってたんだけど、ビール飲んだらすっきりした。うまくいくような気がした。なのに……」

恭子は顔を覆った。テーブルの上には、缶ビールが二ダース入った段ボール。ごみ箱の中には空缶がいくつか放り込まれていた。

「その時、ナイフはどこにあった？」

髪をなでてやり、訊く。

「テーブルの上」

「いつから置いてあった？」

「昼間の舞台稽古が終わってから」

「おまえはそれを持って舞台にあがったんだな？」

「うん」

「いつものナイフと違うような気はしなかった？」

「そんなことない。絶対」

「ナイフを取りあげた時、刃先が引っ込むかどうか確かめたか？」

「どうしてそんなことしなきゃいけないの！　見て同じだったら、いつものナイフだと思うに決まってるじゃない！」

恭子はうつむいたまま、両の拳で俺の腿《もも》を激しく叩いた。「悪かった」と謝り、気持ちを鎮《しず》めるために煙草を点けてやる。

「楽屋を出たのは何時？」

「七時十五分。カズちゃん、風間さん、みさとと一緒に」

「ナイフは？」

「持ってた。衣装のポケットの中」

「で、おまえはそのまま舞台に出ていって、他の三人は袖で控えていた？」

恭子、鼻をすすってうなずく。

「楽屋を出てから、ナイフはずっと離さなかっただろうな？」

「ポケットの中に入れてたっていったでしょう」

「最初のシーンが終わって暗転になったよな。その時はみんな何をしてた？」

「場の転換よ。祭壇を引っ込めて、アトリエのセットを出す」

「ポケットにそっと手を突っ込まれても気づかないだろう？」

「でも……。そんなことなかった、と思う」

俺の考えはこうだった。ナイフのすり替えは楽屋でも簡単にできる。しかし明るい光の下に置いておくと、違いに気づかれるおそれがある。そこで暗転中のすり替えだ。闇の中で大道具の入れ替え作業に集中している恭子は、ポケットをまさぐられても気づかないだろう。

マスターストロークの中に犯人がいるという前提での話だが。

「よく思い出すんだ」

「解らないわよぉ！　いちいち気にしてるわけないじゃない！」

そうわめいて顔をあげた恭子のメイクは涙で崩れている。この件はひとまず保留にしておく。

「じゃあ、カズに後ろから抱きついて、その……、おまえがだな……」

「はっきりいいなさいよ。私が刺したのよ！」

言葉を選んでいた俺を、恭子はきっと睨んだ。

「……、その時だな、おかしいとは思わなかったのか？　これは演技じゃないと感じなかったのか？」

「いつもより迫力あるとは思った。でも、本番で突然、演技に凄味が増すことってよくあるから」

「しかしな、俺は観ていてひとつだけ変に思ったことがあるぞ。いつものカズは、左胸を押さえて転げ回っていた。血袋を仕込む箇所だね。ところがさっき押さえていたところは左の脇腹だ。あのシーンはひと月以上前から練習してたんだろう？　この違いにおまえが気づかないわけがないと思うけど」

「そ、そうだったかしら……」

恭子は苦しそうに宙を見る。かぶりを振る。あがっていたのか、そこまで目に入らなかったらしい。

俺は大きく息をつき、二、三度痰《たん》を切るまねをした。実にいいにくい。

「恭子……、気を悪くしないでくれ。おまえがカズを刺した、ということはないよな？」

「私が刺した？　そうよ。私が刺したのよ」

握った右手を顔の前に挙げ、開く。

「いや、そうじゃなくて……。カズを傷つけようと思って――」

「どうしてよ！　どうして私がカズちゃんを殺さなければならないのよ！」

俺がみなまでいわないうちに、恭子の平手が飛んできた。俺はあえてよけなかった。もう一発。こんな失礼な質問の代償としては安すぎる。

泣いた。恭子は俺を罵《のの》って泣いた。

俺は何もいわなかった。いいわけをしたら嘘になる。恭子が自分の意志でナイフを取り替えた、と一パーセントは思っていたはずだ。人間はいつのころからか、自分以外は誰でも疑ってかかる罪を背負って生きている。

背中をさすってやり、時が経つのを待った。

「どうなるの、私。警察に連れていかれちゃうの？」

恭子の腫《は》れた瞼《まぶた》が助けを求めてきた。

「心配するな。ここで話を聞かれるだけだ」

「でも私がカズちゃんを刺したのよ！　私が殺したのよ！」

「おまえには何の罪もない。カズの命を狙った誰かに利用されただけだ。それにカズは死んでない」

「そんなことといったって、警察は解ってくれないわ」

「警察もそこまでばかじゃないさ。落ちついて話せばだいじょうぶ。今の俺の質問を予行演習と思って。ただし、今みたいに取り乱すなよ。変な勘繰りを入れられるかもしれないからな」

俺は恭子の肩にそっと手をかける。しかし彼女は、

「自信ない。私、泣いちゃうかも。わめいちゃうかも。怖い……。もしもパニックになったら助けてよ」

「だめだよ。たぶんおまえ一人で事情聴取を受けることになると思う」

「えーっ!?　ジョージと一緒じゃないの？」

うなずく。

「そんなのイヤ！　ジョージもいて！」

恭子は激しく身をよじり、俺にむしゃぶりついた。

「警察が来るまではな。だがそれからはやつらに従わなければならない。おまえならだいじょうぶだ。いつもの軽いノリを思い出せ。あそこまで軽くやったらまずいけど、とにかくリラックスだ。リラックス」

押し返し、椅子に座らせる。俺も自らに、リラックスだ、といい聞かせる。

「目を閉じてみろ。肩の力を抜いて。もっと。そう。大きく息を吸って……、ゆっくり吐く。少しずつ、少しずつ」

俺も彼女と向かい合い、同じことをしてみた。鼻から入った錘《おもり》のようなものが、肺から胃、胃から腸へと降りていく感じだ。体が安定する。危機をのりきるには、自己暗示によるセルフコントロールにかぎる。

「目を開けて」

ぽん、と手を叩く。恭子の呼吸も落ちつきをみせていた。

「さあ、今のうちに化粧を直すんだ。ゾンビのような顔をしていたら、それだけで警察に捕まってしまう」

「やだぁ、ジョージったら」

頰を膨《ふく》らませ、拳を振りあげる恭子。やっといつもの笑顔だ。

念のため、とびきりのおまじないをしておこう。

俺の唇が恭子のそれを塞いだ。

5

検証の終わった楽屋に集められたのは、風間、滝川《タキ》、斎木《ブースカ》、みさと、そして俺の五人。やはり恭子だけは別だった。パトカーにでも連れ込まれて事情聴取を受けているのだろう。がんばれよ。

小屋入りしてからの各人の行動を訊かれた後、話は核心に向かう。小道具のナイフが楽屋中央の長机に置かれていたことを確認した刑事は、

「毛利恭子さん、彼女は、殺傷能力を持ったナイフだとは知らなかった、といっている」

刑事は二人いた。一人は、百キロはあろうかという四十前後の大男。幅広の怒り肩とカリフラワーのように潰れている耳から、柔道の猛者《もさ》とみた。もう一人は、頰骨の張った顔と均整のとれた体つきの若手。こちらはどちらかといえば剣道タイプだ。

名前? はて。山本だか鈴木だか、そんなのを聞いた気がするが、おもしろくない

名前だから忘れてしまったよ。代わりに俺が新しい名前をつけてやろう。そのものズバリ柔道警部補に剣道刑事。武道コンビというわけだ。本人が怒ろうと、俺が柔道と呼べば、そいつの名は柔道なのだ。名前なんて呼びやすければ何だっていいのさ。

いま喋っているのは柔道で、ビニール袋を手にしている。中身は、住吉の生き血をすすった登山ナイフだ。

「とすると、彼女の知らないところで、小道具のナイフと、殺傷能力のあるこの登山ナイフが取り替えられたことになるわけだが、君らの中で、取り替えを行なった者、またはその事実を知っていた者はいないかね？」

返事はない。型通りのくだらない質問だ。「はい私がしました」と手を挙げる犯人がどこにいる。

「たとえばこういうことはなかったか？　芝居に真実味を持たせるため、本物のナイフを使うことにした。しかしその事実を毛利恭子さんには伝えなかった。あるいは伝え忘れた」

「本物を使う必要はありませんよ。小道具のナイフは、充分本物に近く作ったから」

風間がいった。柔道は、剣道から別のビニール袋を受け取った。

「これが小道具のナイフだね？」

手袋をはめた右手で取り出す。革製の鞘《さや》を払って机に押しつけると、刃先が引っ込んだ。

「どこにあったんです？」

「そこに隠れていた」

剣道は、パイプ椅子がかたまって立てかけてある階段脇の一角を指さした。柔道がいう。

「確かによくできている。しかしこんなものを使ったら危ないだろう。はずみで傷ぐらいつくんじゃないか」

「絶対にだいじょうぶです。刃先に丸みをもたせてあるし、ちょっと押しただけで引っ込みます」

風間にいわれ、柔道は自分の手首で試してみる。「なるほど」と納得する。

「だが、なんでここまで本物に似せる必要があったんだ。もしも、もっとおもちゃらしかったら、毛利恭子さんは間違いを犯さなかっただろうに」

結果論だが、確かにその通りだ。

「重さが必要だったんだ」

つぶやくように滝川がいった。

「重さ？」

「持った時の感触ですよ。ただのおもちゃだと軽すぎて、演技が嘘っぽくなる。観客にも真実味が伝わらない。芝居をするうえで、小道具の重さはとても重要なんです」

ナイフで刺すしぐさを交えて風間が説明した。子ども用のグローブほどもある柔道の左の掌に小道具のナイフが、右に本物のそれが載った。天秤《てんびん》のように目方を較べ、うなずく。もちろん見た目もそっくりだ。

「誰が作ったんだね？」

少しの間を置いて滝川の手が挙がった。

「改造ナイフか。あまり誉められたことじゃないが、器用なものだ」

柔道の言葉づかいはぞんざいだったが、本当に感心しているふうだった。しかし滝川はリアクションを示さない。あやまちを繰り返したことを後悔しているのだろう。

リアルな槍を作ったばかりに恋人を失った六年前。今回もリアルさの追求が事件を招いた。滝川が作ったナイフそのものが住吉《カズ》を傷つけたわけではないけれど、安っぽいおもちゃのナイフで我慢しておけば事件は起きなかったのだ。

「さて、君たちが取り替えてないのなら、いったい誰がやったのか？」

剣道の細い目が一同を嘗《な》めた。「他にいるわけないだろう」という皮肉込みだ。

「まったくの部外者が犯人ということはありえない。劇中に、ナイフを使った殺人場面があると知っていなければならない。いや、もっと限定できる。小道具のナイフの形状を詳しく知っていないことには、そっくりの凶器を用意することはできない」

もっともな突っ込みだった。

「開演前、楽屋にやってきた者はいるかね?」

柔道がいった。俺を除いた他の者が、指を折って名前をあげた。

「その中で、芝居の内容や小道具のナイフについて、ある程度の知識を持っていると思われる者は?」

対象が十人弱になった。舞台監督、照明、音響、受付の二人、劇場づきの機械係、稽古場にも出入りしたことがある芝居仲間。伊沢保則も含まれている。

「でもさあ、別のパターンかもしれないわ。楽屋は出入り自由なんだもん」

みさとがいった。普段着の声に、二人の刑事はあぜんとする。斎木がいい直す。

「僕たちが舞台で稽古している間に忍び込み、ナイフをすり替えるのは造作ないんです」

と階段の上を指さした。

つまりこういうことだ。楽屋に降りるには下手の袖を経由しなければならないが、

なにも舞台を通る必要はない。倉庫から下手の袖に入れば、暗幕のおかげで舞台から
の目にはとまらずにすむ。
「楽屋が無人になったのは——」
柔道が手帳を見返す。
「一時半から三時までと、五時から六時までです。ナイフを置きっぱなしにしておい
たのは、五時から六時の方です」
風間が手速くいった。三時までの舞台稽古で終わりにする予定だったのだが、しっ
くりいかなかったため、五時からもう一度やったというのだ。しかし円形舞台の歩き
方をチェックしただけで、小道具はいっさい使っていない。
「この間、観客は？」
「開場前です。でも、ホールにはいただろう？」
風間は振り返り、あとを俺にまかせた。五時半に整理券を配りはじめたこと、六時
までの三十分間に三十人ほどやってきたこと、受付のノートに名前が書いてあること
を説明する。
「その中で楽屋の方に行った者は？」
「さあ。憶えてないなあ。一緒にいた彼女たちに訊いてください」

俺はうつむきかげんに、気のない声でいった。実際、そこまで注意していなかった。

剣道がさっと背中を向け、階段を昇っていった。客席に待機させている彼女たちに話を訊きにいったのだろう。

「楽屋に出入りした者について、他に気づいたことはないかね？　さっき挙げた中に不審な行動をした者はいないか？」

「気づいてたらいってるわよ。ねえ？」

みさとが一同を見回した。話の腰を折られた柔道は、むきになっていった。

「ナイフに近寄った者はいなかったか？」

「みんなよ。だってあたしたち、ナイフが置いてあったテーブルの周りにいたんだもん。みんな近づいてるわ」

みさとはあっけらかんとしている。

「他の人は？」

いらつく柔道。太い指をぼきぼき鳴らして威嚇《いかく》する。しかし返事はなく、質問が変わった。

「動機。これには心当たりがあるだろう？　住吉和郎さんを怨んでいた者は？　彼はトラブルを背負ってなかったか？　金銭、仕事、女性関係」

全員、首をかしげる。

「彼が死ぬことによって利益を得る者」

「ビンボーよ、カズちゃんは。みんなそうだけど」

またみさとだ。柔道は苦虫を噛み潰し、鼻の頭をこすった。が、すぐに指を鳴らすと、目を輝かせていった。

「こういう考えはできないか？　犯人の狙いは住吉さん個人ではない。君たちの劇団だった。傷つくのは誰でもよかったんだ。この劇団に怨みを持っていた者、あるいはやっかんでいた者。ライバル劇団の嫌がらせは？」

マスターストロークに対する怨み――俺の脳裏に伊沢保則の顔が浮かんだ。でしゃばって警察にタレこむつもりはないが、頭の隅には彼の過去をインプットしておこう。

「何がおかしい!?」

突然、柔道のぶ厚い掌がテーブルを叩いた。よく聞くと、声を殺した笑いがする。

「やっかむのはこっちの方ですよ。いつまで経っても売れない」

風間が吐き捨てた。自分がばかにされたのではないと知り、柔道も怒りを収めた。

「それでは、毛利恭子さんは？　彼女が嘘をついている可能性だ。自分でナイフを取り替え、住吉さんを刺した」

「違う。絶対に」

今度は俺が怒る番だ。

「動機らしいものはないかね？　稽古中のトラブル、プライベートでの不仲――」

「違うといってるだろう！」

俺は腹から声を出した。低く、太く。心証を悪くすると解っていたが、どうしても抑えられなかった。

「恭子は犯人じゃない」

滝川も応援してくれた。

「なんだね、あんたらは!?　仲間の命が狙われたというのに、何を訊いても解らないの一点張りだ。やっぱりあんたらの中にナイフをすり替えた者がいるんだろう!?」

思うにまかせない事情聴取。ついにというか、本音が出た。

「バッカみたい！」

それでもみさとはひるまない。一歩間違えば暴力団員風の柔道を直視し、笑って飛ばした。

「公演中にカズを殺してどうするんです？　芝居ができなくなるんですよ。年に二、三度の公演を打つために、僕たちは生活のすべてを注ぎ込んでいるんだ。芝居をするために生きているんだ。それがおしゃかになるようなことをするわけがないでしょう。僕らの気持ち、解ります？」

風間は立ちあがり、体を使って喋った。

さすが役者だ。ストレートに怒るだけの俺と違って、感情を聞かせる術《すべ》を知っている。見事に柔道の言葉を詰まらせた。

事情聴取を終わらせた斎木の一言はもっとすごかった。

「刑事さん。俺が犯人だったら、公演が終わってから殺しますよ」

6

シアターＫＩを出たのは十一時近かった。俺たちは二台のタクシーに分乗し、巣鴨駅近くの救急病院に足を運んだ。パトカーでの事情聴取だけで解放された恭子も一緒だ。

白いベッドの上の住吉《カズ》は何も喋ってくれなかったが、それは眠っているだけだ。まずはよかった。恭子のおかげだ。

恭子のおかげという理由は二つある。一つは、脇腹、それもほんの端の方を刺したということ。だから内臓は傷ついていなかった。もしも稽古と同じように、ナイフを心臓に突き立てていたら、と思うとぞっとする。

もう一つの理由は、恭子が女だったということ。恭子の役を男がしていたら、同じ脇腹を刺したにしても違った事態になっただろう。女の力だから、比較的浅い傷ですんだのだ。

まさに不幸中の幸いである。俺たちは、「よかった」を連発し、病院のすぐ近くにあった終夜営業のレストランに入った。

風間とみさとはシーフード・ドリア、斎木《ブースカ》はその大盛、恭子はボンゴレを頼んだ。滝川《タキ》はビールだけでいいという。俺も、つい三十分前までは滝川と同じ気分だったが、カズの顔を見て安心した今は、どうにか食べられそうだった。いちおうミックスサンドを入れることにする。

冷たい水を一気に飲むと、食道を下り、胃にたまるのがはっきりと解る。粘膜が敏感になっている。実はかなりの空腹なのだ。

「カズの家に連絡した？」

二杯目のお冷やを頼んだ後、俺は尋ねた。

「あいつは一人暮らしだよ」

おしぼりで顔を拭いながら風間が答えた。

「だから実家の方だよ。実家に電話した？」

「どうして電話しなきゃいけないんだ？」

「どうしてって……」

逆に訊かれ、俺はとまどった。

「子どもじゃないわよ」

みさともしごくあたりまえのようにいう。

「道端ですっ転んで膝をすりむいたんじゃないんだぜ」

「いいんだよ。あいつのためなんだ」

氷をほおばったまま、もごもごした口調で風間はいった。その投げやりな態度はなんだ！　俺は血が逆流するのを感じた。恭子はそれを察したのだろうか、俺のシャツを引くと、

「徳島の実家に連絡したらどうなると思う？」

「明日の朝一番の飛行機で上京してくるに決まってる。それが親ってもんだ」

「だからだめなんだよ」

斎木が悲しげな顔をした。

「カズちゃんは二十九よ。芝居にのめりこんで、バイトを渡り歩いている」

恭子にいわれ、ようやく意味が解った。

一日も早くまっとうな道を歩むことを親は望んでいる。そんな親にとって、今回の怪我は渡りに船だ。これを機に芝居をやめさせようと説得するだろう。入院中にアパートをひき払い、田舎に連れ戻す、という強硬手段に訴えるかもしれない。

滝川が捨てた、母親からのはがきを思い出す。

「僕もカズの立場だったら、入院したぐらいでいちいち連絡されたくない」

溜め息混じりに風間がいった。それっきりみんな黙りこんでしまったから、考えは同じなのだろう。

でしゃばったことを口にしたようだ。食事中も会話がはずまなかった。自分の夢と現実、そして将来を思い、憂鬱《ゆううつ》になっているのだろう。

「ったく。どういうことなんだ」

斎木はまっさきに食べ終えると、口を拭った紙ナプキンを丸め、床に叩きつけた。まだ俺を責めているのかと思ったが、そうではなかった。

「誰がナイフの取り替えなんかしたんだ。いたずらにしては手が込みすぎている」

「そうだ。何のためにやったのかさっぱり解らない。いたずらとは思えないけど、かといってカズが命を狙われるなんてもっと信じられない」

顔の左半分をしかめる風間。

「ねえねえ。カズちゃんってすっごいことやってたんじゃない？　たとえばヤクの密売。そんで、売上をちょろまかしたの。だからヤッチャンが怒って報復した、ってのは？」

「アホか。そんなことあるか」

斎木がみさとを小突いた。

「でもなあ、そうとでも考えないことにはなあ」

風間はいたってまじめにいう。

「恭子、ひどいめに遭《あ》わなかったか？」

斎木がいった。

「ううん平気。予行演習したから」

と恭子は俺にウインクし、パトカーでの体験を話し出す。住吉を刺した直後の動揺はすっかり消えているように感じた。俺はそれを聞き流しながら考える。

これまでの会話を聞いているかぎりでは、こいつらの中に犯人がいるとは思えなかった。

単純に考えると、滝川と斎木には動機がある。完全主義者の滝川にとって、楽観主義の固まりである住吉は最も忌《い》み嫌うべき人種だ。日ごろから一触即発状態にあり、本番前にはついに手を出してしまった。斎木はというと、みさとの件で住吉を快く思っていない。

だがその程度の理由で公演中に殺すわけはない。風間が刑事にいったように、彼らはこの日のために生きているのだ。

キャリアが長くなれば長くなるほど、彼らは二律背反《アンチノミー》に悩まされる。夢と現実、自分と親。平凡なサラリーマンになった友人を蔑《さげす》む一方で、それもいいなと思うようになる。ずるずる芝居を続ける自分に罪悪感を覚えることもある。

それを忘れさせてくれるのが舞台なのだ。舞台に立って鬱屈《うっくつ》したエネルギーを発散させている時だけは、自分のすべてが正しいと思い込むことができるのだ。

台本を演じるためではなく、自己主張するために舞台に立つ。ただし一人では舞台に立てないから仲間を探す。一緒に仲よく芝居をしましょう、なんてほんわかした感覚じゃない。自己主張の場を作るために、互いに利用しあうのだ。

非常に冷たいようだが、見方を変えると、事件を考えるうえで重要なことが浮かびあがる。

仲間がいるから、自分は舞台に立てる。

だから彼らが公演中に仲間を殺すということは、自分を殺すのも一緒である。そんなばかな話はない。

それでも殺さなければならないとなると、相当に根深い動機が必要だ。しかし滝川と斎木が住吉に抱いている感情など、公演を潰すほどの重みはない。

「俺なら、公演が終わってから殺す」という斎木のたんかはもっともなことだ。

「マスターストローク全体を怨んでいるやつはいないのか？」

俺は訊いてみた。

「昔のメンバーで、いじめに遭った人は？　あげくのはてにほっぽり出されたとか」

みさとは期待するような目で滝川を見た。

「いないよ。それに、こんなちっぽけな劇団から馘《くび》になったって、誰も怨みはしない」

憮然としたままの滝川に代わって、風間が答えた。「そりゃそうだ」とみさと。

「ウチみたいなとこがシアターＫＩに出ちゃったから、同じレベルの劇団からやっかまれたのかしら」

恭子がいった。しかし風間は一笑に付す。

「そんな理由で俺たちを殺そうとするか？」

「だけど芝居をやってる人にはプッツンが多いわよ」

「まあな。でも嫌がらせならせいぜい、本番中にヤジるとか、アンケートでぼろくそにけなすとか、そんなもんだろう」

「解らないわ。去年客演したところにね、他の劇団の稽古場に殴り込みをかけたことのある人がいたわ。自分たちがやったことをパクったっていう理由で」

恭子はしつこく食いさがる。いちおうの犯人像を確定させることにより、安心を得たいのだろう。

「伊沢さんってこともないしな」

風間がつぶやいた。

「それは失礼だよ」

斎木は身を乗り出し、

「俺たちを怨んでいたのは昔のことじゃないか。今も根に持ってるんだったら、小屋に呼んでくれるわけないよ。いや、自分で小屋なんか作ってない。シアターＫＩに出られたのは誰のおかげだと思っているんです」

声のトーンをあげ、噛んで含めるようにいった。

「そんなことよりさ、明日からどうやる？」

みさとの手にしたスプーンが一人一人を指して回った。

「そうそう。こんなこと話してる場合じゃなかった」

風間は座り直し、すり傷だらけのショルダーバッグから、台本の束とノートを取り出した。

「カズは二役だったからなあ。画家はすぐに殺されるからいいとして、問題は作家だ。適当に台詞を振り分けただけじゃまずいよな」

「作家をまるまるカットするわけにはいかないし」

滝川も台本を見ながら難しい顔をしている。

「ちょっと待った。中止じゃないのか？」

驚き、俺は伸びあがった。ところがどうしたことだ。みんながみんな、「なんで中止なの？」という目で俺を見るのだ。

「カズは出られないんだぞ」

もう一度いった。

「だから彼の役を振り分けようとしてるんだ」

当然のように風間はいってよこす。

「舞台の上で怪我したんだぜ。いや、命を狙われたんだ」

「だからってやめる理由はないだろう」

「中止しなかったら、また誰かが狙われるかもしれない」

「まさか！　なあ？」

風間は一同を見回す。異を唱える者はいない。

「マスターストロークとして、怨みをかうような心当たりは何ひとつない。とすると、さっきの事件は、カズ個人に対する怨みとしか思えない。だったら、もう変なことは起きない。違う？」

違いはしない。違いはしないが、それでいいのか？　もう何も起きないのなら、平気な顔をして舞台に立ってもいいのか⁉

「カズに悪いだろう！」

俺の体がふたたび熱くなってきた。

「悪い？　冗談じゃない。カズがあんなめに遭《あ》った原因はやつ自身にあるんだ。今日の舞台が中止になったのはカズのせいなんだぜ。迷惑を受けたのはこっちだ。

今のはちょっと冷たかったか……。でもね、公演を中止したからって、カズの怪我が早く治るわけはない。かえってカズは気に病んでしまうだろうよ」

風間の意見にはいちおうの筋は通っている。が、俺はいう。

「カズが大怪我をしたのに、よく平気でいられるな。何も感じずに芝居に集中できるのか？」

「平気じゃないさ。今は」

「今は？」

「舞台に立てば集中できる。いや、どんなに平気じゃなくても、集中させて、公演は続ける。

信濃君も解ってるだろう？　僕たちが年に何度も公演できないことを。その一つをこんな形でパアになんてできない。これが初日じゃなかったらあきらめもついたかもしれないけど、まだ一回も本番をやり通してないんだから」

「しかし――」

「僕だけじゃない。みんなに訊いてみな」

なおも不満げな俺に、風間は穏やかにいった。

「風間さんと同じ。このひと月はバイトを削って稽古してきたんだ」

まずは斎木がいった。続いてみさと。

「あたし、今度でやめるじゃん。だからさ、めいっぱいやるつもりだったの。なのにこれじゃあ心残りになっちゃう」

「絶対にやる。今日のために本を書いたのに。ばかたれが！」

滝川は顔を真っ赤にしていい、残り少ないビールを飲みほした。

「おまえは？」

最後に恭子に尋ねる。うなずきが返ってきた。

「だけど……、おまえ、だいじょうぶなのか？　さっきの取り乱しようを忘れたのか？　あんな調子で芝居ができるのか？」

矢継ぎ早にいうと、恭子は目を閉じ、唇を固く結んだ。「やっぱり私、できない」といってくれ。

しかし恭子も俺と別次元の人間だった。

「カズちゃんを刺しちゃってショックがないわけない。すっごくドキドキしてる、今も。でもこのままでやめちゃったら、もっとあと味が悪い気がするの。私が公演を潰したみたいで」

「しかし……」

といいながら、次の言葉を出せない俺だった。風間は、「解っただろう」という目で見てくる。このあたりから、俺は意地だけでつっかかっていた。

「警察は？　警察が中止させるんじゃないか？」

「警察にそんな権利はない」

滝川がいった。

「伊沢さんは？　失礼きわまりない追悼公演になってしまったんだ。二度と貸してくれないはずだ」

「逆だよ。『このままじゃ娘が悲しむだけだ』と嘆いていた。だからもう一度舞台に立って非礼を詫びるんだ。伊沢さんや清美ちゃんのためにも公演は中止できない。そうだな？」

風間が念押しした。

ジ・エンド。これ以上いうことはない。あっても、いうだけ無駄だ。

「探偵が真犯人を指名すればいいんじゃない？　で、ワトソンをなくして、みさとが作家役をする」

「だめだ。えらそうにしながら的はずれを繰り返す探偵と、きゃぴきゃぴしているのに頭が切れるワトソンの対比がウリなんだ」

「じゃあさあ、ブースカが作家をやって、その代わりに映画監督の台詞を適当に振り分けるってのは？」

「でもなあ、映画監督がいないと、ラストシーンを考え直さなければならないぜ」

打ち合わせは延々と続いた。

勝手にしやがれ！　俺は席を立った。

梅雨寒の外気で顔を洗うと、少しは気が鎮まった。

どんな障害にもめげずに夢を叶《かな》えようとする、といえば美しいが、「夢」を「自己満足」と置き換えるとどうだろう。美しさは歪みを生じてくる。まさに今の彼らがそうだった。

しかしもういうまい。部外者の俺が、あれこれ口出しする問題ではないようだ。この先マスターストロークに何が起きようと、俺の知ったことじゃない。

俺がすべきことはただ一つ。恭子のそばにいて、見守ってやることだけだ。自分の気持ちにも、彼女に対しても正直になる時が来たことを感じる。

彼女を守るうえで非常に大切なことを思い出したのは、店の中に戻り、トイレに入った時だった。

「どこをほっつき歩いていたんだ？」

鏡の中でも無愛想な滝川に答えることなく、逆に俺は尋ねた。

「どうして警察にいわなかったんだ？」

怪訝《けげん》な顔で振り返った滝川に、先日目にした脅迫状の話をする。あの時には冗談で片づけてしまったが、もはやそれではすまされない。

事件以前に黙っていたのは解る。たちの悪いいたずらと思ったからだ。いちいち他人に報告することもない。しかし本番の舞台で事件が起きた今、脅迫状は本物だ。となると公演は中止すべきではないか。

「どうしても公演を続けたいのなら、脅迫状のことを警察に明かし、身の安全を確保するんだ。まさか、脅迫状と住吉が刺されたことを別ものとして考えているなんてことはないよな？」

いったん言葉を切って滝川を見あげる。いつになく神妙な顔つきだ。よしよし、素直じゃないか。

ところが突然、滝川はかっと目を見開き、上体を斜めにしてつっかかってきた。

「ばか野郎！」

アルコールで染まった頰をさらに紅潮させた。

「脅迫状のこと、警察はもちろん、他の誰にもいってないだろうな？」

「ああ。だから、いうべきだと――」

「それだったらいい。公演が終わるまでは黙っているんだ」

滝川は俺を見据えた。そして反論の口を開きかけた俺を引き寄せる。あたりを見回し、声をひそめていう。

「信濃、よく聞くんだ。犯人は部外者だとはかぎらないんだぞ。犯人が俺たちの中にいたらどうなる？」

おや、こいつも内部犯の可能性を考えていたのか。

「そうだな。暗転を利用すれば、ナイフを簡単にすり替えられるもんな」

俺はいった。滝川はうなずき、さらに声をひそめる。

「今は、詳しいすり替え方法を論議している時じゃない。いいか？　問題は、俺たちの中に犯人がいた場合にどうなるかだ。脅迫状そのものはもう捨ててしまったから、警察としても、誰が書いたのかを調べることはできない。しかしだ、脅迫状が存在した事実から、ただのいたずらでナイフがすり替えられたのではない、これは計画的な犯行ではないかと考えられる。当然、警察の追及は厳しくなる。早々とボロを出す、つまり逮捕される可能性が高くなるわけだ」

「犯人が早く捕まるにこしたことはないだろう」

「もちろんそうだ。俺だって、殺人鬼と一緒に芝居なんかしたくないさ。しかし公演中に、役者の誰かが逮捕されたらどうなる？　カズは怪我をして入院している、逮捕された者も舞台に立てない。二人も抜けたら役を振り分けられないじゃないか。公演はいやおうなく中止だ」

「しかしそれは仕方ない」

「仕方ないじゃすまされない！」

滝川は洗面台を叩いた。

「仕方ないじゃすまされないんだ」

今度はつぶやきだった。

「今回の公演は特別なんだ。絶対に中止するわけにはいかない」

なるほど。伊沢清美の追悼公演だったか。滝川にとっては昔の彼女。他のメンバー以上に、公演を決行したく思うのも解る。

しかしこのまま公演を続けたら、滝川はもちろん、他の連中の命も危ないではないか。脅迫状を受け取ったのが滝川だけだとどうしていい切れる。少なくとも住吉は受け取っているはずだ。他の者だって、受け取っていながらだんまりを決めこんでいるかもしれないのだ。滝川と同じく、公演を強行するために。まったくこいつら役者ときたら！

「大切な舞台だということは解るけど、やっぱり警察に話すべきだ。命はもっと大切だ」

俺は、太い声で説得した。滝川を思ってるわけじゃない。恭子にとばっちりがかかるのを避けたいだけだ。

「だいじょうぶだ」

と答えた滝川の顔は、やけに自信に満ちていた。

「カズと俺の命が欲しいのか、それともターゲットはもっといるのか。犯人の狙いは解らないが、本番の舞台の上で事件が起きることはもうないだろうよ」

「どうして？」

「小道具のナイフを本物とすり替えるなんて、実にうまい方法だ。しかし二度と使えない方法でもある。警戒されるからな。じゃあ他に、舞台の上で俺を殺せる方法があるか？」

いわれてみると確かにそうだ。

「だから、公演中には事件は起きないとみていい。犯人が次に行動を起こすとしたら、公演終了後だ。だったら、公演を終えた日曜の夜にでも、脅迫状の存在を警察に明かし、保護してもらえばいいじゃないか」

「しかし絶対に公演中に何も起きないとはいえないぜ。犯人が捨て身できたらどうする？　捕まるのを覚悟のうえで、舞台に立ったおまえを堂々と殺しにきたら？」

俺はしつこく詰め寄った。すると滝川は足下に視線を落とし、ややあって顔をあげた。

「その時はその時だ。舞台の上で大往生してみせるさ」

唇の端を歪め、不敵な笑い。

やはりこいつら役者は普通の人種じゃない。

7

愛に理由はない。

十年経っても愛のない夫婦もいれば、二言三言会話をかわしただけで互いを必要だと感じる場合もある。

俺は本気になりつつあった。いや、この際きっぱりいおう。完全に恭子のことを愛していた。

恥ずかしいことだが、俺にも若干の動揺があった。冷静な視点と的確な判断で数々の難題をねじ伏せてきた俺も、「殺人の瞬間」に立ち会ったのははじめてだったのだ。

動揺と愛が混じり合った結果、俺は自然体で恭子を受け入れた。彼女も俺に身をまかせてくれた。

あんなに激しい恭子ははじめてだった。「怖い」といっては俺の胸に顔をうずめ、「どこにも行かないで」といっては唇を求めてきた。俺の汗を吸うたびに彼女の肌は輝きを増し、サルガッソーの海草のようにまとわりついてきた。

「舞台に立つの、とっても怖い」

乱れた髪を手で梳《す》きながら、ぽつりと漏らした。

「私が私じゃないような気がする。カズちゃんを殺せって誰かに催眠術をかけられ、本物のナイフを手渡されたような。だからもう一度舞台に立ったら、今度はブースカかタキちゃんを刺すことになるかもしれない」

「冗談はよせ」

「でなかったら、心の中にもう一人の私がいたの。その私はカズちゃんのことを憎んでいた」

「離人症？ おまえ、分裂や鬱《うつ》の気《け》があるのか？」

「ないわよ。でも突然、人が変わるってことあるじゃない。さっきみたいに」

「おまえ、ベッドでは人格ないもんな」

「やっだぁ！　そういう意味じゃないでしょう」

恭子は顔を真っ赤にして俺の胸を押した。そのつもりはなかったのだが、振り払う手に力がこもった。一瞬気まずい沈黙の後、「ごめん」といった恭子は、次にヒステリックになる。

「でも、そうとでも考えなければ説明がつかないじゃない！　誰がカズちゃんを殺そうとしたの⁉」

枕が飛んできた。

「そんなに怖ければ舞台に立たなければいい。みんなの前で謝ってこい。今からでも間に合う」

俺は抑揚のない声で突き放した。

「だめ……。だめよ。やらなきゃならない。このままでやめられない。絶対。決めたんだから。そうでしょう⁉」

恭子は激しく頭を振った。

「怖いの。だからお喋りして。なんでもいいから」

泣いていた。俺は柔らかな体を引き寄せた。こいつも俺のことを愛しているのだ。

話がとぎれると、また唇を合わせた。

8

暑苦しさとまぶしさに目覚めた。呼んでも返事はない。目を細めて枕元の目覚ましを見る。一時を回っていた。

ベッドを降り、大きな伸びをひとつ。もう一度、「恭子」と呼んで、部屋を見回す。

わりと贅沢《ぜいたく》な暮らしをしているな、と思う。

フローリングのワンルームで、十畳はある。南東を向いたバルコニーにはBSチューナー。南西の出窓からは東映の撮影所が見える。ベンチシートの両脇にゴムの木、正面の壁に複製のダリ。床の上に無造作に並べられている最新のAVセット。そのわりにはくだらないソフトが多い。

本も少なくはないが、さすがに滝川《タキ》には負けている。

カタログ雑誌から飛び出したような生活空間。そう、「器」にこだわらない滝川とは対照的な暮らしぶりだった。

ナチュラル・ウッドのテーブルの上に、コンビニエンスストアの袋と部屋のキー、一枚のメモ。

カズちゃんをお見舞いしてから小屋に行きます。適当に食べてね。ミルクパンにカフェオレが残ってます。

電磁調理機のスイッチを入れ、すぐに切った。シャワーが先だ。

鼻の下ばかりか、頬から顎にまで髭が伸びっぱなしになっていた。しかし今はまだ剃れない。べとついた髪とともに丹念に洗うにとどめる。

バスタブに張った熱い湯につかっていると、次第に頭が回り出す。

一日だけ公演をとりやめ、二十六日から再開する。斎木《ブースカ》が映画監督と作家、滝川が音楽家と画家、とそれぞれ二役ずつこなし、映画監督と作家が同時に出るシーンは、作家を優先させる。この二つが昨夜の結論だった。今日公演を中止にしたのは、振り分けの練習をシアターKIで行なうからだ。

毎日毎日稽古を重ねていると、自然と他人の台詞や動きも憶えてしまうという。だから、とつぜん役を振り分けられても、わりとすんなりこなせるものらしい。いくら振り分けがうまくいっても住吉《カズ》抜きでやることに意義はないと思うのだが。

バスタオル一枚でサンドイッチをくわえる。冷蔵庫にはヨーグルトもあった。最後にカフェオレを口につけ、椅子の背に四つ折りでかけられた新聞をテーブルに広げる。昨夜の事件について、ほんの十行ほど書かれていた。

新聞はもう一つあった。恭子がコンビニエンスストアで買ってきたスポーツ紙だ。こちらの方は扱いが大きかった。「ミステリー！　殺人劇で殺人未遂」という三段抜き見出しに、シアターＫＩの写真と地図。「住吉君のためにも公演は続けます」という風間のコメントも出ていた。

笑ったのは、「昭和五十三年、当時Ｋ大学（東京都世田谷区）に在学中の風間彰さんが滝川陽輔さんら五人と結成。初舞台は翌年三月――」というマスターストロークの紹介記事だ。活字になると、まるでメジャーになったような錯覚を覚える。

新聞を畳み、観る気もなしにテレビを点けた。ドライヤー片手に、俺の背丈ほどもある鏡に向かう。

と、鏡の中の俺が目を剝《む》いた。あわてて振り返り、本物のテレビを観る。

たまげた。風間が喋っていた。

「――まったく心当たりがないんですよ。度を越した嫌がらせとしか思えません」

眉間に皺を寄せ、小首をかしげ、それでいて声だけははっきりとしている。

「というわけなんですが、アクシデントにもめげず、公演は続行されます」

女性レポーターがいい、カメラが切り替わる。薄暗い舞台を動き回る数人が映し出された。恭子がいる。シアターKIからの生中継なのか。

最後はスタジオから。

「迫力を出すために真剣を使った映画がありましたが、今回の事件はちょっと違うようです。警察では、劇団への怨みが動機ではないかとみているようですが……、ゲストの河野さん、あなたもお芝居をされるから、人ごとじゃないでしょう?」

「ええ。来月パルコ劇場に立つんですけど、私、不倫の相手に殺される役なんですよ。ちょっと怖くなりました……」

「真相が解らないままに舞台を続けるのは恐ろしいことでしょうが、マスターストロークのみなさんにはがんばってほしいと思います。明日は七時開演、土日は二時と七時の二回公演ということです。

さてお知らせのあとは、葵《あおい》三千代さんが故郷和歌山で行なった新曲発表会の模様です」

なんてやつだ風間彰！　あきれてものがいえない。

客を入れ、名前を売るためにここまでやるなんて。まさか、てめえがナイフを取り

替えたんじゃないだろうな⁉

テレビを消し、ベッドに寝転がる。

三十を過ぎた売れない役者のなりふり構わぬ賭。絶対にないとはいえない。しかし一歩間違ったら住吉は死んでいたのだ。そこまでやばいことができるだろうか。

まてよ？　恭子がぐるだったら問題ないぞ。急所を外し、しかも力を抜いて刺せばいい。そういえば、稽古ではいつも心臓に突き立てていたナイフが、きのうに限って脇腹に刺さった。

「ばかたれが！」

自分を罵《ののし》る。あれはたまたまミスしただけだ。あがっていたんだ。恭子を信じてやらなくてどうする。

恭子は無関係だ。同時に、風間の「逆転芝居説」も消える。とすると？

そうだ。脅迫状だ。住吉に話を訊けば、新たな手がかりが得られるかもしれない。

9

点滴中だったが住吉は元気そうだった。顔色が悪いのは怪我のせいじゃない。カップラーメンばかり食べているからいけないのだ。

「これが一番いーなー。果物は好きだけど剝《む》くのがめんどくさい。花をもらってもちっとも嬉しくない。あ、ここだけのハナシね」

俺が買ってきたひと抱えの漫画雑誌を手放しで喜んでくれた。こういう正直なやつを相手にするのは楽でいい。

「具合、どう？」

隣の空きベッドに腰かけて訊く。

「麻酔がきれた時痛かったけど、今はそんなでもない」

「メシは？」

「食欲は湧かない。でもさ、腹ぺこには慣れてるから、少々食べなくても平気だよ」

こちらに首を曲げ、苦笑いする。

「いつごろ退院できそうなんだ？」

「ああ……。困ってんだよなあ」

短い舌打ちを数回。

「長引くのか？」

「いや。一週間で退院できそうなんだけど……。俺、金持ってないもん」

人の心配も知らないであきれた野郎だ。

「俺、健康保険税を滞納してるんだな。もう五年も払ってない。保険が利かないのに一週間も入院したら、いったいいくらかかるんだ？　しかもここ、二人部屋だぜ。頼みもしないのに」

「みんなでカンパするさ」

といってやるが、住吉の顔は晴れない。

「うーん。カンパっていっても限界あるじゃん。犯人が見つかればそいつに出させるんだけど、いつになるかわかんねえだろ。犯人が捕まるまでは自腹を切らなきゃならないよぉ」

こんな小心者とは思ってもみなかった。だめ押しまでしてくる。

「もし金が足りなかったら信濃君にお願いするよ」

「俺？」

「うん。前売りチケットの代金。信濃君にぜーんぶ吸い取られたじゃん。せっつかれてさ。あれを戻してほしいんだ。もちろん全部じゃないよ。足りない分だけ。都合ついたら返すから」

「解った、解った。どうにかしてやるから、メシをバリバリ食って早く治せ」

身を乗り出し、いってやる。「悪いな」と片手を挙げる住吉。ようやく俺が本題を切り出す番になった。

「心当たりはないのか？　あんな陰険な形で怪我をさせられる」

「俺って調子いいじゃん。口先でまかせいって顰蹙《ひんしゆく》かうこともあるよ。でもさあ、殺されるほど怨まれるなんて……。全然心当たりないから、かえって気味わりぃ」

間《かん》、髪《はつ》を容《い》れずに答が返ってきた。すでに、警察や、先に見舞いにきた者からしつこく訊かれたのだろう。

「やばい連中とかかわってたんじゃないだろうな？」

「あー、みさとがいったんだろう？　あいつ、かわいい顔してるくせにいうことはむちゃくちゃだよ。金は欲しいけどさ、ヤクの運び屋なんてやりっこねーよ。俺、前科者だけにはなりたくないもん」

住吉は唾を飛ばしてまくしたてた。

「おまえに心当たりがないとして、マスターストローク全体が怨みをかっているということは？」

「まさか」

「伊沢さんは？　娘さんのことで、マスターストロークとひと悶着あったそうじゃないか」

「昔ね。今はなんでもないよ。じゃなかったら、小屋を作ったり、俺たちを呼んだりするわけないよ」

答は常に流れるようだった。隠しごとをしているとは思えない。俺はうつむいて髭をなでる。そのまま低い声でいった。

「ところでつかぬこと訊くけど、最近脅迫状が届かなかった？」

「脅迫状!?」

住吉の声が裏返った。しばらく咳込んでから、

「脅迫状って、俺にぃ？」

「ああ。昨日の事件を予告するような」

俺は顔をあげる。と、住吉は、いきなり笑い出した。

「なによ、マジな顔して。サスペンスものの観すぎじゃねーの？　いてて……。笑いすぎて傷口が痛い……」

点滴の瓶が大きく揺れた。

「いたずらっぽいのでもいい。不幸の手紙みたいな。届いただろう？　捨ててない？」

「ないよ。夜中に無言電話がかかってくることはあるけど、そんなの昔からだ。おっ

と、今月のはじめから電話は止まってたんだっけ」

ヒーヒーいいながら右手の甲で涙を拭いている。これも演技とは思えない。的を外した照れもあり、「いってみただけ」と俺も一緒に笑っておいた。

笑いながら閃き！

的を外したのは俺だけじゃない。犯人もだ！

ちょうどその時、看護婦が入ってきた。点滴の針を抜くという。俺は、トイレに行ってくるといって病室を出た。

ロビーのソファーで足を組む。閃きがみるみるうちに形をなす。

脅迫状を受け取った滝川が殺されずに、受け取っていない住吉があやうく殺されかけた、ということを結論としてとらえたから矛盾を感じたのだ。これは結果にすぎないのだ。

住吉が殺されかけたから、滝川は殺されずにすんだ。結論はこっちだ。つまり犯人の狙いは住吉にあらず、滝川にあったのだ。

ではなぜ住吉が刺される結果になったのか？　この命題も簡単だ。一服して精神を集中させるまでもない。

本番の直前に何が起きた？　滝川が住吉を殴った。長机がひっくりかえった。机の上には何があった? 小道具のナイフ! それだけじゃないぞ。ジッパーの開いた各人のバッグも。結論と違う結果を招いた原因はここにあるのだ。

机がひっくりかえった際、小道具のナイフは部屋の隅まで飛んでいき、椅子の陰に隠れてしまった。警察が発見した箇所だ。同時に、あるバッグの中に隠されていた本物の登山ナイフが床にこぼれ落ちた。

喧嘩に仲裁が入ると片づけになった。ところがこの時、登山ナイフが机の上に置かれてしまったのだ。小道具は無視されて。もしも両者ともに拾いあげられれば問題はなかった。

ナイフが二本存在することに疑問を感じる。鞘《さや》を抜いて両者を調べ、一本が殺傷能力を持ったナイフだと解る。事件は未然に防げたのだ。

しかし実際は、小道具のナイフは誰の目にもとまらなかった。恭子はそれと知らず登山ナイフを手にして舞台に立ち、住吉を刺してしまったのだ。

では犯人の計画はどういうものだったのか? 滝川演ずる音楽家の胸にナイフが刺さるのはラストシーンだから、その直前の暗転を利用して、恭子のポケットに入った小道具のナイフを登山ナイフにすり替えるつもりだったに違いない。

暗転——その名の通り、舞台は真っ暗だ。役者はその闇の中で、時間に追われながら大道具の入れ替えをする。よほどのへまをしないかぎり、すり替えに失敗することはないだろう。もしも恭子がポケットをまさぐる感触に気づいたとしたら、その時点ですり替えを中止すればいい。あとは暗闇の中でしらんぷり。面《めん》が割れることはない。

舞台特有の状況を利用した巧妙な計画だ。残念ながら失敗に終わったが。

ここまで考えると犯人像も自《おの》ずと絞れてくる。楽屋にバッグを置いていた者、具体的に挙げると、役者プラス舞台監督、照明、音響の三スタッフ。

しかし照明と音響は、本番中にオペレーション・ルームを離れられない。暗転の際に大道具の入れ替えを手伝う舞台監督にはすり替えのチャンスがあるが、暗転時以外は上手《かみて》の袖に控えているため、楽屋にナイフを取りにいくことはできない。舞台監督が犯人なら、バッグにナイフを隠したりせず、小屋入りした時から肌身離さなかったことだろう。

よって犯人は役者となる。

さらに犯人を絞ろう。まっさきに恭子を除外する。個人的な感情でいってるのではない。彼女が犯人なら、二つのナイフの微妙な違いを知っているはずだから、アクシデントですり替わったことに気づかず、そのまま住吉を刺したりはしない。舞台にあがる前に、どちらのナイフかをチェックしたことだろう。

次に、真のターゲットだった滝川も除外する。逆に、とばっちりを受けた住吉はどうか？　こいつは除外できない。アクシデントでナイフがすり替わったと知らなかったかもしれないからだ。結果、自業自得で怪我をするはめとなった。それに住吉の出番は前半だけ。ナイフのすり替えに専念できる有利さを持っている。

すると犯人の候補は、住吉、風間、斎木、みさとの四人となるが、現場の状況だけでは誰が犯人と決めつけられない。では動機を探ろう。公演を潰してまで滝川を殺さなければならなかった者は？

だが動機となると、マスターストロークとつきあいの浅い俺には見当がつかない。いま、あわてることもないか。常識的に考えれば、本番中にはもう事件は起きないだろう。殺しそこなった滝川をもう一度狙うとしても、それはしばらく間を置き、別のシチュエーションでの殺害方法を練り直してからだ。

ゆうべ俺はじっくり考えた。そして滝川がいったように、「恭子の手を借りる」ほかには、舞台上での安全な殺害方法はないという結論に達した。芝居をそっちのけで滝川を殺しにかかるという特攻隊方式もありえない。そこまでせっぱ詰まっているのなら、恭子の手など借りず、最初から自分の手で確実にやってしまえばよかったのだ。

だから俺は、公演が終わるまで沈黙を守る。せっかくの公演を潰すのは本意じゃない。

病室に戻り、少しだけ馬鹿話をした。最後に訊いた。

「カズが入院したのに公演が続いてるなんて、なんだか気分悪いだろう？」

「しょうがないよ。立場が逆だったら、俺だって舞台に立つもん」

顔つきはさばさばしていたが、答が返ってくるまで時間がかかった。

10

「一番仲がいいのは風間さん。仲がいいっていい方はちょっと変か。お互いに信頼してるって感じかな。大学時代からのつきあいだもんね。だから風間さんは、マスターストロークをやめたタキちゃんに、ちょくちょく本を書かせてた。あ、ちょっと待って。お湯がこぼれちゃう」

と恭子は腰をあげ、流しに飛んでいった。

「ブースカとは？」

背中に向かって俺は訊く。

「彼とのつきあいも十年近いはずだけど、風間さんほど親しくしてないわ」

「タキと十年もつきあっていると、ブースカもずいぶん嫌な思いをしただろうなあ」

「ううん。ブースカはわりとうまいから。自分の注文通りの芝居をする人には何もいわないのよ、タキちゃんって」

「その点みさとは悲惨だよな。いくらもつきあってないのにガンガン文句いわれて」

「仕方ないじゃない。あの子、下手なんだもん」

と恭子はやかんを持ったまま振り返り、

「なのにテレビよ!」

甲高《かんだか》い声で一言、また背中を向けた。

「おまえはあんまり文句いわれてないんだろう?」

「あたりまえよ。みさとなんかと一緒にしないで」

「たまにいわれるとどんな気分? 張り倒したくならない?」

「なるわよ。あいつのいい方、陰険だもん。でも悔しいけど、タキちゃんの文句って当たってることが多いのよ。しっくりいかないなあ、と思いながら演技してると、決まってガミガミいわれる。その時はむかつくけど、いわれた通りにやってみるじゃない、そしたら感じがぴったりくるのよぉ。これじゃあ手も出せないわ。はい、どうぞ」

テーブルの上に二杯目のコーヒーが置かれた。恭子は足を投げ出して座った。

「おまえやみさとは女だからな。手を出しても負けは見えている」

「そんなことないわよ。男のカズちゃんだって殴ったことないわ。納得させられると実力行使に出られないものよ」

「殴られたことのないタキがカズを殴った、か」

口に近づけたカップを止めてつぶやいた。

「きのうでしょう？　ひどいよね」

恭子は顔をしかめた。と、急に背筋を伸ばし、目を見開いた。

「ねえ、ジョージ。まさかあなた、タキちゃんがナイフを取り替えたと思ってるんじゃないでしょうね？　喧嘩の続きを舞台に持ち込んだって？」

スプーンを突きつけてきた。

「そんなことはない」

あわてて否定する。

「いっとくけどね、いくらタキちゃんでもそこまで非常識なことはしないわよ。芝居を潰すわけないでしょう」

「解ってるよ。誰もタキが犯人だとはいってないだろう」

狼狽《ろうばい》が声を大きくさせる。コーヒーを吹き冷ますふりをしてうつむく。

滝川《タキ》は犯人じゃない。被害者なのだ。やつに怨みを持った仲間の一人に命を狙われているかもしれないのだ。いってやりたいところだが、それはできない。

脅迫状、内部犯、ナイフと被害者のすり替わり。隠れた真実を伝えれば、恭子の怯《おび》えは増すばかりだ。これ以上の精神的負担はかけたくない。

「そういえば、前に変なことをいってたな」

カップを置いて、話題を変えるふりをする。

「『私はダッチワイフじゃない』って」

「やだぁ。まだ憶えてたの？」

恭子は両手で口を覆った。

「どういう意味だ？　弄《もてあそ》ばれたということか？」

「もー！　昔のことなんかどうでもいいじゃない」

「あ、そう。俺には話せないっていうの。いいけどね。過去は過去だ」

そっけなくいうのがコツだ。思った通り、目をそらしてぽつぽつ喋りはじめた。

「あいつはね、伊沢さんのお嬢さんとつきあってたの。清美ちゃん。もちろん私がマスタートストロークにいないころの話よ」

　やはりそうか。

「もともとゾッコンだったのは彼女の方で、タキちゃん目当てにマスタースタートストロークに入ったの。でもそのうちに彼も本気になっちゃって、どうも結婚まで考えたらしいのよ。ところが彼女、稽古中の事故で死んじゃったじゃない。彼の落ち込みようはひどかったらしいわ」

「だからマスタースタートストロークをやめたのか」

「うん。ここまではいいの。私もかわいそうだと思う。でもさあ、このあとがひどいのよ。何したと思う？」

「あと追い自殺を図った？」

「違うわよ。あんな臆病で、自分がかわいくて仕方のない男が自殺を考えるものですか。手当たりしだいに女の子に手を出したのよ！」

「彼女を忘れるためにか」

「冗談じゃないわよ！　彼女の影を消すためにそんなことされちゃ、他の女の子の立場がないじゃない。そんなの身勝手でしかないわ！　あいつなんかウジ虫よ！」

　恭子はオーバーアクションでまくしたてる。

「私もばかだったわ。あいつが何考えているかも知らずにひっかかって。最初はネコかぶってたから、ちっとも気づかなかったのよ。ところがちょっとつきあいが深くなると、私が当て馬だってことが解った。ことあるごとに、『清美はクッキーを焼くのがうまかった』、『清美ならカーネーションを買ってきただろう』なんだもん。かんべんしてよね！　清美、清美って。私は何なの？　これじゃあ慰安婦も同然じゃない。ダッチワイフとどこが違う!?」

最後はテーブルまで叩いた。コーヒーをがぶ飲みし、歪《ゆが》めた唇の端にセーラムをくわえた。

「すると、タキを怨んでる女は多いわけだ」

「あたりまえよ。私だって殺してやろうかと思ったわ。今でもぶっとばしてやりたい！」

俺に煙を吐きかけながらいう。さっきまでとはうって変わった憎々しげな台詞。頭に血が昇っている証拠だ。住吉《カズ》の事件などどこかに飛んでしまっている。

「そんな昔もあった、と。こだわらない、こだわらない。俺はタキとは違う」

テーブルを押しのけ、恭子の肩を抱き寄せる。俺にかぎらず、男なら誰でもする計算ずくのフォローだ。

感情の起伏、執念の深さで、女に勝る生き物はない。時には、男には考えも及ばない大胆な犯罪をしでかすこともある。

女か。滝川の女性関係は要チェックだな。

11

五月二十六日、公演は再開された。

ある程度予想してはいたが、まさかこれほど人が集まるとは思わなかった。

整理券の配布に長蛇の列ができ、当日券の販売に俺と二人の女子大生は悲鳴をあげた。消防法で決められたシアターＫＩの定員は三百二十名だったが、四百近く詰め込んだと思う。風間の作戦がまんまと当たったのだ。

複雑な気持ちだった。客が集まったのだから大喜びしていいはずなのだが、邪道な手を使ってのものだけに素直に高笑いできない。俺にもプライドがある。自分の力で成功を収めてこそ充実感があるというものだ。

客のほとんどがきわもの見たさでやってきたわけだが、芝居の内容にもそこそこ満足して帰っていった。名実ともにマスターストロークを印象づけることができ、風間はさぞや笑いが止まらないことだろう。

そうそう。風間といえば、またひとつたいしたことをやってくれた。単身警察に乗り込み、領置された小道具のナイフを取り返してきたのだ。

追い詰められれば追い詰められるほどエネルギッシュになる男だ。開き直り半分だろうが、初対面のころの頼りない風間はどこにもいない。

二十七日の土曜は二時と七時の二回公演。両方とも満員。二十八日のマチネーは若干の空席ありだったが、それでも二百五十は入った。

この間、何の事件も起きなかった。やはり同じ手を二度も使うばかはいない。

事件は起きなかったが、信じがたい出来事は起きた。二十七日の夜から住吉が舞台に立ったのだ。ドクターストップを無視して病院を抜け出してきたという。俺はあきれを通り越して拍手を送ってやった。

ところで俺はなんとかして、滝川の女性関係を洗うつもりだったのだが、あまりの忙しさに疲れはて、たいした成果はあがらなかった。警察のワンパターンな事情聴取に時間を取られたこともある。武道コンビときたら、シアターＫＩばかりか恭子のアパートにまで顔を出すのだ。

そしていよいよ最後の舞台。五月二十八日日曜日、午後七時ちょうどに開演のベルが鳴った。

12

カーテンコールが終わるのと同時にビールが届くよう、酒屋に手配した。住吉《カズ》のためにオレンジジュースを頼むのも忘れない。楽屋で軽く乾杯した後、さっと片づけて外で飲みたいというから、立大近くの小さな飲み屋を朝まで予約しておいた。大きな荷物の運び出しが翌日回しというのは楽でいい。

公的な仕事のかたをきっちりつけると、受付業務は二人の女の子にまかせ、客席に入った。

あいにく席は空いてなかった。非常口脇の壁にもたれて立ち観する。舞台を望む角度は初日とほぼ同じだ。そして初日と同じく、ステージ向こう側の客席、中央最後列には娘の遺影を膝に抱える伊沢保則がいた。指定席らしい。

第一場、祭壇。殺人指令を受ける魔女。

第二場、アトリエ。画家の殺害。

第三場、リビングルーム。探偵とワトソンの出動、館の住人の登場、犯人と指名された音楽家と探偵のどたばた劇。

第四場、祭壇。神からねぎらいの言葉を受ける魔女。

第五場、書斎。作家の殺害。

第六場、リビングルーム。執拗に音楽家を締めあげる探偵、ワトソンの逆転推理、正体を明かすメイド、音楽家の殺害、逃亡する映画監督と追いかけるメイド、探偵とワトソンの退場。

第七場、リビングルーム。音楽家の死体に降りかかる神とメイドの会話。


現在、舞台は第五場のおしまいだった。

「グエーッ！」

作家に扮した住吉が、胸を押さえて文机に突っ伏した。散乱する原稿用紙に偽の血が飛び散る。これだけ熱演すれば、傷口が開き、本物の血もにじんでいることだろう。

黒ずくめの恭子はナイフを抜き取り、円形舞台をゆっくりと一周する。立ち止まり、ナイフで十字を切った。

恭子の姿が下手に消えると、舞台が右から左へ回り出す。

スピーカーからは重低音の不気味なベース。

スプラッターな声をあげてのたうつ住吉。震える右手が万年筆をわし摑みする。

「私としたことが不覚を取った。後ろから切りつけるとは武士の風上にも置けん」

左手が原稿用紙を引き寄せる。万年筆も原稿用紙も舞台用にあつらえた特大サイズだ。

「しかし私は犯人の顔を見た。きゃつの名前をここに記す。どうか、ソーセーキに狼藉《ローゼーキ》をはたらいたやつをひっ捕えてくれい」

苦悶の表情からだじゃれが出てくるのは、なんとも不気味だ。くだらないことをいう暇があれば助けを呼べばいいと思うのだが、そこは芝居だ。このあともしばらくギャグを飛ばし続け、なかなかこときれない。

「高砂や、この浦舟に帆をあげて、我いざ渡らん三途の川。字足らず。ガクッ」

とぼけた辞世の句とともに息の根が止まる。

文机に突っ伏して動かない住吉を載せたまま舞台は回る。

徐々に照明を落として暗転。止まった舞台の上で大道具の入れ替え。

第六場は、風間とみさとのかけあいで始まる。単調なリフを繰り返すシンセサイザーに乗せたラップだ。

「またまた出たよメッセージ」

「ゴッホンさんにソーセーキさん」

「どうして遺したメッセージ」

「何がいいたいゴッホンさん、犯人見たのかソーセーキさん」

ふたたび回り出した舞台の上でロボットのような動きを見せる。

この時俺は、舞台の向こう側にひとつの動きを見た。腰をかがめた伊沢が、片手で前を切っていた。苦労しながら客の間を右から左へ進み、中央最後列に腰を降ろした。トイレの帰り？

おっと、伊沢を観ている場合じゃない。俺は舞台に視線を戻す。

首をかしげている間に、滝川《タキ》、斎木《ブースカ》、恭子が登場していた。

ダイイングメッセージの解釈、ゆで卵を立てる問題、ワトソンの反抗、と進む。

クライマックスになると、それまで爆笑の連続だった場内が静かになった。

無機質な声、遠くを見つめる目、口元にたたえた薄笑い。病的な犯罪者の臭いを漂わせた恭子の演技が黙らせたのだ。

「こんな小娘の命など欲しくない。私が神におおせつかったのは、こいつらを殺すことだ！」

恭子は腰を入れて、滝川に正面からぶつかっていった。

「ウグッ……」

跪《ひざまず》く滝川の左胸にナイフが突き立った。もちろん自分の両手でしっかり押さえ、刺さったふりをしているのだ。

滝川はよろよろと立ちあがり、足をもつれさせて舞台を一周した。途中、二度ほど膝を突いた。「痛い」というつぶやきも聞こえた。芸が細かい。うめき声とともに舞台中央に腰から崩れ落ちたあとも、ナイフに手を当ててひくついている。

斎木が巨体を縮こませて逃げ出し、恭子が猛然と追いかけていく。風間とみさとがゆで卵をほおばりながら舞台を去る。そしてラストシーン。

仰向けに倒れた滝川を載せて舞台が回り、落ちのナレーションが流れる。

この時、異変に気づくべきだった。何故なら、滝川の左胸にはナイフが立っていないからだ。手の支えなく。しかし誰一人として騒ぎ出さなかった。薄暗い照明が発見を遅らせたのだ。パニックになるのはカーテンコールまで待つ必要があった。

いったん降りた幕は、義理と本気の入り交じった拍手で引きあげられた。ロキシー・ミュージックの“More than this”に乗って出てきた役者が円形舞台の端々にぐるりと散らばる。滝川は舞台中央に倒れたままだ。

「本日の御来場、まことにありがとうございます。そして、このすばらしい舞台を提供してくださった伊沢保則さんに多大な感謝の意を表したいと思います」

代表して風間が挨拶をはじめる。

「――最後にマスターストロークの仲間を紹介します。メイドのしのぶ、毛利恭子」

嫣然《えんぜん》と微笑み、深々と頭をさげた。

「ワトソン二〇四号、松岡みさと」

頭の上で両手を振った。

「画家ゴッホンと作家ソーセーキは住吉和郎」

左手を胸に当て、右手を後ろに回し、最敬礼。

「彼は病院から駆けつけてくれました」

風間がつけ加えると、いっそうの拍手。

「映画監督ネッチコック、斎木雅人」

コートのポケットから出した紙吹雪を宙に撒く。

「そしてオーギュスト明智は風間彰」

風間が頭をさげた後、全員が下手の袖に向かう。

「そうそう、もう一人忘れていました。音楽家ニャンコフスキー、滝川陽輔」

不意に立ち止まり、思い出したようにいった。もちろん、受けを狙っての演出だ。

ここで死体がむっくり起きあがり、ナイフを抜き取って挨拶することになっている。ところが滝川は大の字のままだ。

「タキ、死んでないで挨拶だ」

風間がいうと、場内から笑い声。最後の笑いとなった。

「タキ、やり過ぎるとしらけるだろう」

いいながら、風間は舞台中央に歩み寄り、滝川を見降ろした。

「突然起きあがって、驚かせようとしてるんだぜ」

俺の前に座っていた男が連れにささやいていた。なるほど、滝川のアドリブか。俺も一瞬そう思った。が、

「おい、タキ！　しっかりしろ！」

風間の口調が急変した。片膝を突き、頬を平手で軽く打つ。二度、三度。滝川は動かない。

この時になってはじめて、場内はざわつきはじめた。

客の体にぶち当たり、荷物を踏みつけ、俺は客席を突っ切った。

それは舞台にあがるのと同時だった。おそるおそる伸びた風間の手がナイフを摑み、上へと力が込められた。

「待て！　そのままに——」

遅かった。みなまでいわないうちにナイフは抜かれ、鮮血がほとばしった。

最初は静寂。数秒後に悲鳴と怒号。

その場に立ちつくした者、舞台に歩み寄る者、出口に向かって走る者。

「タキちゃん……」

舞台の上で最初に言葉を発したのは恭子だった。彼女は、滝川の体に釘づけとなっていた瞳を自分の右手に移す。もう一度滝川に視線を返す。そして膝がかくんと折れた。

俺はすんでのところで恭子の体を抱きとめた。舞台に寝かせながらいう。

「動かすんじゃない！　ナイフも置いて！」

風間ははっと顔をあげ、ナイフを放り出した。乾いた音をたてて転がった。そして右手を汚した血を必死になって舞台になすりつける。

「誰か、救急車を！」

と斎木がいった時、閃光が走った。細めた目を開けると、見知らぬ男が舞台にあがっていた。一眼レフのカメラを構え、なおもストロボを光らせる。

「何やってんだよ！」

斎木のひと突き。男は舞台から転げ落ちた。しかし男は執念深い。腰をさすりながら起きあがると、

「取材です」

舞台の下からシャッターを切り続ける。四日前のできごとが繰り返されるのを期待して張り込んでいたらしい。

「やめろ！」

今度は俺が怒鳴った。両手を広げてカメラをさえぎる。斎木も「壁」に加わった。俺はすべての怒りを目に集めてカメラマンを睨みつけた。自分に対する怒りを込めて。

恭子の手を借りた殺人が二度も起きるはずがない――常識的な予測しかできなかった俺が、滝川を殺したも同然だ。どんな手を使っても公演を中止させるべきだった。脅迫状の存在を警察に明かせばよかったのだ。

犯人は俺の常識を越えていた。しかも今度こそ、ナイフはターゲットの心臓を貫いたのだ。

カメラマンが引っ込んでも、俺と斎木は仁王立ちを続けた。

血の気を失った恭子が滝川の足下で眠っている。四つん這いで、「タキちゃん、起

きてぇ」と繰り返しているのはみさと。

風間は髪を掻きむしり、首を振り、舞台と袖を行ったり来たり。脇腹を押さえた住吉は、口をだらしなく開け、動かぬ滝川を見入っていた。

そして客席の後方には、遺影を抱きしめて立ちつくす伊沢保則がいた。

13

滝川は救急車の中で死んだ。

死因は心膜腔《しんまくこう》への出血による心タンポナーデ。心臓の傷から流れ出した血液が、体内で心臓を圧迫し、血液循環を止めてしまったのだ。

それは事情聴取が始まる前に報《しら》された。

恭子は泣きわめき、みさとはトイレにこもりっきり。風間と斎木《ブースカ》はたて続けに煙草をふかし、住吉《カズ》は廊下で膝を抱え込んだ。

しかし警察は非情だった。彼らの気持ちなどお構いなしに、厳しい追及を繰り返してきた。もはや事情聴取というなまやさしいものではない。

「何度でもいってやろう。おまえたちの中にナイフをすり替えた者がいるのは明らかなのだ」

柔道は、静まりかえった楽屋を見回した。

「第五場でも殺害シーンが演じられたが、その時のナイフは小道具だった。何故なら、あんたは怪我をしていない」

指さされ、住吉はうなずく。

「念のために訊くが、ナイフを空振りしたということはないね？」

柔道は恭子に尋ねているようだったが、答は返ってこない。

「胸に当たるのは客席からもよく見えた」

俺がいい、住吉も、

「確かに僕の左胸に当たりました」

すると柔道は唇の端に笑いを浮かべ、

「じゃあ何で、第六場の殺害シーンで死者が出たんだ？　それは第五場と第六場の間にナイフがすり替わったからだ！」

「おまえの体が鋼鉄でできているのなら別だがな」

剣道が住吉を小突いた。そして柔道と顔を見合わせてげらげら笑う。

「鋼鉄の体を持つ男が、脇腹を刺されて怪我をするとはおもしろい」

「とにかくだ、第五場と第六場の間にすり替えが行なわれたことに疑いの余地はない。この間の行動をもう一度いってみなさい、毛利恭子さん」

「カズちゃんを舞台に残して楽屋に降りてきた」

恭子はうつむいたまま機械的に答えた。もう四度目なのだ。

「その時着ていたのはこの服だね？」

と柔道が手にしたのは魔女の衣装だ。

「そしてポケットには小道具のナイフが入っていた」

「はい」

「楽屋に入って何をしたかね？」

「着替え。メイドの衣装に」

「小道具のナイフが入った衣装はどこに置いた？」

「衝立の陰で脱いで、外の籠に入れた」

「着替えたあとは？」

「髪形とメイクを直した。脱いだ衣装のポケットから取り出したナイフをメイドのエプロンのポケットに移して舞台に戻った」

「ナイフを移し替えたのは、楽屋を出る直前だね？」

「はい」

「いつもそうしていたのかね？」

「はい」

「よろしい。何度訊いても明らかだ。ナイフのすり替えが行なわれたのは、彼女が着替えている最中。この時以外にはない。脱ぎ捨てられた衣装のポケットから小道具のナイフを取り出し、登山ナイフを入れたのだ。そして小道具はごみ箱に捨てた」

柔道は満足そうにいい、煙草をくわえた。ひと喫いすると、

「さて、彼女が着替えている際、他の者はどこで何をしていたか？」

「舞台にいました。暗転になってもすぐには楽屋に帰らず、セットの入れ替え作業を手伝いました。舞台監督とみさと——松岡さんが証人です。そして僕が楽屋に入るのを合図に、毛利さんが出ていきました」

まっさきに住吉が答えた。

「そうだな。あんたにはすり替えることはできそうにない」

剣道にいわれ、住吉は安堵の溜め息をつく。

「あたしも違うよ！　第五場の出番はないんだけど、ずーっと袖にいたから。そして暗転中に大道具の入れ替えをやって、第六場は最初から舞台に立ったわ。恭子さんが着替えている時の楽屋には一歩も入ってない！」

キーキー声のみさと。

「他の者はどこに――」

「あたしは違うの！」

もう一度みさと。住吉の時のように、刑事のお墨つきが出なかったのが不満なのだろう。柔道は耳を押さえ、「解った、解った」といちおうの妥協をする。

「僕は楽屋にいましたよ。でもナイフをすり替えてなんかいません」

風間がいった。

「俺だって。煙草を喫ってただけだ」

斎木もいった。

「毛利恭子さんと同時に楽屋にいたのは、あんたら二人と滝川さん。このうち生きているのは――」

「ばかな！　僕とブースカ……、斎木しか残らないじゃないですか。いっときますけど僕はね、恭子が着替えはじめてすぐに楽屋を出たんですよ。第六場の最初から出演しなければならないから。ナイフをすり替える暇なんてなかった。事実そんなことはやっていません」

「ずるいよ、風間さん。俺だって煙草を喫い終えたらすぐに出たんだから」

「だけど僕よりは楽屋にいた時間が長い」

「出番が風間さんよりあとだったからでしょう、俺は。タキちゃんなんてもっとのんびりしていた。それに遅く出たといっても、せいぜい一、二分の違いだ」

「しかしタキは被害者だ」

「俺に罪をなすりつけようっていうの!?」

斎木の巨体が椅子から浮いた。

「ブースカが犯人だとはいってないさ。僕は何もしてないといってるだけ」

風間は胸を張り、立てた親指で自らを指した。

「同じことじゃないか！」

「やめるんだ」

俺は立ちあがって二人を分けた。内輪もめこそ警察の思うつぼだ。ほらみろ、やつらはにやついているじゃないか。

「風間さんよ、あんたが犯人でないとはいいきれないぞ。彼女が服を脱ぎ捨てたと同時にナイフのすり替えを行ない、舞台に向かったかもしれないから」

柔道がいった。

「そうだ。俺は風間さんの行動を見張ってたわけじゃない」

斎木は顎を突き出す。

「しかし時間的な余裕を考えると、あんたの方がやりやすかったんじゃないかな、斎木さん？」

「違う！　俺じゃない！」

「まあそう怒りなさんな。あんたたち二人に絞ったわけじゃない」

「えーっ！　あたしはだいじょうぶだっていったじゃない！　嘘つき！　あんたそれでも刑事なの!?」

窓ガラスも震えるようなみさとの声。

「ぼ、僕にも犯人じゃないっていった」

びびりながら住吉。「俺は無実だ！」、「僕も違う！」と斎木と風間も主張する。

「黙らんか！　捜査をじゃまするなら全員引っ張っていくぞ！」

柔道は机を叩いて一喝し、

「私がいいたいのは、毛利恭子さん、あなたのことだ。誰にもましてナイフのすり替えを自然に行なえる。風間さん、斎木さん、滝川さんが楽屋を出ていってから住吉さんが入ってくるまでの間、あなたはここに一人でいたわけだから」

「いいかげんなことをいうな！」

俺は怒鳴った。音をたてて椅子を引く。

「静かにしろといっただろう！　耳を出してみろ。よく聞こえるように垢《あか》を取ってやる」

剣道が一歩前に出た。

「あいにくだな。あんたらと違って清潔だ。それよりも、あんたらの頭の中を掃除してやろうか？」

俺も一歩出た。しまったと思うが手遅れだ。恭子のことになると、精密な思考回路もプッツン断線状態になってしまう。

「きさまぁ！　ちょっと来い！」

剣道が胸倉を摑んできた。俺は抵抗しなかった。もめごとを起こすのはうまくない。心を押さえつけ、丁寧にいった。

「彼女が犯人でない証拠があります」

「出まかせはやめろ！」

言葉は相変わらずだったが、手の力が緩んだ。すかさず続ける。

「犯人の狙いは滝川一人だけなんです。恭子が犯人なら、住吉を傷つけたりしてませんん」

剣道は手を離し、きょとんとする。俺は椅子に座り、脅迫状の存在を明かした。ついでに自分の考えも述べる。

「──彼女が犯人なら、先日の事件の際、アクシデントによってナイフがすり替わったことに気づいたはずです。したがって、住吉の怪我は発生せず、滝川が殺されただけですんだことでしょう」

喋り終えると、それまで唸りっぱなしだった柔道がいった。

「脅迫状を本当に見たんだな？」

「絶対です」

「いつのことだ？」

「十五日の晩」

「約二週間前か。すでにごみは出されているだろうな」

柔道はいまいましそうに下唇を突き出し、

「なぜ隠していた？」

「いたずらか、そうでなかったら滝川が自分で書いたのかと思って」

「住吉さんがあやまって殺されかけたんだ。いたずらでも遊びでもないことは明白だ」

「でも、滝川も隠していたから、でしゃばるのはまずいんじゃないかと」

「おまえが黙っていたせいで滝川さんは殺されてしまったんだぞ」

剣道はまたも俺に摑みかかろうとする。

「彼は公演を中止させたくなかったのよ。タキちゃんだってきっとそう。脅迫状が送られていたなんてことが解ったら、警察は私たちを舞台にあげてくれないでしょう？　だから公演が終わるまでは黙っておこうとしたのよ。二度も同じ事件が起きるはずはないと思って」

恭子がフォローしてくれた。

「命を守るためだ。しかしどうしても中止したくないというのなら、警備をつけるという方法もあった」

「がんじがらめでやるのもいい気分じゃないわ」

「えらそうなことをいうな！　滝川さんが殺されたのは事実なんだぞ。ことの重大さが解ってないのか⁉　おまえら全員がそうだ。さっきからの態度はなんだ！」

剣道は一人一人に拳を突きつける。それを、「まあまあ」と制した柔道が住吉の前に立った。

「あんたは脅迫状を受け取ってないんだね？」

「ええ」

「他には？　脅迫状を受け取った人？」

反応はない。

「これで、犯人のターゲットが滝川だけだということが解ったでしょう？　ひいては恭子が無実だということも」

俺は胸を張った。

「信濃君、とするとやっぱり、俺か風間さんが犯人っていいたいの？」

斎木に睨まれた。

「僕は違うといってるだろう！　タキに脅迫状なんか送ってない」

風間にも詰め寄られた。

「刑事さん、客の中に犯人がいるかもしれないっスよ。上演中に客席を抜け出し、楽屋に忍び込んでナイフをすり替えた」

住吉が顔をあげた。

「残念ながらそれはないね。受付にいた女性に確かめた。開演してから客席を出た者は一人もいない」

柔道は、でかい顔の前で、これまたでかい掌を振った。

「見逃したんじゃないですか？」

「ありえない。客席のドアを出て楽屋に行く場合、必ず受付の目にとまる」

「非常口は？　非常口の外には見張りはいない」

「それもだめだ。なあ？」

と柔道にうながされ、俺はいった。

「非常口のすぐ横で立ち観していたんだ。最初から最後まで」

「舞台に集中していたら、横を人が通り抜けても気づかないかもしれない。そうだよな!?」

斎木は目をぎらつかせる。

「だめよ、ブースカ」

みさとがすまなそうにいった。一本のキーを差し出す。

「何だ、それは？」

「ほら、この前カズちゃんが怪我したじゃない。ナイフをとっかえられて。だから気味悪くなってさ、鍵を借りてきたの。伊沢さんから」

「ど、どこの……」

「倉庫と袖の間のドア。今日もちゃんと閉めといた。誰も入ってこないように」

斎木、驚愕《きょうがく》。風間の口も酸欠金魚《パクパク》。二人の刑事は喜色満面。

「そういうことは最初にいうように。鍵をかけたのは確かなんだね？」

「ホントよ」

「何時ごろ？」

「最初の出番を袖で待ってた時だから、七時ちょっと過ぎかしら」

みさとがいい終えると、柔道は斎木に、剣道は風間に、それぞれ向き直った。

「楽屋への出入口は封鎖されていた。外界と隔離されていた楽屋に部外者が侵入し、ナイフをすり替えることは絶対にできない」

「犯人はこの中にいる！」

14

「何してるの？」

テーブルに向かっていると、後ろから恭子がからみついてきた。

「まだ起きてたのか」

「眠れるわけないわ」

そうだな。住吉《カズ》に続いて滝川《タキ》も刺すはめになり、しかも滝川は死んだのだ。

俺たちは長い事情聴取から解放されると、救急病院に飛んでいった。しかし滝川と会うことはできなかった。すでに司法解剖のためにT大学の医学部に運ばれたあとだったのだ。

打ちあげはもちろん中止。住吉はそのまま病院のベッドに戻り、他の者は食事もせずに別れた。俺は恭子の部屋に。しばらくは自宅に戻らず彼女のそばについてやる、と警察にもいっておいた。

「なあに、これ?」

恭子は横座りし、テーブル上のメモ用紙の束を取りあげた。俺は、事情聴取を基にして、役者たちの行動をチェックしていたのだ。

「あなたも私たちを疑っているわけね」

恭子は怒る力も失ったらしい。溜め息をついただけだった。

「そうともかぎらない」

「気休めはいいわ。私たちの中に犯人がいるのは確かなんだから」

より深い溜め息。俺は、「もう一度だけ確認させてくれ」と前置きし、

「おまえは楽屋に入ると、まっすぐに衝立の陰に行ったんだよな? 着替え、ヘア・メイク、ナイフの入れ替えをすませると、すぐに舞台に戻ったんだよな? 途中、ト

イレに立ってないだろうな？」

「楽屋から一歩も出てないわ」

「そうか。もはや逃げ道はないな。籠に入れられた魔女の衣装がいじられた。他に考えられない」

「脱いだあと、そのまま足下にでも置いておけばよかったんだわ。衝立の中は狭いから、ついいつものように外の籠に投げ入れてしまった……」

恭子は額に手を当ててうつむいた。目を閉じ、小刻みに頭を振る。

こいつの癖を知っていたからこそ、ナイフのすり替えができたのだ。この事実も身内にとっては不利な材料だ。

「でも変よねえ」

恭子は顔をあげて漏らした。メモを指先で叩きながらいう。

「警察は、風間さんかブースカのしわざと思ってるんでしょう？」

「みんなの話を整理するとそういうことになってしまう」

「だけどさあ、風間さんとタキちゃんはとっても強い絆《きずな》で結ばれていたのよ。プライヴェートはさておき、芝居の時はね。ブースカとタキちゃんの関係も、良くはないけど悪いこともなかった。この前いったよね？」

「ああ」

「その二人がタキちゃんを殺すわけないじゃない。どっちかというと、タキちゃんをよく思ってなかったのはカズちゃんやみさとの方よ」

「しかし彼らは、第五場から第六場にかけて楽屋に降りてきてない」

動機がありそうな側にアリバイがあり、動機がなさそうな側にアリバイがない。一般的には、アリバイのない方を締めあげ、動機を吐かせようとするだろう。少し頭が働く者は、動機がある者のアリバイを崩しにかかる。しかし俺は、どちらでもない可能性を探る。

「恭子。おまえさ、伊沢さんが本当に過去を水に流したと思うか？」

「清美ちゃんのこと？　あったりまえじゃない。芝居やマスターストロークを怨んでいたら、小屋を建てたり、そこに私たちを呼んだりしないわよ」

「ポーズだとしたら？」

「えーっ!?　いまだに根に持っているのに、許したふりをしてるってこと？」

恭子の目は笑っていた。俺は構わず続ける。

「一人娘を失った——殺されたといった方がいいかもしれない——怨みを晴らすために、シアターＫＩという敵討《かたきう》ちの舞台を整え、マスターストロークを呼び寄せた」

「ちょっとぉ。風間さんやブースカを助けようとしているのは解るけど、いくらなんでも考えすぎよ。敵討ちのために小屋を建てるなんて」

「そうだろうか」

「ありっこないわよ。それに、伊沢さんは客席にいたんでしょう？　本番中の楽屋に入れないわ。ドアには鍵がかかっていたのよ」

「彼なら合鍵を持っているはずだ」

「あ、そうね。オーナーなんだから。でも……、やっぱり伊沢さんじゃないわ。受付の女の子がいってたんでしょう。『上演中に客席から出てきた人はいない』って。それとも、非常口から出たのをあなたは見たの？」

「いや、非常口からは誰も出入りしていない。だいいち彼の席からは非常口に行けない構造になっている」

俺はシアターＫＩの略図を書き、俺と伊沢の位置に印をつけた（図２）。

「じゃあ問題はないじゃない。伊沢さんは関係ないわ」

「ところが問題ありなんだな。俺は見たんだ。彼が上演中に席を立ったのを」

「ウッソー！」

嘘といいながら、恭子の顔はにわかに本気になった。

図2

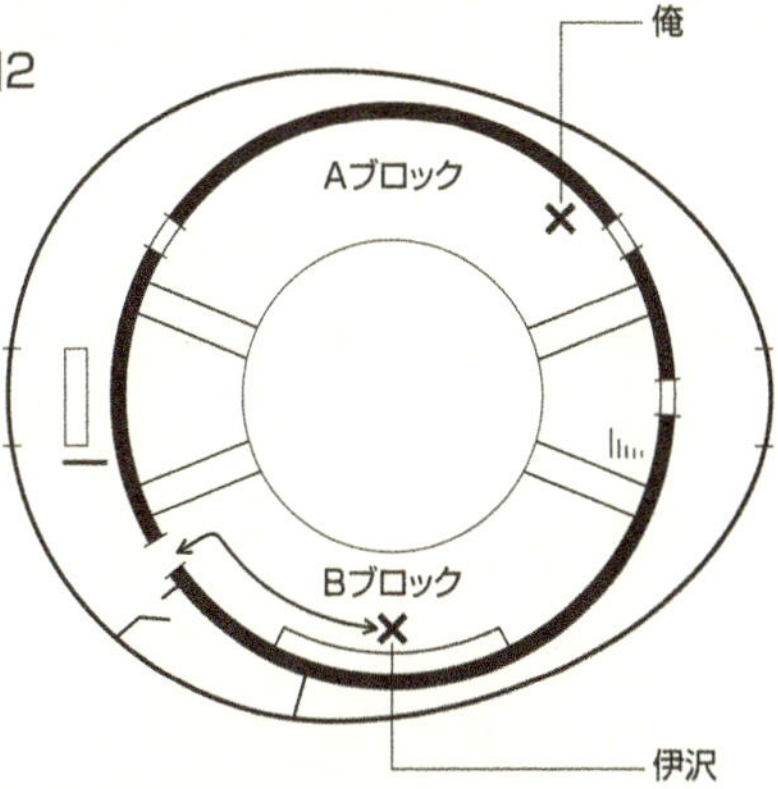

「正しくいうと、いつ立ったのかは解らない。しかし戻ってくるところはしっかり憶えている。第六場がはじまってすぐだ」

「第六場って……」

目を剝《む》いて言葉を飲み込む。

「楽屋でナイフをすり替えた帰りだったのかもしれない。そうだろう？　俺はやみくもに彼に疑いをかけたんじゃない。彼が動いているのを見たからだ。そして考えた。もしも彼が犯人だとしたら、動機は娘の死にあり、と」

「ど、どうしてそんな重要なことを警察にいわなかったのよ？」

「彼が外に出たのを確実に目撃したわけじゃないからね。俺が見たのは、彼が客席を移動し、元の席に着いたところだけだ。ドアを開けて外に出るのも、入ってくるのも目撃していない」

「でも一言いっておけば、警察が裏を取ってくれるじゃないの」

「もしも彼が外に出てなかったと解ったらどうなる。仲間をかばうための出まかせをいったんだろうと刑事にこっぴどくやられる。ごめんだね。やつらとはなるべくかかわりたくない」

俺は顔をしかめ、シガレットケースから取り出した一本をくわえた。

「じゃあ、伊沢さんのことはこのまま黙っておくの？　犯人の可能性があるのに」

「今のところはね。とりあえず自分で探りを入れてみる」

「あなたが？」

「ああ。明日にでもはっきりさせる」

「危ないわ。出過ぎたまねはやめた方がいい。だって――」

「心配するな。簡単な作業さ。それに俺自身、どうしてもやっておきたいんだ。風間さんやブースカを見殺しにしてバイバイはないだろう」

恭子の肩を軽く叩いた。

「やさしいのね」

「やさしい？　俺が冷たいことは、おまえがよく知ってるだろう。ただ俺は、世話になったマスターストロークに少しばかりのお礼をしてやれれば、と思っているだけだ。事件の真相解明は置き土産だ」

「やっぱりやさしいのよ。素直じゃないわ」

「ふん。なんとでもいえ」

俺は横を向いて灰皿を使った。穏やかな笑みをたたえた恭子はセーラムを抜き取る。火を点けようとしたところで動きが止まった。

「やっぱり警察に報せるべきよ」

不安を眉間の縦皺に集めて俺を覗き込む。

「もしも伊沢さんが犯人だとしたら、殺人はまだ続くわ、きっと。清美ちゃんの事故に関係したメンバー全員を怨んでいるわけでしょう。風間さんやブースカが危ないじゃない。カズちゃんも怪我しただけだし……」

「だいじょうぶ。もう何も起きないはずだ」

俺は掌を立てた。

「その保証はないわ」

「あるって。いいかい？　彼が殺したかったのはタキだけだ。それが証拠に、タキ以外は脅迫状を受け取っていない」

「どうしてタキちゃんだけ……。ああ、そうか。槍の先を尖らせようといい出したのがタキちゃんだったからね？　事故の原因はタキちゃんにあると決めつけた」

「単純に考えればね。だが俺は、もっと遡《さかのぼ》ったところに怨みの根っこがあるような気がする。清美ちゃんはタキに惚れてマスターストロークに入ったんだろう？　逆に考えると、タキがいなければマスターストロークとは無縁だったということになる。ひいては事故に遭うこともなかった。そこで伊沢さんは思う。『こいつさえ娘の前に現われなければ』と」

「ひどい逆怨みだわ！　かわいい一人娘に先だたれた悲しみは解るけど、だからってタキちゃんを殺すことないじゃない。清美ちゃんは自分の意志でタキちゃんとくっついたのよ。冷たくいえば、自ら死を選んだのよ」

恭子は手振りを交えて早口でいった。

「そうだ。タキを殺すのは筋違いというものだ。ただし、本当に伊沢さんが犯人だったらの話だぜ」

一言釘を刺しておく。「ああそうね」と恭子はうなずく。そして頬に手を当て、

「伊沢さんが犯人だとするでしょう。そしたらカズちゃんの事件はどういう意味を持つの？　ナイフのすり替えは、本番直前、楽屋にやってきた時に行なったのよね？」

「そうだな」

「おかしいわ。狙いはタキちゃんだけなんでしょう？　それだったら、本番直前にナイフをすり替えたらまずいじゃない。私は絶対にタキちゃんを刺せないわ。その前にカズちゃんを刺しちゃうから。当然、芝居は続けられなくなる。実際そうだった……」

　最後は消え入るようだった。二人を刺したのが自分だということをあらためて認識したのだろう。沈黙を作るまいと、俺はいった。

「なかなか頭が働くじゃないか。だが俺の方が上だな。今の疑問に対する答、すでにだいたいの察しがついているからな」

「ホント？　カズちゃんが怪我するのも計算のうちだったの？」

「そういうことかな。詳しくは俺の調査結果が出てから教えよう」

「ずるーい、自分だけ。何だって隠したがるんだから」

　恭子の唇が薔薇《ばら》の蕾《つぼみ》のようになった。

「確証のないことは、なるべく自分の中だけにしまっておきたいんだよ。今日は喋りすぎたぐらいだ。どうもおまえの前だと甘くなってしまう」

　俺は溜め息をついて首をすくめる。

「事情聴取の時もそうだったもんね。私を助けるために、脅迫状のことを喋ったんでしょう？　隠していたことをとがめられるのを覚悟のうえで」

「おまえを助けたんじゃない。デカがえらそうにしているから、つっかかっていったんだ」

「照れない照れない。そっけないようで、本当はやさしいのよね」

掌で顎を支え、恭子は俺を見つめる。幸福感が詰まったうっとりとした瞳だ。

まったく、こいつには敵《かな》わない。

15

「ああ、見たよ。男の人ね」

「顔や服装は解ります？」

「うーん、けっこう歳はいってるんじゃないかな。白髪《しらが》だったから」

「出たのはいつごろか憶えています？」

「えー、ちょっと待って……。そうそう、作家が殺された時。犯人が消えて、一人でもがき苦しむ場面があったよね？　確かその時だと思うな」

「戻ってきたのは？」

「暗転のあとだったかな」

「時間にすると、四、五分？」

「そのくらいかなあ。時計を見ていたわけじゃないから、正確には解らないよ」

「出入りしたのは間違いないんですね？」

「うん。それは絶対」

「おやすみ中、どうもありがとうございました」

「ねえ。おたく、刑事じゃないっていったよね？　もしかして私立探偵というやつなの？」

「のようなものです。では失礼します」

電話を切る。しばらくは受話器を握りしめたままだった。やった！　心の中で歓喜の声をあげる。

五月二十九日、俺の頭と体は朝からフル回転だった。

まずは、昨日の客にかたっぱしから電話をかけた。犯人は役者の中にいると決めてかかっている警察は、受付のノートを押収しなかったのだ。ラッキーだった。ノートがないことには独自の調査ができない。

今日は月曜日だ。予想はしていたが、ほとんどの者が不在だった。しかし根気よくダイヤルを回し続けたかいあって、ちょうど三百件目でついに貴重な証言を得ることができたのだ。

彼は、伊沢が座っていた側——Bブロック——のドア近くに座っていて、上演中に年配の者が出入りするのを見たという。小劇団の芝居を観るのは若者と相場が決まっているから、これは伊沢のことと考えていいだろう。

そして、伊沢が出入りした時期も俺を満足させてくれた。出たのは第五場の終了まぎわ、戻ってきたのは第六場がはじまって。

調査の第一段階はこれで充分だ。俺はシアターＫＩに向かった。


「この中に犯人がいる」

倉庫の真ん中に立った住吉《カズ》は、一人一人を指しながらその場でぐるりと回転した。

「ばか野郎！　くだらないまねしてないで、さっさと運べよ」

しゃがんで大道具を解体していた斎木《ブースカ》が、小さな目を剝いてガンを飛ばした。住吉は、「ごめん」と頭を掻き、小道具の詰まった段ボール箱を抱えて搬入口を出ていった。

「信濃君、ナグリ」

と斎木はいつになくぶっきらぼうにいうと、横で手伝っていた俺の手から金槌《ナグリ》をひったくり、必要以上の力で大道具を殴りつけはじめた。

ガンガンガン。

う、ん⁉

頭の片隅にぴりりとしたものが走った。目の前には、金槌を使う斎木の横顔。だがそれがどうした？

斎木、斎木雅人。下脹《しもぶく》れのでかい顔――。顔？

「ホントに何もしてないの？」

みさとの声でわれに返った。彼女の目は斎木に向かっているが、声は全員に聞こえるほどのものだ。しかし斎木はそしらぬ顔で金槌を使う。みさとはもう一度いった。

「なんにもしてないの、ブースカ？」

「俺がそんなに嫌いなのか？　そんなに警察に捕まってほしいのか⁉」

顔だけをみさとに向けて早口でいってしまうと、ふたたびベニヤ板に視線を落としてガンガン殴る。

「カズの方がいいのかよ」

隣にしゃがんでいた俺だけが聞き取れた。

「嘘ついてないよね?」

みさとのターゲットが変わった。恭子は相手にしない。無言で衣装を畳み続ける。

「日本の警察は頭いいのよ。美人だからって、許してくれないよ」

これには恭子も我慢ならなかった。振り返り、一歩前に出た。

「あたし、噂で知ってるんだよ。恭子さんがタキちゃんとつきあってたこと。あ、だいじょうぶ。警察にはいわなかったから」

「あんた、何がいいたいのよ」

「タキちゃんにずいぶんなめに遭ったんだって? あたしにも恭子さんの気持ち、よーく解る。だからって殺すことないじゃない」

「私は誰かに利用されただけなのよ」

「そうかなー? 利用されたと見せかけて、実はタキちゃんを、そしてカズちゃんも――」

乾いた音が倉庫にこだました。恭子の右手が宙で震えている。左頰を押さえたみさとは右頰に笑みを浮かべ、

「同情をかって嫌疑をまぬがれようとする。使い古された手だわ」

「違うっていってるでしょう! 私が犯人じゃないことは、きのうはっきりしたの

よ」

「脅迫状のこと？　あんなの信じらんない」

「どうしてよ？　ジョージが見たのよ」

「だから信じられないの。最近、彼とうまくやってるんでしょう？　信濃ちゃんだって恭子さんに捕まってほしくないわよ」

　とんでもないことをいう女だ。俺はここまで、やり取りを聞きながらも、先ほど頭に走った痛みの意味を探っていたのだが、それどころではなくなってしまった。

「でまかせをいってるっていうのか？」

　と、立ちあがる。

「そこまでいってないわよぉ。でもさ、他のみんなは見てないんだしぃ」

「同じことじゃない！　いいわ。あんたがそこまでいうなら、教えてあげる。聞いて驚かないでよ——」

「やめろ」

　俺は恭子の腕を摑んだ。そして、みさととの間に入った。伊沢のことを口にするのは早すぎる。

「みさと。どうして俺や恭子につっかかるんだ？　仲間が信じられないのか？　俺たちが芝居をぶち壊すわけないだろう」

膝を抱えた斎木が、悲しげに顔をあげた。

「仲間っていうけどね、あたしたちの中に犯人がいるのは間違いないのよ。ドアには鍵をかけたから、舞台に立った者しか楽屋には入れないの。だけどあたしとカズちゃんは、恭子さんが着替えている時の楽屋に入ってないことがはっきりしているでしょ。そしたら怪しいのは三人きりになるじゃない」

「僕もその一人ということか」

それまで黙りこんでいた風間がいった。

「そういうこと。じゃあはっきり訊くわよ。三人の中で誰がタキちゃんを殺したの？ 正直に答えて。のほほーんとして、こんなところに顔を出さないでよぉ。気持ち悪いんだからぁ」

「気持ち悪いなら、あんたが顔を出さなきゃいいんだわ。さっさとどっか行っちゃいなよ。どうせこれっきりなんでしょ。そうそう、あんたをかわいがってくれたプロデューサーのところがいいんじゃない？ そしていうの。『あたし、こわーい。今日は帰りたくない――』」

またも乾いた音。今度はみさとの平手が飛んでいた。俺は恭子を、斎木がみさとを羽交い締めにし、どうにか摑み合いに発展するのを回避した。

「僕の話を聞いてくれ」

おもむろに風間がいった。倉庫の真中に歩み寄る。

「みさとは、三人の中に犯人がいる、といった。楽屋にいた僕とブースカ、二人は疑われても仕方ない」

「仕方なくない」

斎木がいった。「まあ待て」と風間は続ける。

「そして恭子も、信濃君とぐるだとしたら、犯人になりうる。それにしても二人ががくっついていたとは知らなかった」

「俺もびっくり」

と住吉。

「鈍いのねぇ」

とみさと。

「しかしだ、はたして犯人を三人に絞っていいのだろうか？　僕は昨晩、一睡もしないで考えた。すると天から声がした。『住吉和郎と松岡みさとも怪しい』と」

「何いってんのぉ！」

みさとはキンキンの声をあげた。住吉も口をぱくぱくさせている。風間は、つやぶって髪を掻きあげ、

「まず、みさと。おまえは伊沢さんに鍵を借り、ここのドアをロックした」

と下手の袖に通じるドアを指差した。

「そうよ。あの時は、犯人は部外者だと思っていたから、入ってこられないようにしたの。鍵をかけたのは内側だけだけどね」

内側というのは、二重扉の内側、つまり下手の袖側のドアのことである。

「ところが、鍵をかけたというのは嘘だったのだ。伊沢さんに鍵を借りたまでは本当だが、おまえはそれを使いはしなかった」

「えー？　使わない鍵を借りてくるわけないじゃん。なにいってんのよー」

「そこが盲点だ！」

鳴らした指をみさとに突きつけ、

「鍵を借りたというのはまぎれもない事実だから、それを使ったと誰もが思う。しかしみさとは使わなかった。何故ならば、部外者を楽屋に入れるためだ」

「あー！　もしかして、あたしが犯人の手引きをしたっていうのー!?」

みさとの連続金切り声。誰か、イヤーウィスパーを貸してくれ。

「さすがワトソンを演じただけあるな。察しがいい。鍵を借りたが、かけなかった。ついでに、ナイフをすり替えるなら第五場と第六場の間がいい、恭子が楽屋に一人きりになる、彼女は魔女の衣装を衝立の外に脱ぎ捨てる癖がある、と教えた」

「嘘よ！　どうして犯人の手先にならなきゃいけないのよー!?　それにねえ、たとえあたしの手引きがあっても、部外者は楽屋に行けないのよ。受付の子がいったでしょ。本番中に客席を出ていった者はいないって」

「犯人は客席にいたのではない。小屋の外だ。外に待機していて、ころあいを見計らって搬入口から倉庫に入った。そして、鍵のかかっていないこのドアから――」

「冗談やめーっ！　じゃあ訊くわよ。あたしが楽屋に招いたのは誰だっていうの!?」

風間は耳を塞ぎながら、「解らない」とあっさりいい、

「可能性だよ、可能性。鍵をかけてなかったら、そういうことも考えられる、といったまでだ」

「あたしはちゃーんと締めました」

「でもそれは誰も見てない。脅迫状の件で、ジョージが嘘をついているという考え方と同じレベルの話だわ」

ここぞとばかりに恭子がお返しする。ふたたび女の間に火花が飛んだ。

「僕が疑われるなら、おまえだって疑われなきゃ不公平だろう」

風間よ、結局そういうことか。まったくせこい野郎だぜ。そして、みさとを容疑者仲間にひきずりこんだだけでは飽き足らないとみえて、今度は住吉を指さした。

「カズにもナイフのすり替えができた。しかもその方法は、他の五人に較べて、すばらしく鮮やかだ」

「ちょ、ちょっと風間さん。俺には可能性すらないはずだよ。第五場では最後まで舞台にいた。暗転の時は大道具の入れ替え。楽屋に入ったのは、恭子が出ていくのと同時だった。な？」

と住吉は恭子に同意を求める。恭子はそれを肯定するが、風間はふふふと笑って、

「完璧だ。だからこそ臭い、と僕は睨んだ。するとどうだ、見事なすり替え方法が閃いた。舞台の上、第五場の最中にやってしまえばいいんだ」

「えーっ⁉ んなことできっこないじゃん。芝居をほっぽってナイフをすりかえてたら客が騒ぎ出す」

「そこが盲点だ！」

調子に乗って、二度目のみえを切った。

「すり替えは陰でこそこそやるもの、観衆の前でできるわけはない、という先入観を

利用したのだ。おい、ちょっと手伝って」

と風間は恭子にボールペンを手渡した。

「それをナイフと思って、僕の胸を刺してくれ」

「え？」

「第五場だよ。作家を刺すシーンを再現する」

「でも……」

恭子はうつむいたままだ。俺は彼女の右手からボールペンを取りあげ、

「恭子の身にもなってみろよ」

風間を睨みつけた。ところがやつときたら、

「じゃあ信濃君、代わりにやってみて。憶えてるよね？　後ろから肩を叩いて、振り返ったところを刺すんだぞ」

劇中で使った文机を倉庫の中央に引っ張り出し、その前に正座した。

「はい、スタート」

よーし、やってやろうじゃないか。俺は右手でボールペンを握りしめ、いわれた通りに風間の肩を左手で叩いた。

「えーい、じゃまするでない。ソーセーキは創作《ソーサーク》に没頭しておるのだ」

俺はボールペンを振り降ろした。

「あいたっ！　そんなに力を入れなくていいのに」

風間は顔をしかめながら左胸に両手をあてがい、ボールペンを挟みつけた。そして心臓にボールペンが刺さった体勢を保ち、文机の上でもだえる。

「よし。今度はナイフを抜き取って、十字を切るんだ」

首を捻っていった。俺はいわれた通りにペンを抜いたが、自分の胸の前で十字を切らず、風間の背中でやってやろうと思った。もちろんキャップをはずしてだ。何と書いてやろう。「バカ」、それとも「ボケ」。

「あ！　信濃ちゃん、待って」

ちくしょう。じゃまが入ったか。

「これ、ボールペンじゃないわ」

みさとは俺の手からペンをひったくった。

「サインペンに変わってる」

「その通り。ボールペンが小道具のナイフ、サインペンが本物のナイフ、ということだ」

風間は立ちあがると、ズボンの前ポケットからボールペンを取り出し、天にかざした。みさとの手にはサインペンがある。

「カズは刺されたあと、しばらくはナイフを胸に立てたまま身もだえする。この時間を利用してナイフをすり替えられるんだ。前かがみになって、ナイフを客の死角に入れる。恭子が刺した小道具のナイフを素早く衣装の中に隠し、代わりに本物のナイフを取り出して胸に立てる。この時注意しなければならないのは、本物のナイフを取り出す際に、指の脇を使うということ」

と風間は、右手の人差指と中指の間にペンを挟んだ。

「普通に持ったのでは指紋がついてしまうからね。そしてもう一つ注意。胸に立てる時も、直接掌で刃を挟まないこと。べったりと掌紋がついてしまうからね。刃を衣装で包み、その上から掌で押さえる。こうすれば掌紋はつかないし、あやまって手を傷つけることもない」

「かんべんしてよ。そんな早わざ、できっこないよ」

住吉が大きく手を振った。

「練習すれば簡単さ。ゆうべ僕は、たったの一時間でマスターできた。本物のナイフを使ったら、もう少し時間はかかるかもしれないけど、ひと晩あれば充分だろう。まさにマスターストロークの名に恥じないテクニックだよ」

マスターストローク、すなわち「神技」である。

「違うって！」

叫ぶ住吉を無視して、風間は説明する。

「カズを刺した時には小道具だったのに、引き抜いた時には本物に替わっていた。恭子はそれと気づかずポケットに入れ、楽屋に戻った。魔女からメイドに着替える時にも気づくことはなく、ついには滝川を刺してしまった。

一方カズはというと、すり替えた小道具を作家の衣装の中に隠したまま、暗転時の入れ替え作業を手伝い、楽屋に戻ってからごみ箱に捨てた。他の役者は舞台に出払っていたので、誰にもじゃまされずに捨てることができたというわけだ」

「すごいじゃない、カズちゃん。すっかりだまされてた。ナイフを取っ替えたのは、楽屋に決まってると思い込んでいた」

みさとが目を丸めた。自分も嫌疑の対象になったことを忘れている。

「な、なんだよ。みんなして変な目で見て！　俺がタキちゃんを殺すわけないじゃないか。だいたい俺は、最初に殺されかけたんだよ」

おどおどと住吉は首を回した。

「解った！　あれはわざとよ。わざと傷を負って、自分は犯人じゃないことを印象づけたんだわ」

「じょ、冗談はよせ」

「カズが自分で刺したならともかく、ナイフを持っていたのは恭子だ。生きるも死ぬも運しだい、そんなことするもんか」

満足に否定の言葉が出てこない住吉に代わって斎木がいった。それを風間は、「違うだろう」と否定する。

「もう忘れたのか？　きのう、信濃君が指摘したじゃないか。あの時は、アクシデントでナイフがすり替わったんだ。本番前の喧嘩のごたごたで」

「そうだったわね。それを知らずに、恭子さんは本物のナイフを手にしちゃった。刺されたカズちゃんも、自分が殺されるシーンでナイフがすり替わっているなんて、ちっとも思っていなかった。こう考えれば、犯人のカズちゃんが怪我したことに説明がつくわ」

みさとのフォローに、風間は満足そうにうなずき、

「カズの当初の計画は、舞台でのすり替えではなかったと思う。単純に、恭子が楽屋で着替える時を狙ったのだろう。ところが自分が行動する前にアクシデントがナイフをすり替えてしまい、怪我するはめになった。これはまずいとカズは思う。もう一度

タキ殺しに挑む際、同じすり替え方法だと、また何が起きてじゃまされるかもしれない。そこですり替えの方法を練り直した」

「なるほどー。それが、舞台の上での手品ね」

「このように考えていくと、カズも犯人の対象からはずすわけにはいかない。カズ、みさと、恭子、ブースカ、僕。全員が怪しいというわけさ」

風間は、一人一人を指して回った。

「やっだー。まだあたしも怪しいの？　風間さんの話を聞いてたら、あたしよりカズちゃんの方が上じゃない」

「上？　どーゆーことだよ！」

住吉が食ってかかる。

「犯人っぽいってこと。あたしなんか、鍵を締めるふりするだけよ。小さい小さい。それに較べてカズちゃんは、舞台の上での大胆なすり替え。スケールがぜんぜん違うわ」

けろっとしていうみさとに、俺はあきれて声が出ない。しかし住吉は必死だ。

「犯人っぽい……。そんなことで決められてたまるかよー！　はでな行動をした者は、みーんな犯人になっちゃうじゃないか。俺がタキちゃんを殺したっていう証拠を出してみろ、証拠を！」

「バッカねぇ。証拠なんか持ってたら、警察に出してるわよ」

「じゃあ、俺を犯人と決めつけるな！」

「でもさあ、事件にはその事件にふさわしい雰囲気ってもんが大事よ、やっぱ。タキちゃんは舞台の上で大往生したのよ。だったら、それなりに鮮やかなトリックがほしい――」

「いいかげんにしろ！」

斎木は後ろからみさとを抱きしめ、大きな手で小さな口を塞いだ。そしてそのまま風間に向き直り、

「そもそも、変なことをいい出した風間さんがいけないんだよ。あんた、リーダーでしょう。どうして仲間を信じないんだ。陥れようとするんだ」

思った通り、こいつはなかなかの正義漢だ。対して風間は、議員バッジにしがみつくセンセーだ。

「僕は可能性としていったまでだ。カズやみさともナイフのすり替えができるというのに、警察は見落としている。こんな不公平が許されるか！　ブースカは悔しくないのか？」

「そりゃあ……、腹は立つよ。だけど、俺は絶対に潔白なんだから、いつかは誤解が解けると思って我慢している。他人を陥れたからって、警察が許してくれることはない。そうだろう？」

と一同を見回す。みさとの前に回り込み、両肩に手をかける。

「自分さえよければ、誰が捕まってもいいのか？　カズは友だちだって、前にいってただろう。おまえは自分を守るために友だちを売るのか？　それは人殺しと同じことじゃないか」

噛んで含めるようにいわれ、みさとはうなずく。

「ごめんね、カズちゃん」

そして斎木の胸に顔を埋めた。

「ふん。どうやら僕は悪者に仕立てられてしまったようだな」

沈黙が訪れた倉庫の中、風間はそっぽを向いて煙草をくわえた。

突然、背後で拍手。

「いやあ、これはおみごと」

搬入口の陰に人影。

「さすが役者だ。だてにこむずかしい芝居をやってるわけじゃないんだな。おかげでたいへん参考になったよ」

武道コンビだった。

16

風間もなかなかどうして、使える頭を持っているじゃないか。住吉《カズ》犯人説、みさと犯人説ともに、ゆうべ俺が考えたこととまったく一緒だった。

しかしこの推理は決め手に欠けているのだ。みさとが手引きした者は誰？　動機は？　肝腎《かんじん》のところが抜けている。だから俺は黙っていたのだ。なのに風間ときたら、自慢げに披露するものだから、ふたたび全員が警察から目をつけられるはめになってしまった。

ただし俺と恭子は、すぐに事情聴取から解放された。というのも、滝川《タキ》の下宿を捜索したところ、脅迫状の断片が冷蔵庫の下から発見されたのである。俺が捨て忘れたものらしい。脅迫状が存在したことで、俺が嘘つきでないことが立証された。同時に恭子も無罪放免となった。

いらぬことで手間取ったが、ようやく調査の続きに移ることができる。「警察のつきあげでくたくたになるだろうから、ジュースや軽い食べものを買ってこいよ」と恭子を追い出し、俺はホールに残った。

ソファーには、手持ちぶさたの若い女性がぽつねんと座っている。俺はあたりを見回し、彼女の隣に腰を降ろした。

「今日は一人なの？」

「うん。代返が利かない講義なんだって」

佐々木悦子《ささきえつこ》がいった。彼女はK大演劇部の者で、受付を手伝ってくれた一人だ。今日も片づけの手伝いにかりだされたのだが、集合時間に遅れたため、事情聴取中の倉庫に入れなくなってしまったのだ。俺にとってはラッキーだった。

演劇部の活動状況など、最初は当たり障《さわ》りのない話をする。ころあいをみて小声でいった。

「佐々木さんはきのう、ずっと受付にいたんだよね？」

「そうよ。信濃さんったらいつもフケちゃうんだから。おかげで私、一度も舞台を観てない」

悦子は笑いながら膨《ふく》れた。俺は、「悪い悪い」と片手を挙げ、

「上演中は誰も出入りしなかった？」

「うん」

「もう一人の彼女も？」

「そ」

「見逃したということは考えられるよね？」

「そんなことない。だって二人ともずーっと受付にいたのよ。お喋りしてたけど、ドアが開いたら絶対に気づいていたわ」

「よし。ちょっと確かめてみよう。来てみな」

俺は立ちあがり、まだ片づけていない長机に歩み寄った。

「こう座っていたんだよね？」

俺はパイプ椅子に腰かける。悦子も隣の椅子に座らせる。玄関のドアを正面に見る形になる。

「こっちのドアから出入りする人は、必ず目にとまる」

と右手後方のドアを指さした。Ａブロックに通じるドアだ。悦子、うなずく。

「だけどこっちのドアだったらどうかな？　これがじゃまになって、じっさいにドアが開くのは見えないだろう？」

と手の甲で叩いたのは、机の左手にある高さ二メートルほどの衝立だ。目の詰まった籐《とう》製で、上から三分の一のところに、「TOILET　→」のプレートがぶらさがっている。Bブロックのドアは衝立の向こう側である。

「そっかあ。こうやんないとドアは見えないね」

悦子は背中をのけぞらせ、不自由そうに首を左に向けた。そうすることによってやっと、衝立と壁との間を覗くことができる。

「だから、出入りを見逃してないとはいいきれない。そうだな?」

俺はしつこく確認をとった。悦子も肯定せざるをえない。ここまでは考えた通りだ。問題はこの先だった。

「だけど、楽屋の方には誰もいってないわよ。誓っていえる」

俺の質問の意図を察し、痛いところを突いてきた。

「確かにこっち側のドアが開くのは見えない。でも、ドアを出て楽屋に行くには、受付の前を通らなければならないわ」

そうなのだ。受付の目にとまらないようにBブロックを抜け、トイレを往復することはできる。しかしトイレと逆、つまり楽屋に行こうと思ったら、絶対に受付を避けて通ることはできないのだ。

「一つ試してみたいことがある。普通に座ってて」

と俺は衝立の陰でしゃがみこんだ。四つん這いになって長机の前を進む。

「見える?」

声をかける。

「見えない見えない。こうしたら見えるけど。わー、忍者みたい」

と悦子は机から身を乗り出してきた。俺は机の端まで達すると、膝をはたいて立ちあがる。

「でもさあ、そうやって立ったらおしまいじゃないのかしら」

「そうか……」

俺は舌打ちをする。ドアを出て受付の前を通過するところまでは、彼女たちの目をごまかすことができる。しかし机という盾が切れたあとは身を隠すものがない。それこそ忍者のように隠れ蓑《みの》を用意しないことには見つかってしまう。

「絶対に誰も通ってないね？」

もう一度だけ訊く。力強いうなずきが返ってくると、俺は佐々木悦子と別れた。

一つの考えを突き詰めるのも大切だが、行き詰まったら即、捨ててしまうことも時には必要だ。別の可能性を探ってみよう。

伊沢はBブロックのドアから出入りした。これは動かしようのない事実だ。客席で目撃した者がいるのだ。ところが受付の前は通っていない。こちらも事実とみていい。すると伊沢が行ける場所はトイレしかない。

いったんトイレに入り、窓から抜け出る。外を回って搬入口から倉庫、下手の袖を経由して楽屋に忍び込む。ナイフをすり替えたら逆ルートで客席に戻る。倉庫と袖の間のドアには鍵がかかっているが、オーナーである彼には問題なく開けられる。

問題があるとすれば、トイレの窓の昇り降りがスムーズに行なえるかということだ。

俺はそれを確かめるためにトイレに行った。そして愕然とする。

窓が開かないのだ。

窓は二枚のガラスで構成されていた。下のガラスは固定されており、上のガラスは上下に開閉できる。電車の車輌に見られるタイプの窓だ。ところが上のガラスが開くといっても、わずか二十センチ。伊沢は猫じゃない。

窓は三つとも調べた。渾身《こんしん》の力を加えた。疲れだけが残った。

それでは隠し扉？　トイレの突き当たりをぶち抜けば、倉庫に達するはずだ。大理石でできた突き当たりの壁を叩く。体当たりもした。びくともしない。もしやと思ってトイレの入口にあるスイッチをいじってみる。電灯と換気扇にしか影響がない。入念に壁を調べてもスイッチ類が隠されている様子はない。機械仕かけでもないのか。

打つ手を失った。中座した伊沢がトイレに入ったところまでは間違いない。しかしトイレの窓は開かず、隠し扉もない。彼は用足し以上のことができないのだ。

洗面台に腰かけた俺は、右手で髭をなでながら唸る。

シアターＫＩは伊沢の持ち物だ。しかも自ら設計を手がけている。娘の敵を討つためにこの小屋を建てたのなら、殺人を安全に行なうための特殊な設計がなされていてもおかしくない。俺はそれをトイレから楽屋に通じる隠し通路ではないかと考えた。受付の前も通らず、トイレの窓も抜け出さずに、伊沢が楽屋に忍び込むためには、この可能性しか残されていなかったのだ。

敵討ちの舞台を作り、マスターストロークを呼び寄せた。着想はおもしろかったが、どうやら穿《うが》ち過ぎのようだ。やはり犯人は身内にいるということで落ちつくのか。短期間だったが毎日のように顔を合わせた間柄だ。あまり気持ちのいいものではない。

俺の口からは溜め息と舌打ちが交互に出てくるばかりだ。精神を集中させようと、ポケットからシガレットケースを取り出す。同時に一枚の紙が回転しながら床に落ちた。シアターＫＩの略図。

頭の奥にぴりっとした痛みを感じたのはその時だ。

メモを拾いあげる。まずはじっと見入った。それから両端を持ち、左右に回転させてみる。

背中に鳥肌が立つ。血液を送り出す胸のポンプの動きが活発になる。俺は興奮を抑えきれず、声をあげた。

「やってくれるじゃないか。ガリレオもびっくりだ」

こんなところに隠し通路があったなんて。気づかないわけだ。あまりに大きすぎて目に入らない。まさに娘の敵を討つために作ったとしか思えない仕かけだ。伊沢保則よ、さすが建築家だぜ！

「タキちゃんは舞台の上で大往生したのよ。だったらそれなりの鮮やかなトリックがほしい」というみさとの言葉は不謹慎だったが、伊沢が考えたトリックは、まさにその言葉通り、スケールの大きなものだ。

俺はもう一度メモに目を落とした。あせってはだめだ。伊沢に会うのは最後でい い。その前に推理を詰めて、裏も取らなければ、せっかくの閃きも絵に描いた餅になってしまう。チェックする箇所は——。

「あー、助けてくれ」

突然、両肩を押さえられた。はっと顔をあげると、焦点の定まらない目をした風間がいた。

「かんべんしてほしいよ。メロメロだ」

「事情聴取は終わったの？」

「ああ。このままだと警察に連れていかれるかもしれない」

風間は用を足しながらいった。

「だけど、風間さんたち四人が怪しいというのは状況的にみてでしょう。物証がない」

「そりゃそうだ。でも、とりあえず引っ張っておいてゲロを吐かせるってこともある。ほら、尋問があまりに厳しくて、やってもない罪を告白してしまうという話をよく聞くだろう」

「だいじょうぶ。たとえはずみで自白しても、確かな物証がないかぎりは有罪になることはありません。現行の法律では自白がすべてじゃないから」

「無罪になる自信はあるよ。僕が何もしてないことは僕が一番よく知っているから。ただねえ、これ以上絞めあげられたら精神的にがたがたになりそうで。同じことを何度も訊いてくるだろう。答えているうちにふと不安になることがあるんだ。あの時自分は、本当にこういうことをやっていたんだっけ、もしかしたら違う行動をとっていたんじゃないか、ってね。自分を信じられなくなるっていうか、精神が分離するような感覚というか……。ちょっとごめん」

と風間はこちらに向かいながら手を挙げた。俺は洗面台の前をあけてやる。すでにおまえの頭はおかしくなってるよ、といってやりたい。

「信濃君よ、疑いを晴らすいい方法はないか？　君の切れる頭でどうにかならないか？」

「こんな俺でも役に立てればいいんですけどね」

そっけなくいう。切り札の存在はまだ隠しておこう。糠《ぬか》喜びに終わるかもしれないのだ。

「うん？　なんだ、これは？」

ところが風間は切り札を見つけてしまった。洗面台の脇に置いてあったメモだ。しばし見入った後、

「非常口の脇に信濃君がいる。きのうのことだな。だけど伊沢さんの位置が記されているのはどういうことだ？　しかもドアとの間に矢印がある……」

とつぶやいて俺を見つめた。俺はどういう顔を作っていいものかと困ってしまう。

「伊沢さんは上演中に外に出た？」

「うん。第五場のおしまいに出て、第六場がはじまって戻ってきた」

腹を決め、昨日自分が見たことと、今日の調査結果を聞かせた。ただし先ほど閃いた推理は隠しておいた。まだ人に話せるほどの確実性がなかったからだ。

「そうか。伊沢さんね……。盲点だったな。ひょっとして僕らは罠にかかったのかもしれない」

腕組をした風間はしきりに感嘆の唸り声をあげ、

「これ、ちょっと貸しといて。さあハケちゃおう」

メモをポケットに入れると俺の背中を叩いた。心なし、顔に生気が出ていた。


腹が痛くなったといい、片づけを抜け出した。Bブロックの客席に入り、後方の壁に取りつけられた鉄製の狭い階段を昇る。ドアを開けると、さまざまな機械が並べられている。照明のコントロールパネル、ミキサー、そして回り舞台を操作するスイッチ。

電気のブレーカーを思わせる無骨なスイッチと赤いパイロットランプ。ひとつひとつ触ってみるが、それ以上の力を加えることはためらわれた。どのスイッチが何を意味するのかさっぱり解らない。へたなことをして小屋が大騒ぎにでもなったら元も子もない。かといって伊沢の支配下にある機械係を呼ぶわけにもいかない。

困った。とりあえずオペレーション・ルームの調査はお預けだ。階段を降りる。

さて、どうしたものか。のんびりしていたのでは風間に先を越されかねない。そう思うと体中の血がたぎる。あんな小ずるい野郎に負けるなんて、俺のプライドが許さない。俺は常に勝ち続けなければならないのだ。

必ず勝ってみせる！

17

翌三十日、俺は行動を起こした。一睡もせずにデバッグした結果、推理のどこにも隙がないという結論に達したからだ。

朝早く、恭子の部屋の電話を使い、役者たちに招集をかけた。

午後一時、駒込駅の改札に集合。目指すは、シアターＫＩのすぐ裏手にある伊沢の自宅。元はといえば、シアターＫＩの敷地は伊沢家の庭だったらしい。

道すがら、「早く真相を教えろ」と俺に質問が集中した。そして風間には、「僕にいわせてくれないか」と執拗に食いさがられた。こいつも俺と同じ結論を得たのだろうか。横からしゃしゃり出てこなければいいが、と少し不安になる。

建築家の住まいは隣近所の家から浮いていた。正方形と三角形を組み合わせた外観はシンプルだったが、壁面にアルミ板を貼ってみたり、窓ガラスを三角形に切ってみたりと、実用とはかけ離れた装飾がいたるところに施されていた。

俺たちが通されたリビングルームもそうだ。表通りに面しているというのに総ガラス張り。金をもらったってこんなところでは暮らしたくない。パンダの気持ちがよく解るぜ。

「犯人が解ったというが、私に話すより、一刻も早く警察に報せた方がいいんじゃないかね」

面識のない俺が簡単に自己紹介を終えると、伊沢がいった。半袖のポロシャツにストレートのブルージーンズ。いつものように若々しい服装だが、顔色は青い。目の下もいくぶん落ちくぼんでいる。犯した罪の重さにさいなまれ続けているのだろう。

「伊沢さんにはぜひ聞いてもらいたいんです。そして、警察へはあなたから話をしてください」

俺は人さし指を立て、ゆっくり喋った。伊沢は怪訝な表情をする。ならばはっきりいってやろう。

「伊沢さん、あなたが滝川を殺しましたね？」

「な……」

それだけいって伊沢は言葉を失った。住吉《カズ》は飲みかけのコーヒーを噴き出し、斎木《ブースカ》は激しく咳込んだ。みさとは、「ウッソー！」と口に手を当て、恭子は、「やっぱりそうだったの」と俺を見た。

俺も目を剝いた。だってそうだろう。立ちあがり、伊沢に指を突きつけたのは俺じゃない。風間だったのだ。

「ちょっと待ってくれ！」

俺も立ちあがり、風間の腕を引いた。

「信濃君、悪いが僕にいわせてくれないか」

しかし風間の顔には少しも悪びれている様子はない。

「風間さんも俺と同じ推理を組み立てたんですか？　でもあなたにヒントを与えたのが俺だということを忘れてもらっちゃあ困りますよ」

「解る。信濃君の気持ちはよーく解る。君がきっかけを作ってくれたおかげで、僕も伊沢さんが犯人だと解ったんだ。しかしここは僕にいわせてくれ」

「ずるいわ風間さん。歳が――」

恭子が割って入った。唇を噛んでいったん言葉を切り、

「歳が上だからって、ジョージが考えたことを横からさらうなんてひどい！　芝居の探偵のようなことはやめて！」

「歳上？　興奮するなよ、訛《なま》ってるぜ。僕は先輩風を吹かしているのでも、手柄を横取りしたいのでもない。何もしてないのに警察に絞めあげられた僕の気持ちを解ってくれ。怒りをどこにぶつければいいんだ⁉　ぶつける場所なんかない。でも僕の口から真相を明かすことができれば、少しは気が晴れるかもしれない」

「風間さんの気持ちも解るけど、優先権は俺に――」

「風間君、話してみなさい」

伊沢の太い声。面識の差だろう、俺は指名《ドラフト》に漏れてしまった。「ということだ」と風間はニンマリ。俺は歪めた顔を風間に向けたまま、どすんとソファーに腰を落とす。

ふん。まあいいだろう。風間の頭がどこまで本物なのか、まずは拝見といこうか。どうせいつものようにへまをするに決まっているから、そこで俺が的確なフォローをする。その方が俺の株もあがるというものだ。

「ねじ曲がった動機。これは実に許しがたいものです」

風間は目を細めて煙草に火を点けた。唇の左端からだけ煙を吐き出す。演出はさすがにいき届いている。

「あなたは清美さんを非常に愛していた。溺愛といった方がいいかもしれない」

「もちろんだ。子どもは清美一人。しかも家内の魂は娘と入れ代わった。四十を過ぎての初出産だったのだ」

伊沢は目を閉じたまま喋った。

「だから六年前、清美ちゃんが亡くなった時には僕たちを怨んだ。芝居を呪った」

「ああ。危ない槍を使ったばかりに清美は死んだ。いや、そればかりか、芝居をはじめなければ今も生きているはずだと思った」

このあたりは俺の推測と一致している。

「とりわけ滝川を憎んだ。リアルな槍を作ろうといい出し、実行したのが彼だったから。それだけじゃない。清美ちゃんを芝居の世界にひきずりこんだのも滝川だった」

「あいつが引っ張ったんじゃないよ。清美ちゃんがあいつに惚れて、マスターストロークにいついちゃったんだよ」

住吉がいった。

「正確にいえばそうだ。しかし伊沢さんの目にはそう映らなかった。滝川がたぶらかしたと勝手に思い込んだ」

「それは違うぞ。滝川君だけ特別に怨んだりはしていなかった。あのころは芝居にうつつをぬかしている若い連中みんなが憎かった。娘は二度と好きな芝居ができないというのに……」

伊沢は目を閉じたままである。

「あのころ、ですか。では時が経つにつれて、すべての原因が滝川にあるように思ったわけですね？　そのねじれた怨みが殺人へと昇華してしまった」

「違う……。といっても聞きそうにないな」

いったん細く開いた伊沢の目は、すぐに閉じられた。

「あなたは清美ちゃんが亡くなってしばらくすると、自分の主宰する設計事務所を後進に譲りましたね？　そして充分な時間を手にいれたあなたは、シアターＫＩの設計に専念する」

「ああ。三年前のことだ。私は若い時から燃えっぱなしだった。焼け野原になった東京を世界の街にしようと走り続けた。気がつくと、とうに還暦を過ぎているじゃないか。見回しても妻はいない。そして突然、娘もいなくなった。私はこの街に数えきれないほどの建物を残したというのに、自分自身には何ひとつ残されてない。それを実感すると急激に疲れに襲われた。ゆっくりしたかった。

ところが仕事が趣味だった私には、時間ができてもすることがない。妻や娘の遺品をぼんやりと眺める毎日だった。そんな時に思いたったのが劇場の建設だ。芝居が好きだった娘の気持ちがようやく解るようになっていたことも、私をかりたてたのだろう。

娘のために小屋を作ろう。大劇場ではなく、娘が加わっていたような小劇団のための小屋を。そのくらいの金ならあった。遺したところで娘はいないのだ」

伊沢は大きな溜め息をついた。

「それは表向きの理由でしょう。実は復讐をとげるための舞台を作ろうとしたのです。建築家という立場を利用し、からくり屋敷的な小屋を設計し、そして完成させた」

「からくりぃ？　忍者屋敷みたいな？　どんでん返し？」

と住吉が訊くが、風間は、「あとのお楽しみ」と頰で笑い、

「さて、シアターKIが完成すると、僕たちに連絡をしましたね。『娘の追悼公演をやってくれ』と。しかしこの時気づくべきだったんです。タキが書いた台本を事前に見せましたよね。できはよかったけど、正直いって、あなたに拒否されると思ってい

た。追悼公演だというのに殺人のシーンがある。ところがあなたは非難の言葉ひとついいませんでした」

「芝居は芝居だ」

「といいながら、心の中では喜びが湧きあがっていた。何故なら、より効果的な復讐をとげられると思ったからです。そして滝川に脅迫状を送りつけた」

「どういうこと？」

みさとがいった。

「槍をリアルにしたために清美ちゃんのおなかに刺さってしまった。これと同じことをやってやろうと考えたのさ」

「ナイフをすり替えることによってかぁ」

風間はうなずき、二本目の煙草をくわえる。

「ゲネプロの時、小道具のナイフを手に取ってじっくり観察し、さっそく同じ形のナイフを二本購入した。あれは市販の登山ナイフを改造したものだから、手に入れるのは造作なかったでしょう。これで準備完了です。いよいよ実行に移ります」

「最初は俺だよね？」

左の脇腹を押さえて住吉がいった。

「ああ。これもまた許せないことだ。初日の本番直前に伊沢さんは楽屋にやってきた。机の上に置いてあった小道具のナイフと本物をすり替えた。ビールの段ボール箱を置きながら巧みにその陰でやったから、誰も気づかなかったということだ。そして小道具のナイフは楽屋を出る際に、階段脇の椅子の陰に落としておいた」

「じゃあ、俺を殺すのも計算のうちだったの？　復讐の対象はタキちゃんだけじゃなかったの？」

「そう。カズを殺すことによって、復讐の効果を高めようとしたのさ。脅迫状にも勝る恐怖感を与えることができるからね。本を読んでからつけ加えた計画だ。恭子がミスったおかげでカズは死ななかったけど、怪我はしたんだから、タキには相当なプレッシャーがかかった」

住吉は、「ありがとう」といいながら恭子の手を取る。恭子の顔は安堵のために泣き崩れそうだ。

「でもなんか変じゃない？　もしもカズちゃんが死んじゃったり、タキちゃんが脅迫状のことを警察にいってたら、公演は中止になってたでしょう？　じゃなかったら、小屋に警官がどどーっと入り込んでいたわ。そうなっちゃうと、タキちゃんを殺すどころじゃないわ」

劇中のワトソンよろしく、みさとの鋭い突込み。しかし風間は軽くかわす。

「だいじょうぶさ。僕たちはどんなことがあっても公演を強行する、と伊沢さんは読んでいた。特にカズの事件が起きたのは初日だからね。カズには悪いけど、たとえおまえが死んでも、僕たちは舞台に立ったと思う」

「風間さんが死んでも立ったと思う」

住吉がいい返した。

「そして警察の警戒が少々厳しくなったとしても、伊沢さんには勝算があった。なにせシアターKIには、見えない通路があるんだから」

「ねーねー、どんな仕かけなの？」

みさとがせっついた。風間は煙草をもみ消しながら、上目づかいで一同を嘗《な》める。

「トイレのドアは一つだけじゃなかったんだ」

うん？

「トイレの突き当たりの壁に隠し扉が作られていたんだ。第五場のおしまいに客席を離れた伊沢さんは、受付の目をかすめてトイレに入ると——」

「風間さん、おしまいだ」

俺は低い声を出してさえぎった。やはりこいつは、俺よりワンテンポ遅れている。

そろそろ退場願おう。

「トイレには隠し扉なんかない」

「あるはずだ」

風間の顔に動揺の色。人を出し抜いておいしい思いをしようとした罰だ。たっぷり恥をかいてもらおうか。

「隠し扉の可能性は俺も考えましたよ。でもね、トイレを詳しく調べたけれど、そんなものはどこにもなかった」

「そんな！　トイレから倉庫に抜けられてこそ、伊沢さんは楽屋に行けるんだ。なのにそれができないなんて……。すると伊沢さんは犯人でないことになる。じゃあ君はなんで、伊沢さんがトイレに立った、犯人に違いない、なんて僕に吹き込んだんだ。あれは作り話か？　図面もでっちあげ？　僕を陥れようとしたのか!?　ああ信濃君、君って男は――」

あわてふためく風間は激しく唾を飛ばし、あることないことを並べたてる。俺に責任転嫁をしようという腹づもりだ。まったくこいつ、根っからオーギュスト明智じゃないか。

「秘密の通路はトイレとは別のところに存在しているんです。非常にあからさまな形で。ただしあまりに大胆な仕かけであるがために、誰の目にも映らなかった」
それだけを風間にいうと、俺は伊沢に向き直った。なおも風間はぶつぶついってい
るようだったが、俺は構うことなく喋る。
「建築家という職業は二面性を持っています。実用を考える一方で、ひどく芸術的な
試みも取り入れる。そういうあなただからこそ、殺人という実用的な行為を芸術と融
合させようとした。その結実がシアターＫＩの殺人舞台です」
俺は足元からバッグを取りあげる。
「う、うう……」
伊沢の体が小刻みに震えていた。
罪悪感。他の連中を呼ばず、一対一で話すべきではなかったか。これでは伊沢はさ
らし者ではないか。しかし彼の逆恨みのおかげで多大な迷惑をこうむった役者たちに
も、この場に居合わせる権利がある。
そんな俺の躊躇《ちゆうちよ》を察してか、伊沢は、震えてはいるが力強い声でいった。
「どうした？　続けなさい。私には最後まで聞く義務がある。裁かれる義務が」
これで俺はふっきれた。うなずきをひとつ返し、ふたたび口を開く。
「伊沢さんがシアターＫＩに組み込んだ仕かけは、秘密の通路というよりはむしろ、

テレポーテーションの装置といった方が適切でしょうか。大がかりではありましたが、原理は実に単純なものだった」

とバッグから取り出した大判の紙をテーブルに広げた。シアターKIの略図である。

「これにもっと早くに気づくべきだった。回り舞台、それを同心円で囲む客席。こんな特殊な形をした小屋がどこにあります？　ありませんよね。しかし設計したのがユニークな建築発想でならした伊沢さんだから、誰もが遊び心ということで片づけてしまった」

「舞台や客席の形に秘密があるんだな？　円？　うーん、俺には解らないよ。信濃君、早く早く」

せわしなく住吉がいった。

「客席が動くんだよ。いいや、席だけじゃない。背面の壁、ドア、オペレーション・ルーム、天井、袖、その地下の楽屋。客席部に属するものすべてが回るんだ」

すぐには反応がなく、やがて信じられないというざわめき。

「客席が回るって、舞台のように？」

代表してみさとがいった。

「そう。舞台を中心にぐるぐるとね」

「どうして客席を回さなければならないのよぉ」

「それでも地球は回っている」

俺はがばっと立ちあがった。

「宗教裁判にかけられても、ガリレオはそういったという」

「ガリレオ……、ガリレイ？　科学者の？」

きょとんと見あげてくるのは住吉。

「天動説を根底に成立していた当時のキリスト教社会にとって、地動説を唱えるなど冒瀆以外のなにものでもなかった」

「地動説……。おっ、解ってきたぞ。舞台が地で、客席が天。そういいたいんだ？」

斎木が手を打った。俺はそれにうなずくと、手を後ろに組んでリビングを歩き出した。

「地球は毎時十五度のスピードで自転しています。十五度ではぴんときませんか？　では時速に直しましょう。緯度によって異なりますが、赤道付近では、たった一時間で実に千五百キロ以上もの距離移動があるんです。さらに地球には公転というものもある。なのにわれわれには、地球が動いている感覚がこれっぽっちもない。逆に、太陽や星の方が動いているかのように見えますよね。

もっと身近な例を挙げましょうか。電車に乗った時を思い出してください。特に新幹線のように揺れの少ない車輛に座っていると、時として窓外の風景が前から後ろへ動いているかのような錯覚を覚えることがあるでしょう？

何故こういった現象が起きるのかというと、地球と人間、新幹線と乗客は互いに等速運動をしているからなのです。対して天体や窓外の風景は異なった慣性系に属している。そのため運動の相対性原理が成り立たない。よって――」

「解んなーい。信濃ちゃん、結局どういうことなのぉ？」

みさとが口を大きく開けた。話の腰を折られた俺はむっとするが、それが表情に出ないうちに気を取り直す。こいつらには難しすぎるのだ。

「シアターKIにあてはめると、舞台が回っていたというのは錯覚で、本当は客席が回っていたんだ。ドアや壁と一緒にね」

微笑んで語りかける。

「回り客席ぃ!?」

「客の立場になってみるんだ。舞台が絶対的に右回転してなくても、客席が絶対的に左回転していれば、客の目には舞台が右回転しているように映る。相対的にね。

いい方を変えようか。舞台に立っている役者は、客の姿やドアが右から左に流れるのを見て、舞台が右に回っているんだなあと知覚するだろう？　客席が動いているように感じるのは錯覚だと思う。ところが実は錯覚なんかじゃなかった。本当に客席部がそっくり動いていて、舞台は止まっていたんだ。まさに常識の裏をかく仕かけ。逆地動説とでもいおうかな」

としめくくり、俺は腰を降ろした。

「目が回るぅ！　だけどなんとなく解った」

アイスコーヒーのグラスの周りに両手で輪を作り、左右に回していたみさとが顔をあげた。他の者も、客席が動くことによって舞台の方が相対的に動いてみえるという原理を理解したようだ。ただ一人、伊沢が反論した。

「人間は視覚だけに頼って運動を感知するのではない。耳や膚《はだ》で感じることもできるんだよ。もしも客席が動いたなら、そこに座っている者が気づいたはずだがね。三半規管が回転運動を、下半身が振動を感じとることだろう」

しかし俺は、これっぽっちも動じない。

「確かにいわれる通りです。ですからあなたはプロテクトを施しました。そして俺は二つとも解除することに成功しました」

「プロテクト？」

二、三人が訊き返した。

「客席の回転を感じさせないための防御策、ということ？」

斎木がいった。俺はうなずき、

「一つは、客席の下に埋め込んだボディーソニック・システムです。音楽の振動を体に与えることにより、回転によって発生する振動をシャットアウトする。それでも常に客席が回っていたのでは感づかれるおそれがありますから、もう一つのプロテクトを施しました。客席を動かさないという方法です」

ここで言葉を切って座を見渡す。思った通り、誰もがわけが解らない顔をしている。

「つまり、舞台も客席も動くように設計されているのです。ほとんどの場合は客席を固定して舞台を回します。ただの回り舞台です。しかし特別の時には、スイッチ操作ひとつで逆になります。舞台が固定され、客席が回り出す。

この時、ボディーソニックの妨害があっても、席が動いているような感覚にとらわれる非常に敏感な者がいるかもしれません。でも心配はいりません。特別な時が終わってしまえば、客席の動きは止まり、ふたたび舞台の方が回り出すのですから、さっきのは気のせいだったとして深く追及はしないでしょう。客席が動くわけがないという先入観も大きく作用するはずです。

そして特別の場合というのは……、いう必要はありませんね。滝川陽輔を殺す時です」

「客席が動くことは解ったけどさあ、それとタキちゃんを殺すことがどう結びつくの？」

「ねえねえ、なんか変よぉ。タキちゃんを殺す時だけ客席を動かす。他は止まってる。たった一人を殺すために、そんなお金のかかることをするなんて」

住吉とみさとが同時にいった。俺はまず、後者の質問に答える。

「たった一つの殺人のために、何億もの金をつぎこんで小屋を建てる。一般の経済概念でとらえると、ありえないの一言で片づけられるだろう。しかし今回の犯罪では経済の原則は成り立たない。何故ならば芸術だからさ」

「芸術は低生産性なものよ。画家はたった一本の線を引くために、筆を替え、絵の具を替え、それでもだめだったら心を入れ替えると称して旅に出る。そうやってやっとの思いで理想の線を描いたというのに、今度は誰も線のすばらしさに気づいてくれない。一枚の絵を仕あげるのに何百万も費やし、手元にはこれっぽちも戻ってこない。

芸術なんてそんなもの。無駄のかたまりよ」

恭子はかすかに笑いながらいった。メイドの台詞そのものだ。

「そういうことですよね、伊沢さん。金を惜しんでいては芸術的な復讐はできません。それに、娘さんのために残しておいた金で彼女の敵を討つわけだから、惜しいという感覚はなかったでしょう？」

俺は厳しくいった。

「うぅ……、ああ……」

伊沢は頭を抱える。

俺はまたも罪悪感。

だがここまでいってしまったんだ。生殺しにしておくぐらいなら、とどめを刺してやった方がいい。

俺はバッグの中を探り、新たな紙を取り出した。シアターＫＩの略図が三つ並んでいる。

「伊沢さんが中座したのは第五場の後半、恭子が舞台から消えようとしていた時です。舞台と客席の関係はこうなっていました」

と図の一つを指で示す（図３―１）。

図3

1

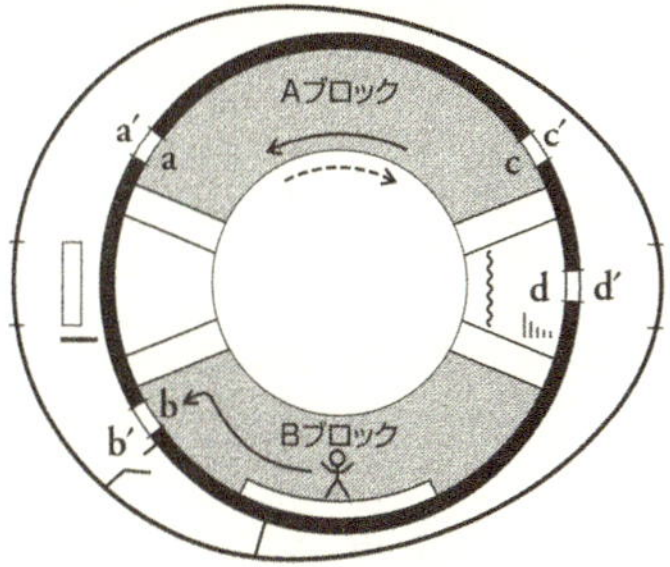
Aブロック
a′
a
c
c′
d
d′
b
b′
Bブロック

2

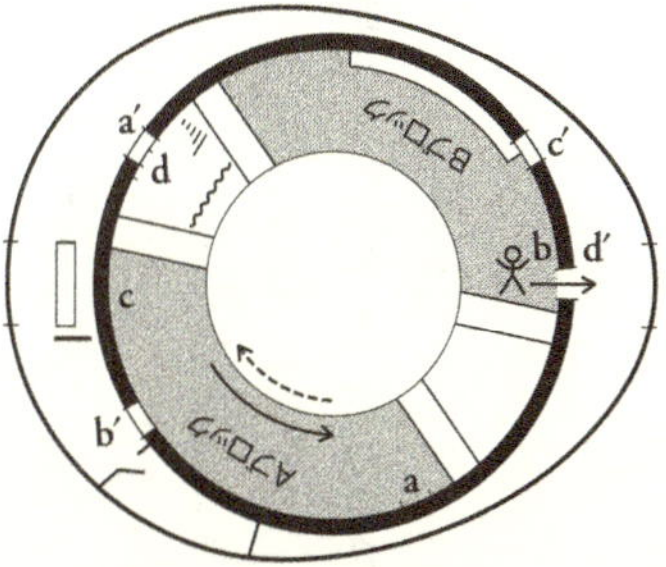
Bブロック
a′
d
c′
b
d′
c
b′
Aブロック
a

3

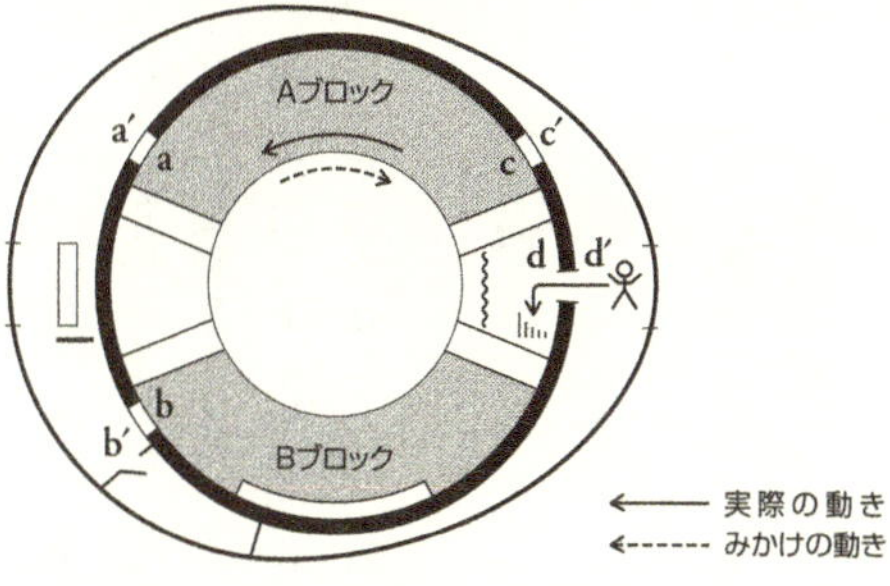
Aブロック
a′
a
c
c′
d
d′
b
b′
Bブロック
実際の動き
みかけの動き

「オペレーション・ルームは伊沢さんの席の真後ろにあったから、あなたが立ちあがるのが合図になっていたのでしょう。あなたの手下である機械係は、恭子が袖に消えたのを確認し、客席を回します。もちろん、客も役者たちも、舞台が回っているものと思い込んでいます。

さてあなたは、回り出した客席の上をドアbに向かって進みます。そして客席が半回転するちょっと前にbを引き、さらにもう一つのドアを押して客席から外に出ます。するとどうでしょう。倉庫の中に立っているではありませんか（図3―2）」

「そうか！　通常は、ドアbを開けたらドアb'があり、必然的に受付とトイレの間に出てしまう。ところが客席を動かすことによって、bからa'にもc'にもd'にも出られるようになるんだ。これがテレポーテーションということか！」

斎木が声をあげた。

「やっぱりそうか」

しゃあしゃあと風間。

「客席が半回転するちょっと前にbを開けるっていうけど、そんなに都合よくできるかなあ。タイミングがずれたら、bを開けてもドアd'がないよ。壁があるだけで」

住吉は首をかしげた。それを斎木は、「頭悪いなあ」と小突き、

「客席が回りはじめる前にbに達していればいいじゃないか。そしてbのドアを細目に開けて、向こう側にドアが来るのを待つ。ドアが見えてきたら、素速くbからd′へと移動する」

「あ、そうか。でもさあ、向こう側にやってきたドアがd′じゃなかったらどうするの？　間違ったとこに出てしまうよ」

「カズちゃんってあたしよりばかねえ。客席は左回転するのよ。客席が回りはじめてから最初にやってくるドアはd′に決まってるじゃん」

みさとにもいわれ、住吉は憮然と図に見入る。俺は話を先に進めた。

「二重扉は防音のために施したのではない。一枚扉だと、客席を回すうえで非常にまずい問題が生じてしまうからです。客や舞台の上の役者の目を欺《あざむ》くために、ドアや壁も一緒に回しますが、この時ドアが一枚きりだと、受付の者に壁やドアの動きを見られてしまう。

だから二重扉にしたのです。同時に、壁も二重構造にしました。内側のドアや壁は客席と一緒に回るが、外側のそれらは動かない。こうすれば内と外、両方の目を欺くことができます。さすが建築家、芸術面だけでなく、実用の際の細かいチェックも怠っていませんね」

「そうなんだよな。僕もあの二重扉は臭いと思っていたんだ」

また風間。もちろん相手にしない。

「話を戻しましょう。倉庫に出たあなたは、ドアd'を開けて、向こう側にドアdがやってくるのを待ちます。ドアはa、c、dの順でやってきますから、間違ったドアを開けることはないでしょう。もっともおのおののドアには目印がついていたことでしょうけどね。そしてdがやってきたら、倉庫から下手の袖へ抜け、楽屋に降りていきます（図3－3）。dを開ける際に合鍵を使ったことと、役者たちに見つからないよう細心の注意を払ったのはいうまでもありません。

おそらくこの時の役者の位置は、住吉が舞台で恭子が楽屋、他の四人は下手の袖だったと思います。もしかすると斎木と滝川はまだ楽屋にいたかもしれない。その場合は、彼らが出ていってから階段を降りればいいのです。そして袖に人がいるといっても、暗幕がじゃまするため、あなたが見つかる心配はありません。

楽屋に忍び込んだら、衝立の外に置いてある籠に歩み寄り、ナイフのすり替えを行ないます。小道具のナイフはごみ箱に捨てます。役者たちに罪を被せるためにね。以上の作業を終えると、急いで客席に戻ります。戻る方法は行きの逆をたどるだけです。dからd'を抜けていったん倉庫に出る。d'からbに抜けてBブロックに入り、席に着く。話せば長ったらしいですけど、すべての作業は五分前後で片づくでしょう」

「でも信濃君、俺が一人でもだえるシーンはぎりぎり五分ぐらいだよ。すり替え作業に手間取り、暗転になってもまだ楽屋とか倉庫あたりにいたらやばいじゃん。第五場が終わって暗転になったら、舞台……、じゃなかった客席は止まっちゃうんだよ。伊沢さん、帰ってこられなくなる」

住吉が口を挟んだ。

「カズちゃんったらぁ」

俺が口を開くまでもなく、みさとが呆れ顔で説明する。

「暗転の時は止まってるけど、第六場になったらまた回り出すじゃない。それまで待ってればいいのよ」

「じゃあさあ、衝立の外に脱ぎ捨てた衣装のポケットの中に小道具のナイフがあるって、どうやって解ったの？」

ついでとばかりに、ふてくされた住吉が質問する。今度は俺が答えた。

「予行演習した時に気づいたのさ」

「予行演習？」

「作業にかかる時間を計ったり、おまえたち役者の位置を確認したりしたのさ。二十六日、二十七日の昼夜、二十八日の昼、と計四回の機会があったからね。この時、衣装を衝立の外の籠に脱ぎ捨てるという恭子の癖を見抜いたんだ」

「私にそういう癖がなかったら？　小道具のナイフを肌身離さなかったらどうなってたの？」

恭子が身を乗り出した。か細い声には後悔の念が詰まっていた。

「その時はナイフのすり替えはあきらめ、伊沢さん自らタキを刺しただろうね。タキが楽屋に一人でいるところを狙って。たとえば第三場。他の五人に較べて、タキの出番はかなりあとだ。楽屋は確実に彼一人。しかし恭子に癖があったおかげで、伊沢さんは自らの手を汚すことはなかった。小道具が死を招いた六年前の事故とオーバーラップさせることもできた」

俺は恭子の肩を軽く叩いてやる。恭子は人目を気にせず、俺に体をあずけてくる。

「最後にまとめをしておきましょう」

突然、抜けるような声とともに風間が立ちあがった。

「あなたは、僕らが清美ちゃんを殺したと逆怨みしていた。なかでも許せなかったのが、彼女が芝居に足を突っ込むきっかけとなった滝川だ。そこで滝川を殺し、かつ僕らに罪をなすりつけるための舞台を作った。それがシアターＫＩです。

なにもかもうまくいきました。滝川は、脅迫状と住吉の怪我によって恐怖感を味わわされたあげく、舞台の上で死んでいきました。あなたにしてみれば芸術的かもしれませんが、滝川にとっては残酷な最期です。大勢の前でさらし者になったのですから。

僕たちだって残酷なめに遭いました。警察にさんざん絞りあげられた。住吉はあやうく命を落としかけた。そんな僕たちのことをあなたはどう思っていましたか？　きっといい気味だとほくそ笑んでいたことでしょうね。今はどうです？　芸術的な復讐を打ち砕いた僕のことを殺してやりたいと思ってるでしょう？」

沈黙。風間は疑問符を投げかけたまま口をつぐみ、うつむいたままの伊沢を睨み続けた。

こいつ、よくやるぜ。少しも懲りたところがない。俺はもう怒るのもばからしくなった。いいたいことはいった。あとは風間の好きにさせてやろう。

しばらく経って伊沢が顔をあげた。

「芝居に賭ける若い人たちのことを思って小屋を作ったというのに。回り舞台も、二重扉も、ボディーソニックも、みんな若い人に喜んでもらおうとして備えたのに……」

涙が頬を伝っている。しかし風間は気にとめない。

「ほう。シアターＫＩは純粋な小屋だ、客席を動かす仕かけなど組み込んでいない、といいたいんですか？　この期に及んで、あたりまえのようないいわけはききませんよ！」

「私は滝川君を殺していない」

「そりゃあそうですよ。恭子の手を借りたんだから、直接には殺していない」

「ナイフもすり替えていない。あの時私は用足しに立っただけだ」

通り一遍の答しか返ってこないと解ると、風間は、「いいかげんにしてください！」とテーブルを叩いた。

「僕はあなたが怪しいと感じた時点で、すぐにでも警察に飛び込んでいき、僕らを怨んでいる者がいると教えてしまいたかった。しかし誠意がそれを思いとどまらせたんだ。あなた自らが罪を認め、自首してほしかった。許しがたい犯罪者に情けをかけたんだ。だったらあなたもそれに応えるべきです。最後ぐらい潔《いさぎよ》くしてください。芸術的な犯罪者ともあろうものが見苦しい」

「…………」

「さあ、早く！」

風間は、テーブルの隅に置いてあったコードレスホンを摑み取り、伊沢に突きつけた。伊沢は顔をあげ、さげ、そして目を閉じる。

ようやく目を開けた伊沢は、小さくうなずいて電話に手を伸ばした。

会心の笑みを浮かべる能天気野郎。他の連中の顔にも安堵の色が浮かんでいる。しかし俺は、どんな顔を作っていいのか解らない。

苦さばかりが残った勝利だった。

18

シアターKIに捜査官が大挙押しかけ、伊沢の取り調べがはじまったところで、あわただしかった五月が終わった。事件のことは、もう二度と考えたくない。

そして六月。俺は相変わらず忙しかった。

まずは公演の清算。役者連中のアパートに押しかけ、ノルマの未払い分を徴収して回った。みんな、なんだかんだ理由をつけて支払いを延ばそうとしたが、俺は有無をいわさず財布から抜き取った。やるときはやる。それにこの台詞も利いた。

「後半の五回は超満員だったから、かなりの黒字になっている。経費と劇団のプール分を差っ引いたら、残りは全員に還元する。一人二十万はかたいだろう。早く還元してほしかったら、ノルマを払うこと。でないと清算ができない」

じじつ今回の収益には相当なものがあった。前売り券、当日精算券、そして当日の飛び込みを合計すると、四百万円を軽く突破した。しかも小屋は伊沢が無償で提供してくれたから、外部スタッフのギャラや印刷代、衣装や道具などの経費を引いても半分以上は残る。

住吉《カズ》が怪我をし、風間がマスコミを利用してくれたおかげで、マスターストロークは結成以来の黒字となったのだ。

俺が取り立てに奔走している間、恭子はアパートを引き払った。俺と一緒に住むためにだ。

ついでに、恭子がマスターストロークをやめた、いや、芝居の世界からも足を洗ったことをつけ加えておこう。彼女の立場、心理状態を考えると、そう選択せざるをえなくなったのは自然の流れだった。

ただひとつの気がかりを残してはいるものの、平穏が訪れようとしていた。

19

六月十五日、すべてにけりがついた。

しばらく実家に帰りたい、ついでに旅行もしたい、という恭子を送り出したあと、俺は部屋で寝転がっていた。マスターストロークでの仕事にはすべてけりがつき、ようやく骨休めの毎日が訪れていた。

朝の爽やかなFMを子守歌にうつらうつらしていた時だ。

雲間から射しこんだ一条の光が、闇の大地の一点をレリーフのように浮かびあがらせたのだ。まったくそんな感じだった。

起きあがった時、俺の頭は完全に冴えていた。完璧だ！　これで恭子も安心してくれるだろう。

昼食を摂《と》るのも忘れ、俺は便箋に向かった。完成したものは、普通の封筒に入りきれないほどの厚さになった。

ものごとにけじめをつけるのはいいものだ。始まりだけで終りがないと気分がよくない。手紙を書き終えた俺からは、心のひっかかりがきれいになくなっていた。

街に出よう、と思った。恭子と暮らしはじめるのだから、いろいろと買っておきたいものがある。

サンシャインに近い東急ハンズをうろつき、西口の丸井にも顔を出した。小物ばかりだが、旅行から帰ってきた恭子の驚く顔が目に浮かぶ。

丸井の正面玄関を出た時だった。

「信濃君」

そう呼ばれ、肩を叩かれた。振り返ると巨漢の斎木《ブースカ》がいた。

「今日は何だい？」

「ちょっと買物」

答えると、斎木は無表情で、俺の頭のてっぺんから爪先までを嘗《な》めるように見た。

「ブースカは何してたんだ？」

「俺？　芝居仲間と会っていた」

「マスターストロークの？」

「いいや。他の劇団の。昔、ちょい役で客演したとこのダチさ」

答えながらも斎木は俺から視線をそらさない。気味が悪くなり、

「じゃあまたな。次の公演が決まったら教えてくれ。手伝うよ」

と立ち去ろうとした。ところが斎木は俺の肩を摑んでくる。

「ちょっとつきあってくれ」

体は飾りじゃなかった。言葉では抵抗できても体がいうことを利かない。斎木に引っ張られるにまかせ、俺は西口の五叉路《ごさろ》を北に渡った。何を尋ねてもやつは答えな

い。黙々と俺をひきずっていく。

大通りから枝道へ。

俺は頭を回転させた。

枝道から、さらに人気《ひとけ》のない路地。

解らない。

路地の行き止まりに造成地。

危険を感じた時には遅かった。

「区画整理事業地につき立ち入りを禁ず　東京都」の立て看板を無視して、ごみ捨て場と化した土地に押し込められた。

ああ、なんてこった！　何故もっと早くに気づかなかったんだ。そうか、でかいくせに存在感がないからだ。

ええい、後悔してもはじまらない。とにかく身を守らなければ。やるだけやって、チャンスを待とう。

「おまえのせいだ！」

最初の一言。

「俺が何をしたという？」

「とぼけるな。俺はすべてを見抜いているんだ」

「だから何を？」

「しらを切るのもいいかげんにしろ！　おとなしくいう通りにするんだ」

「いきなり、いう通りにしろはないだろう」

「ふん。どうしても聞きたいか？　それなら話してやろう」

やり取りは続いた。いや、口論といった方がいいかもしれない。そして最後には手が出た。

俺も腕には自信のある方だったが、肉の塊である斎木の敵ではなかった。摑まれ、前後に揺さぶられた。俺は激しく抵抗したが、そうすればするほどやつの腕に力が加わった。

鈍い音を頭で聞いた。崩れかけたコンクリートの塀に側頭部をしたたか打ちつけたようだった。

「うわぁ！」

なさけない叫び声をあげたのは斎木だ。背中を向け、どんどん小さくなっていく。図体ばかりで肝《きも》っ玉はノミにも劣る野郎だ。

さて、帰るか。

立ちあがろうとして、できない。足にきたのか？　左耳のあたりに手を当てて、ぬめり。これ、血？

ぬるぬるした手を顔の前にかざす。あれっ？　暗くて見えない。さっきまで明るかったのに。街灯が切れたのか？

頭がむちゃくちゃ痛いぞ！　耳鳴りがする。息も苦しい。そんなにひどい怪我なのか？

助けて！　と叫んだけれど、聞こえただろうか？　俺、声が出てるのかな？　まあいい。じきに誰かやってくるだろう。

そうそう、荷物は無事だろうな。バッグはどこに転がったんだ？　この辺か？　それともこっち？　ああ、あった。よかった。

恭子、早く帰ってこいよ。俺は眠くて仕方ない。先にベッドに入るぞ。

ここは涼しくていいな。どこなんだろう？　恭子の部屋だっけ？　違うぞ。おまえのアパートはもうないんだ。じゃあ俺の家だ。でもいつもと感触が違うな。ま、いいか。気持ちいいんだから。

うー、吐き気がする。飲みすぎたのか？　恭子、介抱してくれよ。洗面器を持ってきてくれ。早く！　ぐずぐずするな！

どうだい？　気に入ってくれたか、その指環？　確かおまえは七号でよかったんだよな？　そうか、ぴったりか。おまえの好きなエメラルドだぞ。もちろん本物さ。そういえばエメラルドはおまえの誕生石でもあるんだな。だからエメラルドグリーンの服が好きなのか。

だめだ、俺。眠くて我慢できない。早く帰ってこいよ。待てないよ。頭も痛い。早く――、恭子――。

おやすみ――。

暗　転

口論の末、男性殺される

十五日午後八時十五分ごろ、豊島区池袋二丁目の区画整理中の空地で、東京都西多摩郡奥多摩町、信濃譲二さん（二九）が側頭部から血を流して倒れているのを近所に住む大学生が発見、一一九番通報した。信濃さんは病院に運ばれたが、間もなく脳挫傷で死亡した。

池袋署の調べによると、同日午後七時三十分ごろから同所において、男性のいい争う声が聞こえていた。口論が高じた結果、信濃さんは殺されたのではないかと同署ではみている。

第三幕　夢芝居

1

血と脳漿《のうしょう》でごわごわに固まった頭髪、とりわけ左耳周辺の汚れがひどい。血の気がまったく失《う》せてしまった顔、鼻の穴には綿が詰められている。

風間彰は激しくかぶりを振った。しかし瞼《まぶた》の裏側にいったんこびりついた残像は、どうにも離れてくれない。

信濃譲二の死を風間が知ったのは、夜勤のバイトから帰宅する電車の中、隣のサラリーマンが持っていた新聞を横目で盗み見ていた時だった。場をわきまえずに叫び声をあげ、次には新聞をひったくっていた。

住吉和郎、滝川陽輔、遡《さかのぼ》って伊沢清美。これだけでも充分すぎるというのに、さらに信濃までが。

詳しい状況を尋ねようと池袋署に電話をすると、ちょっと来てくれという。そして風間は見せられたのだ。ひんやりとした霊安室の中に横たわっている信濃の死体を。無惨な姿だった。清美や滝川の死に直面した時もショックだったが、信濃の体に較べると、彼らの体はまだ綺麗なものだった。

潰れかけた頭！　あまりにひどい殺され方だ。

アパートに帰ってきてからウイスキーを飲み続けている風間だったが、いっこうに酔うことができない。それればかりか、飲めば飲むほど、信濃の苦悶の表情が鮮明になり、よりグロテスクな形にデフォルメされていくではないか。こんなことなら警察に行くんじゃなかったと後悔する。

いったい信濃は誰に殺されたのだろうか。死の直前に長い口論を行なっていたことから、犯人は顔見知りの者ではないのかと判断できるが、それはマスターストロークの関係者？

動機は？　シアターKIでの事件との関連性は？　今後も何かが起きる？　殺人？次は誰？　自分!?

連想のはてに恐ろしい結論が浮かばないでもないが、しかし風間はどう思いをめぐらせたところで、自分の側に殺されるような心当たりはないのだ。

「だいじょうぶさ」

風間は自らにいい聞かせ、ウイスキーをあおる。いらぬ心配はやめよう。明るい未来が開けたばかりじゃないか。

公演は大成功だった。マスターストロークの、そして風間彰の名前も売れた。回収したアンケートを読んでも、七割方は満足してくれていた。数多くの取材を受けたことでマスコミとのパイプもできた。

そして何よりもおいしいのが公演のアガリだ。純益が約二百五十万、今までの赤字を埋め、次回公演の準備資金を残しても、一人当たりの分配金は二十万円を越えるという。

いや待てよ。滝川に続いて信濃も死んだのだから、分けまえはもう少し増えそうだな。それから、今回限りでマスターストロークをやめる松岡みさとにも払わないでおこうか。迷惑料と相殺だ。どうせこれからはテレビでもうけることになるのだから、そのくらい目をつむってくれるだろう。

うん？　そうだ。もっといい手があるぞ。正確な収支を把握していたのは制作の信濃だけ。その信濃はもういないのだ。「思ったよりもうかっていなかった」といって他のやつの分配金を減らし、浮いた分をちょうだいしてしまえばいいじゃないか。

よしよし。そのためにももう一度警察に連絡しておこう。信濃が保管していた金と、収支の明細がインプットされている例のワープロをまっさきにもらい受けられるよう手配するのだ。他の連中に見られたらごまかしが利かなくなるからな。

酔いも手伝ってか、風間の頰は自然とゆるんでくる。

客を集めるきっかけを作ってくれた住吉、まずまずの戯曲を書いてくれた滝川、そして身を粉にして雑用をこなしてくれた信濃の三人に感謝しながらも、笑いをこらえることはできない。つい今しがたまで味のなかったウイスキーが、口腔に心地よく広がっていく。

控えめなノックが聞こえたのは、ボトルが半分ほど空いたころだった。小さく三回。間を置いてまた三回。

そろそろ焦点がぼけはじめた目をこすって腕時計に目をやると午後五時。この時間の来客といえば新聞の勧誘と相場が決まっている。風間はノックを無視することにした。ところがノックは未練がましく鳴り続ける。

「どなた?」

風間は座ったまま、ぶっきらぼうな言葉を投げかけた。

「あのー、ちょっと伺いたいことがありまして……。信濃譲二のことです」

ひどくおどおどした声だった。警察にしては変だなと思いながら腰をあげ、酔い醒ましに頬を二度三度叩いてからドアを開けた。

ひょろっとした男が立っていた。歳は自分より四つ五つ下か。オレンジ色のポロシャツにジーンズという恰好から判断して、警察関係の人間ではなさそうだ。

「あ、はじめまして。市之瀬徹といいます。信濃が風間さんと一緒に芝居をやっていたと聞いて、やってきました。信濃譲二とは十年来のつきあいでして、どうしても彼の死の真相を知りたいんです」

男はせわしなく顔を上下させていった。話に脈絡がないのは動転している証拠だ。風間としては別に疑っていたわけではないのだが、市之瀬徹はしきりに、「怪しい者ではありません」を挟み入れ、身分証明証まで呈示してきた。東稜《とうりょう》大学の大学院生だった。

徹がいわんとすることにだいたいの察しがついたところで、風間は彼を部屋に招き入れてやった。

「まあ落ちついて。一杯やりなさい」

水割りを勧める風間だったが、徹は気もそぞろといった感じでグラスには目もくれず、火の点いていない煙草を指に挟んだまま喋り続けた。話は相変わらずで、あっちに飛びこっちに戻りと、どうにも要領の悪いものだったが、まとめると次のようになった。

信濃譲二の死を新聞記事で知った市之瀬徹は、半信半疑の気持ちで奥多摩の住まいに足を運んだ。しかしそこには刑事がいて、一縷《いちる》の望みも打ち砕かれた。そこで信濃の死の謎を探る方向に気持ちを切り替え、手はじめとして、死体の身元確認をした芝居仲間の風間のもとに飛んできたという。

「犯人捜しなら警察にまかせておけばいいのに。君がいくらがんばったところでどうにもなりゃしないよ」

ばかなやつと思いながらも、表面的には諭《さと》すように風間はいった。シアターＫＩでの事件をあれだけ身近で体験したこの自分でさえ、仮説以上のものを組み立てられなかったのだ。こんな頼りなさそうな小僧に何ができるというのだ。

しかし市之瀬徹は身を乗り出し、息をつくのももどかしげに言葉をつないだ。

「信濃には恩があるんです。あいつの頭と行動力のおかげで、どれだけ助けられたことか。あいつがいなかったら、俺は刑務所に入れられていたかもしれない……。だから今度は自分の番なんです。信濃に降りかかった災いの火種を探り出し、祭壇に捧げる。警察に先を越されるのは解っています。でもそんなことは関係ありません。俺がやりたいのは、犯人を自分の手でいち早く捕まえることでなく、信濃が殺されるまでの軌跡を自分の足でたどり、自分なりの結論を出すことなんです。

信濃はよくいってました。『犯人を捕まえ、社会的な制裁を加えることに意味はない。何故なら、事件が起きた段階ですべてが終わっているからだ。犯人を捕まえたところで事件以前の状態に戻すことができないのがなによりの証拠じゃないか。重要なのは事件を未然に防ぐことで、それがかなわず事件が起きてしまったのなら、犯人捜しはただのゲームさ。だったら、事実から真実を導き出すまでの過程をゲームとして楽しもう』と。

だから俺もゲームをするんです。それが、難事件の解決を趣味としていた信濃に対しての一番の供養だと思って……」

目はぎらついているのだか、潤んでいるのだか、とにかく尋常な色でなかった。話も一方的で、風間が相槌を打つ間もない。彼はさらにトーンをあげ、話を急展開させた。

「七時半ごろからはじまった口論を近所の者は聞いているんです。だったらなぜ喧嘩を止めようとしなかったんですか？　直接仲裁に入らなくてもいい。窓ガラスを勢いよく開けて様子を覗けば、自然と喧嘩は止まるというものです。喧嘩の最中に顔を出すのが怖いのなら、口論がやんだあとすぐに様子を窺《うかが》えばいい。そうしたなら、たとえ信濃が傷を負っていたとしても、助かったかもしれないじゃないですか！　みんな冷たいよ！

そりゃあ信濃は口の悪い男で、誰彼かまわずシニカルな言葉を浴びせかけていましたよ。でもそれは冷たいからではないんです。本当に冷たいのは、へらへら笑って誰とでもうまくやっていこうとし、いざという時に口をつぐんでしまう腰抜けたちのことだ！」

最初は、軽くあしらおうと思っていた風間だったが、ここまでいわれるとさすがに真剣に対応する気が起きる。

それにしても、友人の死というものは、そんなに悲しいものなのだろうか。滝川や信濃の死が風間に与えたものは、死のあっけなさに対する驚き、そして嘔吐感。多少の悲しみはあったが、涙は一滴も流れていない。

「とにかく落ちついて。ほら」

風間は、いつまで経っても火が点く気配のない徹の煙草にライターを持っていく。

「何から話せばいいかな？」

「何からというか……。全部です。信濃が風間さんたちと芝居をやっていたなんて、俺は全然知らなかった。マスターストロークという劇団でしたっけ？　失礼ですが、有名なんですか？」

「えっ？　君、ウチを知らないの？」

マスコミをあれほどにぎわせたマスターストロークを知らないとは驚きだ。見た目と違い、学問ひと筋の世間知らずか？

「すみません。俺、芝居には疎《うと》いもので。ついこの間まで、『夢の遊眠社』を子ども向けのアパレル・メーカーと思っていたんです。女の子に『第三エロチカ』を観にいこうと誘われた時なんかは、こんなかわいい顔をして鞭《むち》と蠟燭《ろうそく》方面に興味があるのかと仰天しました。普通の劇団と解っていたら断りはしなかったのに……」

徹はうつむいて頭を掻いた。

「ウチはあんなにメジャーじゃないよ。ただこの前——」

と笑いながら風間が説明しようとした時だった。

ドアが鳴った。先ほど徹がしたノックとは対照的に、激しく、連続的なものだ。今度こそ刑事だろう。

「どなた？　いま開けるから、そんなに叩かないで」

風間もノックにみあった声を出した。するとノックは急に小さくなり、それにかぶさるようにして奇妙な声が漂ってきた。

「風間さぁーん、風間さぁーん」

裏声《ファルセット》にヴィブラートをかけたような力ないもので、女のすすり泣きにも聞こえる。

「どなた？」

風間もつられて声を落とした。

「風間さぁーん。俺ですよーぉ、俺ぇ」

「俺」といいながら、女の声でもだえ苦しむ。しかしおかまに知り合いはいない。

「帰ってきましたよぉー」

「はあ？」

風間はあっけにとられながらも、抑揚のない震える声にはさむけを覚えた。そして次の瞬間、わが耳を疑った。

「信濃ですぅー」

そう聞こえた。考える間もなく第二弾。

「信濃譲二ですぅー。もう忘れたんですかぁー？」

やっぱりそう聞こえた。言葉が喉に詰まって出てこない。これは空耳だ！　酒が回っているだけだ！　しかしとどめの一撃。

「ゆうべ殺された信濃譲二ですよぉー」

パニック。

振り返ると、徹も目を丸くして口をだらしなく開けている。

死者の復活？　まさか！　自分はこの目で見たのだ。頭を叩き割られ、霊安室に横たわる魂の抜殻を。

風間は混乱したまま、とにかくドアを開けた。

「はじめまして。驚きました？　ちょっときつすぎたかなあ。反省します」

幽霊はにやりと笑い、深々と頭をさげた。

てっぺんは五分に刈り、裾は肩まで伸ばした、ロックンローラー・タイプの髪形。太く吊りあがった眉はデューク東郷《とうごう》を思わせるが、その下にあるのは剃刀《かみそり》のような目ではなく、愛嬌のある団栗眼《どんぐりまなこ》だ。筋の通った高い鼻とその下に蓄えた髭もハードボイルドだというのに、二つのぎょろ目で損をしている。

背丈は標準より低めだが、横はある。といって太っているのではない。タンクトップからは丸太のような腕が露出し、胸にプリントされたアディダスのマークも、盛りあがった筋肉によって歪んでいる。

こいつはいったい？

「き、君は誰なんだ⁉」

風間のパニック状態は解消され、代わって怒りが口をついて出た。

「だから信濃譲二です。さっきからいってるでしょう。聞こえませんでしたか？」

男は薄笑いをやめようとしない。

「からかうのはよせ！　信濃君は死んだんだ！」

「でもこうやって生き返ってきました。ほら、足も生えているでしょう？」

男はますます口元をほころばせ、片足をあげてビーチサンダルをブラブラさせた。

「やめないか！　やっていい冗談と悪い冗談がある。信濃君は殺されたんだ。君はそれを冒瀆しているんだぞ！」

「自分をどう弄《もてあそ》ぼうと勝手でしょう」

「わけの解らないことをいってごまかすな！　どうして君が信濃譲二なんだ。似ても似つかぬ顔をしてるじゃないか！　なあ？」

と風間は市之瀬徹を見る。ところが、本物の幽霊でも見たかのようにへっぴり腰で這いつくばる彼からは、肯定の言葉は出てこなかった。

そればかりじゃない。震える指先を奇怪な男に向けた徹は、確かにこういった。

「か、彼が、し、信濃、で、す……」

またもパニック！

「あれっ？　徹じゃないか！　久しぶりだな。元気か？　インドはおもしろかったか？　それにしてもどうしてこんなところにいるんだ？　まあいい。そんなことはあと回しだ。とにかく話に筋を通そう」

立ちつくす風間の脇を男はすり抜け、勝手にあがりこんできた。そして徹の肩をぽんぽんと叩き、

「あー、煙草臭い！　こんな部屋によく平気でいられるな」

とこれまた勝手に窓を開けはなった。

そして男は振り向きざま、力強くいった。

「俺が本物の信濃譲二です。おたくの劇団にいた男は偽者です」

2

「一番驚いたのは俺ですよ。ゆうべから今朝にかけて、中央高速で交通量調査の仕事をやっていましてね。調布インターと三鷹料金所の間に高速バスの停留所があるでしょう？　あそこでです。結構楽な仕事なんですよ、これが。

で、仕事を終えたあと、久しぶりに都内をぶらぶら歩き回りまして、家に帰りついたのが四時ごろだったかな。そうしたら、制服姿の捜査官が玄関を開けようとしているじゃないですか。マスターキーを使って。横には刑事らしき私服姿の男もいる。俺は来るべき時が来たか、と思いましたよ。庭の片隅に大麻を……、まあそんなことはどうでもいいか。

とにかく俺は腹をくくって、刑事のもとに歩み寄ったんです。するとどうだ、信濃譲二が殺された、手がかりを探すために家宅捜索をはじめるところだ、というじゃないですか。面と向かって、『おまえは死んだ』ですよ。これが驚かずにいられますか。

『俺が信濃譲二だ』といったところで刑事は相手にしてくれない。免許証を見せたところで、やっと腰を抜かしてくれましたがね」

自分こそが信濃譲二だと名乗った男は、茫然とするばかりの風間と徹の姿を楽しむかのように喋った。

「刑事とやりとりをしているうちにピンときましたよ。きのう池袋で死んだのは、信濃譲二ではなく、信濃譲二の証《あかし》を持っていた男だと」

「証?」

徹が首をかしげた。

「健康保険証だよ。やつの所持品の中に俺の保険証があり、警察はそれを見て、信濃譲二が殺されたと思い込んだ。マスコミも警察の発表通りに報道した。初歩的なミスだね。しかし似たような間違いは過去にも例があるんだぜ。

交通事故で車が炎上し、運転手は顔におおやけどを負って即死した。燃え残った免許証を見た警察は、これをAさんと発表した。ところがAさんは生きており、死亡したのはAさんの免許をたまたま持っていたBさんにすぎなかったと、何日も経ってから判明したんだ。Aさんの家ではすでに葬式まであげていたというから、これは笑い話じゃすまされないよ」

「でも……。ゆうべ死んだ男は、どうしておまえの保険証を持っていたんだ？」

徹が訊いた。

「やつはな、俺の健康保険証を使ってサラ金から金を借りまくったんだよ。おかげで俺はいい迷惑だ！　督促状が毎日送られてくるんだぜ。何社からも。見てみろよ」

と信濃はかたわらのバッグをまさぐり、はがきの束をぽんと放り投げた。風間もそれを手に取ってみる。分類すると六社にのぼり、融資契約者の名前はいずれも「シナノジョウジ」、融資金額も一様に十万円となっていた。

「保険証を盗まれた？」

「らしいな。最初に督促状がきた時には、何かの間違いだろうと思って放っておいた。ところが次々と届くじゃないか。もしやと思い、身分証明証の類《たぐ》いを調べた。そうしたら免許証は机の中にあったけれど、家じゅうひっくりかえしても保険証は出てこない。腹が立ったから、ついでに季節はずれの煤払《すすはら》いをしてやった」

信濃は徹に向かい、苦々しく笑った。

「警察には届けたの？」

「届けたさ。だがどうにもならないよ。俺の名前を騙《かた》った野郎は、いっ時に集中して金を借りまくるとそれきりさ。督促状を見てみろ」

いわれ、徹は一枚一枚はがきを繰っている。風間もそれを目で追った。どのサラ金でも、取引年月日は四月二十八日。この日にサラ金のはしごをしてしまうと、二度とサラ金には近づかなかったということだ。

「解るだろう？　これでは、警察が、『信濃譲二の保険証を持ってきた者がいたら通報しろ』とサラ金に手配したところでどうにもならない」

「でも犯人はわりとセコイやつだね。一社十万、計六十万しかだましとってない。当座の金にそうとう困っていたのかな」

そう徹がいうと、信濃は、「甘いぜ」と立てた人さし指を振った。

「おそらくこいつは初犯じゃないぜ。複数の会社から、サラ金にしては小額の十万ずつ、しかも短期間で借りきってしまうなんて、ズブの素人の手口じゃない。素人は、一度に多額を借りようとしたり、何度も通ったりする。だから捕まってしまうんだ。しかしプロは、欲をかかずに効率よくやるから、よほどのへまをしないかぎり捕まらない」

はあ、なるほど、といった感じで、徹は口を開けたまま信濃を見つめている。うまうまとサラ金をだました詐欺師もだが、まるで自分が詐欺の常習犯のような口ぶりの信濃にも感心しているのだろう。しかし風間はそれどころではなかった。

「犯罪は発生した時で終了してるんだ。いつもいってるだろう。結局のところ、保険証を盗まれたのに気づかなかった俺が間抜けなんだけどね」

被害者の気分に戻った信濃は、いまいましそうにシガレットケースの中の一本をくわえた。見たこともない煙草だ。奇妙な臭いもする。

「欲をかかなければ、サラ金をだますのは簡単なの？」

徹はすっかり冷静さを取り戻したようで、口調も軽やかになっている。恐ろしい予感にとらわれはじめた風間は、震えを感じながら、彼らの会話をぼんやりと聞き流していた。

「ああ。身分を証明できるものがあれば、すぐに十万まで貸してくれる。それ以上になるといろいろな審査があって、簡単にはだましとらせてくれない」

「借りる時、はんこはいらないの？」

「いらない。サインですむ」

「保証人は？」

「保証人というか、身元を確認してくれる者は必要だね。サラリーマンだったら勤務先、俺みたいに定職のない者だったら両親の住所氏名を契約申込書に書かなければならない。それから、収入を証明するものも必要だな。源泉徴収票とか、確定申告の控えとか。だがこんなものはどうにでもごまかせる」

「どうやって？」

「俺が例の詐欺師だとしよう。まずは保険証とにらめっこして、信濃譲二という名前、住所、それから生年月日を頭に叩き込む。生年月日から干支《えと》も出しておく」

「金を借りるのに干支も必要なの？」

「契約書には干支を書く欄なんてない。けれどサラ金の店員に試されるんだ。『何年《なにどし》生まれですか？』と雑談の中でさりげなく尋ねてくる。ここで答に詰まるようだと、こいつは怪しいと思われてしまうんだ。だから俺を装うなら、『昭和三十四年のイノシシ』という言葉がさっと出てくるように訓練しておくんだ。単に憶えるだけなら簡単だけど、突然の質問にすんなり答えられるようになるには、かなりの努力が必要だぜ」

「へえー」

偽の信濃と面識のない徹はのんきなものだ。初対面の飲み会を思い出した風間はますます蒼《あお》ざめる。

「次に、被保険者の欄に目を通すと、信濃譲二は独身だということが解る。よし、こいつはアルバイトで生計を立てているという設定にしても不自然じゃないぞ。二十九歳だから、両親も健在だろう。保証人の件もオーケイだ。てなことで役所に行くと、両親の住所、氏名は造作なく調べがついた。住所から電話番号も解った。ただひとつ妙なことがあるな。一〇四に問い合わせても、信濃譲二という名前で電話番号が登録されていないという。電話帳に載せてないのか。それなら仕方ない。電話は持っていないということにしておこう。変に思われるかもしれないが、電話を持っていないから金を貸さないということはない。さて、いよいよ実行だ」

「あのー、収入を証明するものがまだ手に入ってないんだけど」

突然、風間は割って入った。黙り込んで過去を振り返るのに耐えられなくなったのだ。

マスターストロークにやってきた男は信濃譲二の偽者だった。この延長線上にあるものを深く考えると、すぐにでも気絶してしまいそうだった。自分を包囲するカタストロフィー！　だがそれをまっこうから受け止める勇気はなかった。いつ時だけでいいから気をまぎらしたかった。だから会話に加わったのだ。

「収入の証明書？　いらないの、そんなもの」

すっかり犯人になりきっていた信濃は、「あんた、いたの？」とでもいいたげな目を風間に送ると、少々ぶっきらぼうに答えた。

「だって、さっき……」

「いいんです。収入を証明するものはなくても、『二、三日中に持ってきます』と口先でいっておけば、その場で貸してくれるんです。小額ならね。だいたい十万円が限度かな」

そんなにいいかげんなのか、と風間は驚き、さらに質問。

「保証人に身元を照会するんでしょう？　その時にばれません？」

「だいじょうぶです。照会といっても電話をかけるだけ。信濃譲二という人間が実在することを確かめるだけで、借りにきた者が信濃譲二本人であると確かめるんじゃない。この違い、解ります？」

「ふーん。サラ金をだますのは簡単なんだ。これなら俺にもできそうだな」

腕組をした徹がしきりにうなずく。しかし信濃は冷たく、

「おまえには無理だ」

「どうして？　保険証を拾うチャンスがないから？」

「保険証を百枚拾ってもおまえにはできないよ。度胸がないからな。犯罪は度胸だ。特に人をだます時は、はったりをかまして、少々ミスをしても口先で抜けてやる、ぐらいの余裕がないことにはうまくいかない。一本気で融通が利かないおまえにはとうてい無理な話さ。だいたいおまえは根が正直だから、動揺が顔に出る」

誉《ほ》めているのか、けなしているのか、どうにも人を食った男だ。風間は話を正常な道に戻した。

「保険証を盗まれたといいますが、空き巣にでも入られたんですか？」

「違います」

信濃は髭をつまんで天井を見た。

「病院に置き忘れた？　それを持っていかれた？」

徹がいった。

「いいや。おそらく新宿のビアホールで盗られたんだ。徹と一緒に飲んだ」

「えっ!? ビアホールで盗まれたぁ？ あの時保険証を持ってたの？」

「おまえと会う前に病院に行ったからね。初診で」

「あ、花粉症とかいってたっけ」

信濃はうなずき、

「帰りぎわ、レジでもめただろう？ あの時俺はバッグを落とした。財布を取り出そうとしていたところだったから、蓋は開きっぱなしだった」

「そうだった！ バッグは床に落ち、中身もあたりに散らばった。俺は中身を拾いあげたけど、保険証は見落としたんだ」

「店の者が見つけたなら俺のところに連絡があったのだろうけど、運悪く変な客が拾ったのだろう。そいつがサラ金で詐欺《さぎ》を働いた」

「あの男かもしれないぞ！」

徹は、鳴らした指をこめかみに当てた。

「ジョージがレジで口論をはじめたものだから、レジ待ちの列ができてしまった。その中に、バッグの中身を拾うのを手伝ってくれた男がいたんだ。親切そうにしながら、実は保険証を盗み取ったのかもしれない」

するとと信濃は悔しそうに下唇を突き出し、

「やっぱりそうか。もしかしたら徹が犯人の手がかりを知ってるかもしれないと思っていたんだ。しかしおまえは旅行に出たまま、いつまで経っても帰ってきやしない。そのうちに、自分で犯人を捜すのはもういいやとあきらめてしまった」

「旅行じゃない。調査の手伝いだ」

徹はむっとした表情でいい返す。

「同じようなもんだろう。まあ今となっては仕方ないさ。犯人は死んでしまったんだからな。おいしいことをしようとした報いだ。きっと、俺と同じようなめに遭った者に見つかり、喧嘩になり、あげくのはてに殺されたんだろうよ」

信濃は吐き捨て、例の煙草に火を点けた。そして風間に向き直ると、

「さて、と。ここまで話せば、俺が何の目的でやってきたのか、おおかたの察しはついたことでしょうね？　ああ、やっぱり気づいていますね。顔色が悪い。手も震えている。話を続ける前に、気つけに一杯やった方がいいかもしれませんよ。それから俺に水をもらえますか？　ビールがあればそれに越したことはないのですが」

3

ひと喫いひと喫いに時間をかけ、根元まで灰にする。今度はビールに取りかかる。信濃はなかなか話の続きに移らなかった。

じれる風間だったが、自分から話を切り出すのは怖かった。ウイスキーをストレートであおりながら、ちらちらと信濃を盗み見る。この男、どこまで知っているのか。市之瀬徹がいったように、本当に頭が切れるのだろうか。

「おたくの劇団にいたという信濃譲二は、制作というふれこみでやってきたんじゃないですか?」

ようやく、信濃が口火を切った。風間は無言でうなずく。

「清算はもうすみましたか? スタッフのギャラは支払われていますか? 風間さんは分配金を受け取りました?」

「い、いや……。チ、チケット代の清算は彼が終わらせたけど、ギャラの支払いはまだだと……。ぼ、僕らへの分配も、こ、これから……」

風間の舌は思ったように回らない。震えもますばかりだ。

「やはりそうですか。今回の公演、相当もうかったんでしょう? ずいぶんセンセーションナルでしたからね。三、四百万円はかたいんじゃないですか？　その大金はどこに消えたんでしょう？」

「し、信濃……、ウチにいた信濃の家に、あ、る……」

「でしょうね。しかしあの男がどこに住んでいたのか、あなたは知らないんでしょう？　奥多摩の住所を聞いているかもしれませんが、そこは俺の家でしかありませんからね。さて、これは困った。どうやって金を回収しましょう」

信濃の顔つきは真面目だが、言葉はおどけている。最悪のケースを軽々と口にしやがって！

「じゃ、じゃあなにかい。き、君は、僕らの劇団が詐欺に遭ったとでもいうのか？　こ、公演のアガリを持ち逃げされたとでもいうのか!?」

風間は背筋を伸ばし、どもりながらまくしたてた。

「当然です。彼は筋金入りの詐欺師。公演のアガリをちょうだいするために、制作としておたくに潜り込んだのです」

「ぶ、部外者の君に、どうしてそんなことがいえる！」

「ちょっと考えれば解ることですよ。刑事がいうには、『信濃譲二の芝居仲間だった風間彰という人物が死体を確認した』ということでした。つまり彼は、サラ金でだけでなく、風間さんたちの前でも信濃譲二で通していた。これを聞いて、俺は変だと思いましたね。だってそうでしょう。どうして芝居仲間の前で他人の名前を騙《かた》る必要があるんです？　サラ金から金をだまし取る時だけ信濃譲二の名前を拝借し、プライヴェートでは本名を名乗ればいいじゃないですか。なんだって仲間に本名を隠す必要があったのだろう。俺はこういうささいなひっかかりが気になって仕方のない質《たち》でしてね。

で、考えるうちに、ふと閃いたんです。彼は、芝居仲間をだます必要があったから、本名を使えなかったのではないか。劇団での活動は決してプライヴェートなものでなく、ビジネスの一環ではなかったのか。ビジネスとはいうまでもなく詐欺のことですよ。

ここまで思いつけば、あとはすらすら出てきます。劇団相手に詐欺をするなら、公演のアガリの持ち逃げです。そして、劇団内での金銭管理をするのは制作の役目。よって、例の男は制作というふれこみでマスターストロークに潜り込み、公演のアガリをまんまとちょうだいしたのではないか、という結論に達したわけです。どうです、簡単な推理でしょう？」

流れるように喋り終えた信濃は、豊かな髭を満足そうにさすった。

「か、彼が、君の保険証を使ってサラ金をだましたのは事実かもしれないが、ウチで詐欺をはたらいたとはかぎらないじゃないか。彼はただ単に制作をやりにきたんだ。たまたま本名を名乗らなかっただけで……」

あがきだと解っていながらも、風間はいわずにいられなかった。しかしここは素直に認めるべきだったのだ。何故なら、「ではどちらが正しいのか確かめてみましょう」と信濃に詰め寄られ、マスターストロークにいた信濃譲二の行状についてを克明に喋らされる結果となったからだ。そしてひと通り説明したあとにはじまった信濃の質問攻めは、現実をますます鮮明にするものだった。

「初対面の時、注意深くあたりを見回したり、会話の最中に視線をそらせたりしませんでした？」

「そんなことはなかった……、と思う」

「サングラスをかけていませんでした？」

「……、かけていた」

「やっぱりね。変だなと感じなかったのですか？」

「ちょっとは思ったけど、でも花粉症だっていったから」

「花粉症、か。おもしろい嘘を考えたものだ」

「嘘？　君、それは違うよ。鼻もぐずぐずさせていたんだから」

「うん？　鼻をぐずぐずさせていた？　やつは本当に花粉症だったのか？　いや、待てよ……。確かに鼻をかんでいました？　やつの鼻水を見ました？」

「そこまで観察してないよ。でもね、ティッシュペーパーをしきりに使っていたんだから」

「なるほど。では、ついでに訊きますが、サングラスをかけてきたり、頻繁にティッシュを使ったのは、最初のころだけでしょう？」

「ああ」

「これで解りました。ティッシュは口元を隠すために使ったのです。マスクの代わりにね。サングラスにマスクの変装だと、いかにも胡散《うさん》臭い」

「変装？　何のために？」

「以前詐欺をはたらいた劇団に出入りしていたメンツがおたくにいたら、面が割れてしまう。変装はその用心のためですよ。知った顔はいないと判断してから変装を解いたんです」

「すると公演の時にサングラスをしていたのも？」

「ふん。それは、受付に座ることを見越しての用心でしょう。客の中に自分の顔を知っている者がいるかもしれませんからね。ティッシュは？」

「使ってなかった……。ああそうだ！　その代わり、公演直前から髭を伸ばしはじめた。君のように鼻の下だけじゃなく、顎にも頬にも。昔のポール・マッカートニーのような感じだ」

「ふーん。花粉症の季節が終わったら髭か。敵さんもやるな」

「感心ばかりしないでくれよ！　僕らのお金はどこへ消えたんだ!?　やつはどこに住んでるんだ!?」

風間はたまらず身を乗り出した。

「さて、どこでしょう。やつのアジトまで推測できませんよ。あとで警察に届けなさい。彼らは人海戦術が得意ですから」

信濃はひらひらと掌を振る。

「冷たいじゃないか。だいたいね、元はといえば君がいけないいんだよ。保険証を落としたりするから、ウチにまでとばっちりがかかったんだ」

風間は信濃の腕を摑んで揺さぶった。信濃はそれを軽く振りほどき、

「俺が保険証を落とそうが落とすまいが、おたくは詐欺に遭う運命だったたと思いますがね。計画の途中で、たまたま俺の保険証を拾ったから、俺の名前を使っただけでし

ょう」

「いいや。君の保険証を拾ったから、制作の詐欺を思いついたんだ」

「風間さん、冷静になりなさい。芝居の制作に関して、やつは素人じゃなかったんでしょう？　確かあなたはそういいましたよね。ということは、過去にも同じような詐欺をやっていたはずです。だから俺の保険証を拾ったことで急に思い立った、という説は通用しませんよ。しかも俺が保険証を落としたのは四月十三日、やつがはじめて風間さんたちの前に現われたのはその二日後。たったこれだけの間に、まったくの白紙の状態から制作詐欺を思いつくでしょうか？　保険証は二次的な要因にすぎないのです」

「しかしまあ、君の口達者なところといったら、偽の信濃譲二にそっくりだ」

風間は煙草を大きく吸い込み、めいっぱいの煙を吐きかけてやった。

「彼がまねしたんでしょう」

信濃はしゃあしゃあという。

「ああいえばこういう！　こいつは何者なんだ、えっ⁉」

と風間は信濃を指さしながら徹を見るが、彼は笑いを噛み殺しているばかりで何も答えない。

「口達者だと、精神的に優位に立てますからね。初対面で一席ぶって相手を圧倒し、こいつは凄いやつだと思わせる。詐欺師の常套《じょうとう》手段ですよ」

「ちっ。君も詐欺師じゃないのか？」

「似たようなものですかね。生きること自体が詐欺なんですから」

「いったい君は何をしにきたんだ⁉　僕をからかいにきたのか！」

「俺にあたりちらすのは結構ですがね、今回の件は風間さんも反省してくださいよ」

「どうして僕が反省しなければならないんだ⁉　僕は被害者なんだぞ！」

風間はテーブルを叩いた。信濃は首をすくめて溜め息をつくと、哀れむように静かにいった。

「雑誌の広告を見てやってきた者を、なんの疑いもなく採用して。興信所に頼んで身元調査しろとはいいませんがね。今後は気をつけないと、またやられますよ」

「制作をやる人間は絶対的に少ないんだよ。苦労が多いわりには見返りが少ないといって。知り合いにうまく押しつけようにも、今回はそれがうまくいかなかった。だから飛び込みでも採用せざるをえなかったんだ。それに彼は仕事ができたから、つい安心してしまった」

憮然と風間。

「おや。いつもは人をだましているんですか。あなたも詐欺師のようなものですね」

まばたきもしない信濃の団栗眼。射すくめられた風間はうつむいて唇を嚙む。

「あと、電話がないことに不信を覚えなかったんですか？　やつは、必要とするものには金を惜しまない主義だったんでしょう？　制作の仕事に電話は欠かせないでしょう。ノートワープロより電話ですよ」

「いわれてみればそうだが……。ノートワープロを使ったら金銭管理や宛名書きが効率よくできるというから、そんな利点を喜んでばかりで、電話との矛盾にはちっとも気づかなかった」

「ノートワープロもやつの作戦ですね。『自分はこれだけ貢献するんだぞ』とアピールして価値観を高め、信用を勝ちとった」

「信用、か。そうだよな。彼は率先して仕事をどしどしこなしていたから、電話の有無なんていうちっぽけな問題にこだわる間がなかったのはもちろん、僕たちをだましているなんてこれっぽっちも考えたことはなかった」

風間は小刻みに首を振って溜め息をつく。

「ある意味では、非常に献身的だった。劇団の役に立った」

「うーん。金を持ち逃げされたのには腹が立つけど……、惜しい人材だったなあ」

もう一度溜め息。

「それが一流の詐欺師ですよ」

信濃は真顔でいって唇を結んだ。

沈黙の中に嬌声。隣の部屋の学生が彼女でも連れ込んでいるのだろうか。

「風間さん、そう力を落とさずに」

しばらく経って信濃がいった。

「持ち逃げされた金は、いずれ警察が見つけ出しますよ。もしも見つからなくても、それはそれでいいじゃありませんか。あなたの直接の損失はいくらです？　せいぜい十万そこいらでしょう？　たったそれだけの金で貴重な経験ができた。さらにはシアターＫＩの事件のおかげでマスターストロークの名前も売れたじゃないですか。投資だと思えば安いものです」

奇妙な論理だったが、なるほど、ものは考えようだと風間も納得する。自分にあてがわれた前売りチケットのノルマはすべてこなしきっていたので、その代金を偽信濃にまきあげられたといっても、自分の腹は痛んでいない。制作や道具、衣装にかかった諸経費にしても、自分が出したのはごく一部で、ほとんどを偽信濃に立て替えさせたのだ。「ギャラはまだか？」と各スタッフから苦情がきたら、「持ち逃げされたから払えない」と泣きつけばいいではないか。

「いやあ本物の信濃君、わざわざ報せにきてくれてありがとう。さっそく警察に連絡してみるよ。よかったよかった」

気が楽になった風間は口も軽くなる。

「その辺にでも飲みに行きましょう。お礼におごりますよ。といっても見ての通りの貧乏暮らしだから、たいした店には連れていけませんけどね」

「礼なら酒より話がいい」

立ちあがろうとした風間は、信濃に腕を摑まれた。万力に挟まれたような痛みが走った。

「話？」

顔をしかめて訊き返す。

「ほら、シアターKIでの殺人事件についてですよ」

「あれを？　どうして？」

「俺は不謹慎にも、その辺にころがっている事件の謎解きをするのを趣味にしていましてね。シアターKIでの事件についても非常に関心を持っているんです。確か、犯人はまだ解っていませんでしたよね？」

「ああ、そうなんだよ」

「事件当時の詳しい状況を聞かせてもらえませんか？　新聞、雑誌にはいちおう目を通しましたが、記事というものはその性格上、どうしても事件の一部分をピックアップしただけにとどまっていて、推理するための充分な情報を得られなかったんです」

「君があの事件の謎を解いてみせるというのか？」

風間はあきれ、目を剝《む》いた。しかし信濃は平然といった。

「断言はできませんが、風間さんが提供してくれる情報の質によっては、真相の究明が可能になるかもしれません」

ちょっとばかり頭がいい者は、えてして才能を過信するものだが、信濃はその典型のようだ。

「警察の向こうを張ろうというのか？」

風間は鼻先でいった。すると信濃は、「警察、ね」と嗤《わら》いを返し、

「『完全犯罪はない』と世間ではいわれますが、どれだけの事件が迷宮入りしています？　人と金とノウハウを大量に持った警察は、それはそれは優秀な捜査機関ですよ。しかし優秀であるものの、完璧ではない。だから完全犯罪が生まれる。そしてもしかすると、シアターＫＩでの事件もその運命にあるのかも。どうです、風間さん。

俺に話してみませんか？　だめでもともとでしょう」

言葉の催眠術を使う男だ。風間は無意識のうちに肯定のうなずきをしていた。

「ジョージ。ちょっと待ってくれよ」

ずっと聞き役に回っていた徹が口を挟んだ。首をかしげていう。

「シアターＫＩの事件って、いったい何のことなんだ？」

「あの事件も知らない？　新聞ぐらい読めよ」

「いつも読んでるよ。だから今日だっておまえが死んだのを知ったんだ」

「じゃあどうして……。そうか。おまえがインドに行っている間に起きたんだな。帰ってきた時にはもう報道されてなかった。まったくマスコミは移り気だからな」

と信濃は部屋を見渡す。そして、「あれかな？」というや、片隅にまとめておいた事件関係の新聞、雑誌を勝手にひっかきまわしはじめた。

「この記事がうまくまとまっているかな。これを読みながら風間さんの話を聞くんだな」

雑誌の一冊を徹に渡し、風間のもとに戻ってきた。風間はもう一度うなずき、話をはじめた。何度となく警察相手に喋ったことだ。何も考えずに言葉が出てくる。

話は二時間に及んだ。風間は適当にはしょろうとしたのだが、そのたびに信濃の鋭い質問を受けたため、結果として漏れなく話すはめになったのだ。

「『回り客席』とは実に大胆な発想だ」

ひと通り聞き終えた信濃はしきりに唸り声をあげた。

「やつの勇み足もいいとこだ」

風間はくわえ煙草で吐き捨てた。思い出すだけでも不快になる。

犯人と指名された伊沢は、白黒をはっきりさせるために警察を呼んだ。客席が回るのなら、二重扉に挟まれた空間に、可動部と非可動部の境目が必ず認められるはずだと伊沢はいった。

ところが捜査官がどんなに目を凝らし、掌に神経を集中させても、一ミリの隙間も存在しなかったという。床は継ぎ目のないカーペット張り、二つのドアと床の間にも溶接の跡。客席部とホールは完全に一体化していた。

さらに警察は機械関係をも入念にチェックしたが、「客席は固定されている」という結論しか出てこなかった。

「回り客席」が否定された時、伊沢の無実も証明された。客席が回らないかぎり、伊沢は本番中の楽屋に移動できないのだから。bからd′に抜けたなどただの妄想。彼はbからb′に抜け、トイレで用足しをしたにすぎなかったのである。

よくよく考えてみると当然の結果だった。客席を回す着想はユニークで、原理も単純だが、シアターＫＩを作ったのは伊沢ひとりではない。基礎、配線、音響、内装、それぞれにたくさんの人間がかかわっており、伊沢がいくら隠したところで、彼らの口から、客席に隠された秘密が漏れていたことだろう。すべての工事人の口を伊沢が塞がないかぎりは。

あの時の偽信濃のあわてようといったらなかった。「結論を出すのを急ぐあまり、裏を取らなかった」と顔を蒼くし、伊沢に土下座を繰り返していた。それはそれでいい気味なのだが、彼の推理を信じ込んで伊沢を糾弾《きゅうだん》した風間の立場もなくなってしまったのだ。伊沢に合わせる顔はない。二度とシアターＫＩに立てないだろう。

「最初から正面きって反論してくれればまだ救われたのに。最後の最後までいわせておいて、『それは違う』だもんな。伊沢さんもいい性格してるよ、まったく」

なおもむかつきながら風間はつぶやいた。独り言のつもりだったのだが、信濃の耳には届いていた。

「反論する気が失《う》せるほど、自分が誤解されていることを悲しんでいた。あるいは過去を悔いていたんじゃないのかな。こんなに誤解されるのも、過去の自分がマスターストロークに辛くあたったからだ、と。だからいわれのない言葉の暴力を甘んじて受けた。自らに裁きを与えたのです」

　大きな目で凝視された風間は言葉を返せなかった。恥ずかしくなり、あわてて話題を変える。

「そんなことより本物の信濃君。話しながらふと思ったんだが、偽の信濃が滝川を殺したということはないだろうか？」

「風間さんの話を聞いたかぎりでは、まずないと思いますね」

「そうか？　やつは詐欺師なんだぞ」

　徹もいった。

「おまえは相変わらず考えが短絡的だな。金を持ち逃げする者なら人も殺しかねない、というのか？　詐欺と殺人とでは犯罪の質が違う」

　信濃はここまでを太い声でいい、あとは溜め息まじりに続けた。

「生きているうちになんとしてでも捜し出し、ゆっくりと語り合ってみたかったよ。彼は、日銭欲しさに人をだましているようなセコイやつではなかった気がするんだ。独自の犯罪哲学を持った詐欺師だ。でなかったら、小劇団を相手にした制作詐欺なんかするもんか。今回はたまたま、センセーショナルな事件が起きてくれたおかげで、四百万以上の金を持ち逃げできたけど、いつもは百万もいかないんじゃないかな。それでいて制作の仕事もきちんとこなすんだ。美しいよ」

「おいおい、それは誉めすぎだ」

徹が苦笑いする。

「……、かな。夢だよ。現実にとらわれず、芸術としての犯罪を楽しんでいるやつがいればいいな、と思ったまでさ。まあ、実際に会わなくてよかったかもな。ポリシーのかけらもないただの小悪党だったら、夢がぶち壊しだ」

美人を見つめるようなとろんとしたまなざし。この男、やはりどこかが異常だ。

「偽信濃でも伊沢でもない。もちろん僕も違う。すると犯人は誰なんだ？　さっきは威勢のいいことをいってたけど、どうだい、解ったか？」

風間は逆説的に挑んだ。信濃はそれに答えず、妙なことをいう。

「風間さん。シアターＫＩでの事件より、詐欺師殺しの方を心配しなさい」

「はあ？」

「マスターストロークの中に犯人がいるかもしれませんよ。とりあえずあなたは違うと信じておきますけど」

「えっ!?」

「あの男は傷を受ける前に長々と口論していたといいます。どんな内容のものだったかは知るよしもありませんが、一つの可能性として、彼の詐欺行為を責めるものではなかったかと考えられます。ひょんなことから前歴がばれたんです。で、口論がはじまり、殴り合いに発展し、ついには命を落とした。この喧嘩相手、前歴を看破《みやぶ》った者がマスターストロークの一員でないとはいい切れません」

一理ある推論だった。

「き、君は、誰が犯人か知ってるのか？」

「知りませんよ。ゆうべの事件については推理の材料がまったくといっていいほどないんだから。解りそうなのは、シアターＫＩの事件についてだけです」

「あ、ん？」

風間は耳を疑った。

「さてと、長々とおじゃましましたね。徹、そろそろおいとましようか。ビールでも飲みながらインドの土産話を聞かせてくれ。今日は保険証を持っていないから、酔っぱらってもだいじょうぶだ」

信濃は、何事もなかったかのような顔をして腰をあげた。大きなあくびまでする。

「ちょ、ちょっと待って！　犯人が解った？」

「およその察しはつきました」

「お、教えて！」

「まだ詰めができていません。他の役者の方にも話を伺い、俺の中で確証が得られたら、その時にはみなさんの前でお話しすると約束しましょう。では」

信濃は片手を挙げて玄関に向かう。

「堅いこといわないで。僕は事件について詳しく話したんだ。まっさきにね。他の者よりも早くに聞く権利がある」

風間はタンクトップの背を引いた。

「そんなに聞きたいですか？」

「聞きたい聞きたい」

何度もうなずく。と、風間の鼻先にビーチサンダルが突きつけられた。

「じゃあ今すぐ唇を縫いつけなさい。口が軽そうなあなたには、うかつなことは教えられない」

あとは詰めるだけだといいながら、二日待っても三日待っても、信濃からの連絡はなかった。はったりだけの男だったかと苦々しく思う風間だったが、もしかしてという期待も捨てきれなかった。だから四日後に自分から連絡をとった。信濃は電話を持っていないから、市之瀬徹に仲介を頼んだのである。

「信濃はほぼ確信的なものを摑んでいるようなんですけど、もうひとつ冴えなくて」

徹の返事は湿りぎみだった。しかし風間はもう待ちきれなかった。

「警察に追い回されっぱなしで精神がボロボロなんだ。おまけにバイト先にも顔を出すものだから、このままだと馘《くび》になるかもしれない」

という具合に、事実を膨らませて泣きついておいた。

効果はてきめんだった。六月二十一日、市之瀬徹に引っ張られるようにして信濃譲二が現われた。

4

「絶対的な確信を得るまではいっさいを口にしない、というのが俺の主義です。しかしこのままでは、いつまでたっても確信が得られそうにない。そして俺が黙っていると、みなさんは警察に責め続けられる。だから今回は特別サービスをする決心をしました。あまり誉められたことじゃないんですがね。せいぜい彼に感謝してくださいよ」

とある喫茶店の個室に立った信濃譲二は、隣に座る市之瀬徹の肩を叩いた。

「おおげさねー。もったいぶってないで早く教えてよ。あたし、四時にスタジオ入りなんだから」

松岡みさとはけだるそうにいい、わざとらしいあくびをした。ぞんざいな口の利き方は、テレビ業界に転身《とらばーゆ》しても相変わらずだ。

「聞きたくない方は、さっさと出ていって結構。ついでにいっておきますが、余計な口を挟む方もつまみ出します」

信濃は力瘤《こぶ》を作ってそう威嚇《いかく》すると、みさとを無視して喋りはじめた。

「シアターKIの事件を考えるうえで最も重要なことは、住吉和郎さんが怪我をしたのも、滝川陽輔さんが死んだのも、ともに本番中の舞台の上でだったということです。そこで犯人像を二つに分けて考えてみましょう。部外者と身内の二つです。

部外者の中に、マスターストロークに深い怨みを持った人間はいないでしょうか？その男、あるいは女が犯人だとしたら、舞台の上で事件をひき起こすことに意味があります。命を奪うことによる肉体的な復讐、公演を潰すことは精神的な復讐というわけです」

「だから僕は、伊沢さんが怪しいと思った」

風間はいった。

「しかし客席が回らないことには、伊沢さんはナイフのすり替えができない。では他の部外者はどうだろう。松岡さんの手引きがあれば楽屋に忍び込むことは可能です。しかしあなた方にいくら訊いたところで、マスターストロークに怨みを持った部外者というと、伊沢さんの他には思い当たらないという。

そこで部外者犯人説は捨て、身内を検証してみることにしましょう。ところがあなた方役者にとって、本番の舞台というのは命に代えがたいほど大切なものですよね？　大怪我してもなお舞台に立とうとするのだから」

と信濃は、住吉に視線を送った。

「そうだねー。俺たちから芝居を取ったら何も残らない。それをぶち壊したりしないよ。もしも俺たちの中に犯人がいるとしたら、タキちゃんをめちゃんこ怨んでいたはずだよ。でなかったら、タキちゃんに重大な弱みを握られていた」

「そう理由づけすればいちおうの説明はつくでしょう。ですがね、俺がマスターストロークのメンバーだったら、どんなに滝川陽輔という男を怨んでいても、せっぱ詰まった状況に追い込まれていたって、本番中にことを起こしませんよ。考えてもみなさい。

ナイフをすり替えての代理殺人。確かにうまい手です。殺害時のアリバイが完璧なのだから。しかしナイフのすり替えをしたら、警察はまっさきに役者を疑ってかかるに決まってるんですよ。事実そうだったでしょう？　そして自分がナイフをすり替えたという決定的な証拠はなくとも、追及を受けるうちにボロを出してしまうかもしれない」

「なるほど、それはいえてるな。僕もふと思ったもんな。自分がやったといってしまえばどんなに楽なことかって。あ……、いや、僕は犯人じゃないけどね。犯人ならなおさらだということだ。うん」

風間はあわてて手を振り、咳払いを繰り返した。

「脅迫状を送りつける、小道具とそっくりのナイフを用意する、毛利恭子さんを利用する。いっけん綿密な計画のようですが、その実、肝腎なところが抜けている。どんな殺害方法をとったとしても、舞台の上で滝川さんが死ねば、役者である自分は必ず、容疑者の一人となるんです。俺ならそんな愚かなことはしません。殺害の場所として舞台を選びません」

「それはあんたの考えでしょ。犯人はそこまで気が回らなかったのかもしれないわ」

ふんと鼻を上に向けたのはみさとだ。

「おまえさんなら気が回らないかもしれないな。じゃあついでだ。犯人になるかい？」

信濃は表情を変えずにいう。とたんに、爪でガラスをひっかいたような、ハウリングを起こしたＰＡのような、なんとも形容しがたいわめき声。いつにもまして強力な戦慄《せんりつ》のスプラッター声に、風間は自分も叫びたくなるほどだった。しかし信濃はそれ以上に太く大きな声で結論を出した。

「ということで、みなさんが滝川さんを殺したというケースも捨てざるを得ません！」

「あんたねー、何がいいたいのぉ？　部外者に犯人はいない、ここにいるあたしたちも違う。それじゃあ犯人は……、そっかあ、ブースカか恭子さんね！　ここにいないもん」

そう、斎木雅人と毛利恭子はここにいない。市之瀬徹によると、何度連絡しても不在だったという。だが、信濃が犯人と目しているのはその二人でもなかった。

「俺の説明をちゃんと聞いていたのか？『みなさん』というのは役者全員を指すんだ」

「解ったぞ！　犯人は信濃！　ごめん……。じゃなくて、信濃さんの名前を騙った男なんだ」

今度は住吉がいった。しかしこれにもかぶりを振る。

「やっぱあんたは頭が変だわ。もう誰も残ってない……、あんたまさか――」

「滝川陽輔！　彼は自殺したんだ！」

みさとをさえぎって声をあげたのは徹だ。

みさとの金切り声、住吉が発する意味不明の言葉。同時に、風間も激しく咳込んだ。

「その通り。事件は何故舞台の上で起きたのか？　この命題を状況的にも心理的にも矛盾なく説明するには、彼に自殺してもらうほかないのです」

「な、なんで、わざわざ舞台の上で自殺しなければならないんだ。人前で自殺するなんて……」

風間の息づかいは荒い。

「動機。これが唯一解らないんです。みなさんの方が心当たりあるんじゃないですか？」

信濃は一同を見回した。

「あのタキちゃんが自殺するわけないじゃない。あんた、お茶を濁すつもりなのね」

「そんなに出ていきたいのか！」

信濃はみさとを黙らせて、

「他の方は？　滝川さんが自殺をほのめかしたようなことは？　ない？　そうですか。本番の舞台で自殺するとなると、相当な覚悟があったと思うんですがね。まあいいでしょう。動機は抜きにして話を進めましょう。

　一世一代の大芝居ですよ、これは。彼は自分の死を演出するために殺人劇の台本を書き、実行したのですから。改造ナイフを小道具として使ったのも、それを他人に持たせたのも、自分が殺されるシーンを最後に持ってきたのも、すべてが舞台の上で死ぬための計算に基づいてのことだったのです」

「そ、そんな……。タキは脅迫状を受け取っているんだよ」

　風間はいった。

「あれは彼の一人芝居と解釈できます。死を迎えるにあたって、自分の精神状態を高めていたのでしょう。一種のマインドコントロールです」

「ちょっと待ってくれ。あの脅迫状には確か……、そうそう、『殺してやる』という言葉が使われていたと聞いた。自殺の気分を高めるなら、『死んでやる』と書くんじゃないか？」

「いいえ。『殺してやる』でいいのです。何故なら、厳密にいうと、彼が望んでいたことは自殺ではなく、第三者の手で殺されることだったのですから。だってそうでしょう。ただ自殺したいだけなら、ナイフのすり替えという回りくどい方法はとりませんよ。ではなにゆえ第三者に殺されたかったのか。動機がはっきりしないことには断言できませんが、なんとなく察しはつきます。かつての恋人と同じ死に方ですからね」

「し、しかし信濃君。清美ちゃんが死んだのは六年も前のことだよ。今になって自殺することはないだろう。自殺するなら、彼女が死んだ直後にしたはずだ。でも当時のタキは、そんな素振りも見せなかった」

「風間さんのいうことには一理あります。俺も、恋人の死が自殺の動機のすべてとは思えません。ですが死の方法があまりに似ていることを考えると、恋人の死が少なからず影響しているはずです。他の動機に作用したのかもしれません。ではもう一度聞きましょう。動機に心当たりはありませんか？」

信濃はエスプレッソ・コーヒーを嘗《な》めながら答を待った。

「タキとは長いつきあいだけど、プライヴェートのことはほとんど知らないからなあ」

後悔しながら風間は漏らした。住吉とみさとからも答は出てこない。「やはりだめですか」と信濃は唇を嚙み、ゆったりとした調子で先を続ける。

「とにかく俺の結論は、滝川さんは自ら死を選んだ、です。彼の計画は次のようなものでした。

第五場での作家殺害シーンを終えた毛利さんが衝立の陰で着替えている隙にナイフをすり替える。風間さん、斎木さんが楽屋を出ていったあとに行動を起こせば、誰にも見とがめられる心配はない。こうしておけば第六場のラストで、毛利さんが心臓にナイフを突き立ててくれる。ただし毛利さんの一撃だけで絶命するとはかぎらないから、自分でもフォローする。つまりナイフに両手をあてがって断末魔の演技をしながら、とどめとばかりに深く刺し入れるのです。二段構えの作戦でした。

彼が演ずる音楽家は、最後の最後で殺されることになっていましたよね。そして彼が倒れたまま、幕が降りる。これにも意味があります。一回の舞台を完遂し、かつその中で死んでいきたかったのです。芝居をとどこおりなく完結させ、自分も完結させる。芝居にのめり込んでいた者らしい劇的な自殺方法です。

誉めすぎですか？　それなら別のいい方をしましょう。自分勝手きわまりない自殺方法だと。彼は望み通りの自己完結を演出できてよかったでしょうね。しかしあなた方が受ける迷惑などこれっぽっちも考えていなかった。明確な形をした遺書だけでも遺しておいてくれたなら、あなた方は警察の暴力を受けずにすんだのですから。警察だって税金の無駄づかいをせずにすんだ」

信濃は口を結び、室内に沈黙が訪れた。

「だけど一回目は失敗。二度目の挑戦で成功、か」

しばらくして住吉が、自分の脇腹に目を落とした。

「そう。初日のことです。本番直前の楽屋で、あなたは滝川さんと喧嘩した。その際、滝川さんのバッグからこぼれ落ちたナイフと、机の上に置いてあった小道具が入れ替わるというアクシデントが起きてしまった」

「あれは喧嘩じゃねえよー。タキちゃんが一方的に殴りかかってきたんだ」

住吉が膨《ふく》れる。

「これは失礼。そうでしたね。おそらく彼は、死の決行を直前にして気がたっていたのでしょう。死に花を添えるような芝居をみんなにしてほしいと思っているのに、住吉さんの態度がそれにふさわしくないものだった。だから思わず手が出てしまった。あの日の舞台稽古であなたがビシッとしていれば、滝川さんに殴られることはなかった。ひいては怪我をすることもなかったのですよ。死ななくてよかったですねえ」

どうやらこの訓話がしめくくりのようだった。コーヒーのおかわりを頼んでくるといって、信濃は部屋を出ていった。顔を見合わせる住吉とみさと。風間にしても、解ったような解らないような感じだった。

信濃が戻ってくると、風間はこめかみを突っつきながらいった。

「僕ら役者を犯人とするよりも、タキが自殺したと考える方がすんなりいくけど……。なんかこうピンとこないんだなあ。これといった証拠に欠けているのが原因かな」

「それをいわれると辛いですね。確かに、風間さんたちを犯人とするよりも状況的な説明がついている、といった程度ですからね。これでは単なる推測ですよ。警察に話してみる価値はあると思いますが」

信濃は難しい顔をして髭をつまみ、溜め息、舌打ち、歯軋りを繰り返す。中途半端な段階で自分の考えを明かしたことを後悔しているのだろうか。

二杯目のコーヒーを一気に飲みほした後、信濃はぽつりといった。

「ですが、ひとつだけおもしろいものを発見しました。警察は笑い飛ばすでしょうけどね」

テーブルの上にコピーの束をどさっと置いた。風間が貸した「神様はアーティストがお好き」の台本である。

「この芝居の登場人物は、住吉さんの二役も含めて七人ですが、それぞれの名前をつけたのは誰です？」

「タキだよ」

風間が答えた。「やっぱりそうか」と信濃はうなずき、

「登場人物のイニシャルを書き出してみましょう」

左手に持ったペンをコピーの上に走らせる。

ネッチコックはN、ニャンコフスキーもN、ゴッホンはG、という具合だ。姓名ともにあるオーギュスト明智はOとA。最終的に「ＮＮＧＳＳＯＡＷ」の八文字が記された。

「簡単な頭の体操です。この八文字を並べ替え、意味のある言葉にしてください」

「めんどくさーい」

「おまえにいった憶えはない」

ふてくされて煙草をふかすみさとを除いて、アナグラムの解読がはじまった。

母音がAとOの二つで、あとの六つは子音。日本語のローマ字書きにするには母音が足りないようだ。すると英語ということか。とりあえず頭をNにしてみよう。Nで

はじまる八文字の英語の単語は——。

「できた！」

風間の考えがいくらも進まないうちに声があがった。市之瀬徹だった。両手で紙を持ち、顔の前に掲げる。

“SWAN SONG”

「さすがだな。だてに俺とつきあってない」

信濃は徹に笑みを投げかけたあと、正面に向き直った。

「スワンソング——白鳥の歌、白鳥が死にぎわに歌うとされる美しい歌のことです。転じて、辞世、絶筆、という意味で使われます。解りやすくいえば、死を覚悟して書き遺した作品ということです」

エピローグ

結論からいおう。

信濃譲二は消えた。

六月二十四日のことだ。

市之瀬徹の六月二十五日はいつものように始まった。

歯ブラシをくわえながら新聞を取り込み、まずはテレビ欄とスポーツ面に目を通す。うがいをすませると、もう一度床に潜り込み、今度は一面から流していく。

政治家の放言に立腹し、ペナントレースの行方に一喜一憂する。が、居住まいを正して読み返したくなるほどの話題が提供されることはほとんどないといっていい。先日のようなことがそうそう起こっては、心臓がいくつあっても足りない。

ところが社会面を読み終え、さて学校に行くか、と新聞を畳みかけている時だった。「信濃譲二」という活字が視界の片隅をよぎったのだ。

読み進むうちに徹は、知らず布団を撥《は》ねのけていた。

網膜に映る断片的な単語。最初の一行を見ただけで、すべてを理解した。

ショックだった。しかし不思議と悲しみは湧いてこなかった。新聞というフィルターを通すと、どんなに身近な出来事も非現実のものとなってしまうのだろうか。

いや、これは夢だ。じきに目覚まし時計が朝のリズムを刻み、いつもの一日が始まるのだ。

モーターの唸り声とともに不燃物を飲み込む清掃車。窓の隙間からは、アスファルトが反射した太陽の匂い。向かいのアパートでは、赤ん坊をおぶった主婦が、鼻歌まじりに洗濯物を干している。

すでに夢は現実になっていた。

徹はただぼんやりと布団に座り続けた。一方的なさよならを告げてきた記事をなぞる指先が、うっすらと黒ずんでいく。

顔を引き締め、太い声で噛んで含めるように喋る信濃の姿が、脳裏に浮かんでは消える。

ああ、これは四日前の信濃だ。事件についての解説が、最後の言葉となってしまったな。

過去と現在を彷徨《さまよ》うべく、徹はもう一度布団を被ろうとした。

だがそれは叶わなかった。玄関のドアが乱暴に叩かれたのだ。

本能的に感じたのだろう。徹は手速く着替えをすませてから、建てつけの悪いドアを細目に押し開けた。

「市之瀬徹さんだね？」

解っているくせに、男は訊いてきた。徹が肯定の返事をすると、

「署まで来てもらおうか。話が聞きたい」

ドアの下に靴の甲をこじ入れ、警察手帳を突きつけてきた。それでも徹はとぼけてみせた。すると刑事はドアを力強く引いていった。

「昨日、信濃譲二を逮捕した。容疑は大麻取締法違反。大麻の不法所持、ならびに不法栽培によるものだ。あんたはその事実を知っていたね？」

徹は靴を履きながらうなずいた。

「たとえ俺がマリファナでパクられても、おまえは知らぬ存ぜぬで押し通せ。おまえに迷惑はかけたくない」

と信濃にいわれていたが、そんな卑怯なまねはできないし、したくもない。

吹きっさらしの廊下に立った徹は、黙って部屋の鍵を差し出した。

「よしよし、素直だ」

刑事は満足そうに受け取り、アパートの階段を降りていく。徹もあとにしたがった。

入れ違いに、制服制帽の捜査官が駆け昇ってきた。


信濃がマリファナを常用し、栽培にまで手を出していたことを知っていながら警察に届け出なかったとして、徹はさんざん絞られた。しかし自らマリファナを喫煙していた様子は認められず、家宅捜索でも発見されなかったため、厳重注意ということで解放された。

いっぽう信濃は、送検、起訴、というコースに乗り、現在は拘置所暮らしである。

この国は、道徳的にドラッグを許さないが、法は甘い。大麻取締法の初犯で実刑をくらったなど聞いたことがない。再犯、再々犯でも執行猶予がつく。しかしそれは、「多大な反省」あってのこと。

「今後いっさいマリファナを喫わないかって？　俺は嘘をつきたくない。あなた方は勉強不足ですね。マリファナは無害なんですよ。そんなことより煙草です。マリファナは精神を解放するが、煙草は肉体を殺す。煙草を野放しにしている社会こそ犯罪者だ」

公判の席でもいつもと同じ調子で堂々と主張していたのでは、実刑判決はまぬがれないだろう。

しかし市之瀬徹は思う。

たとえ最悪の状況になっても、いつかきっと信濃譲二は戻ってくるはずだ。そして笑いながらいうだろう。

「よう。久しぶりだな」

カーテンコール

十日ぶりの東京は雨だった。

大泉学園駅の改札を出た毛利恭子は、小走りに電話ボックスに飛び込んだ。

「いないわ……」

コール音を二十回聞いて受話器を置く。左手にボストンバッグ、右手に大きな紙袋を持ち、ボックスのドアを体で開けた。傘を出そうかとも思ったが、空を見あげて、やめた。たった五分歩けばいいのだ。

マンションのエントランスには、テン・キーと鍵穴がついたボックスが置かれている。鍵を差し込んで捻ると、正面の自動ドアが開く。オートロックシステムを備えたマンションだ。

エレベーターを六階で降り、表札に名前のない部屋の鍵を開ける。

「ただいまぁ」

声をかけるが返事はない。パンプスを脱いであがりこむ。と、恭子は顔をしかめた。

黴《かび》臭い。エアコンがついているこの部屋に梅雨は関係ないはずだ。何日も留守にしないかぎりは、これほど湿っぽい空気がこもることはない。

南東と南西の窓を開けはなつ。湿ってはいるが生きた空気が流れ込んでくる。スエットの上下に着替え、ベッドで一服。彼はどこに行ったのかしら。旅行？　恭子はちょっぴり不安になる。

窓を閉め、エアコンのスイッチを入れる。

「ジョージ！　どこいったんだぁ。と、ジョージじゃなかったっけ」

寝転がって天井に声をかけ、ぺろりと舌を出した。

毛利恭子がはじめてこの部屋に入ったのは、五月二十四日、住吉和郎を刺したその夜だった。

「俺の家に来い」

いい出したのは彼だった。その時は信濃譲二を名乗っていた。

わざわざ奥多摩まで行くなんて変だ。恭子はそう思ったけれど、自分に気分転換させるためのことだろうと解釈し、タクシーに乗り込んだ。

区内を出ないうちに車が停まり、まず驚いた。次にびっくりしたのが、フリーターとは思えないリッチな暮らしぶりだ。だが彼の正体に較べればたいしたことではなかった。

信濃譲二というのは仮の名でしかない。取り込み詐欺にクレジットカードの盗用、キセル乗車などなど、詐欺行為で身を立てている。ただし大口の仕事は足がつきやすいから手を出さない。小額で我慢し、続けざまに同じ手口を使わないことが、捕まらないコツだ。自分にとって詐欺は知的なスポーツでもある。

小劇団を相手にした詐欺は苦労のわりに実入りが少ないが、どこの劇団も体質がいいかげんだから安全性は高い。年に一、二度のペースで五年ほど続けている。制作としてマスターストロークに飛び込んできたのも、今回の公演のアガリをちょうだいするためだ。

あまりの驚きに、恭子は貧血を起こしそうになった。やっとの思いで出た言葉は、これも驚いたことに彼を責めるものではなかった。

「どうして私に正体を明かしたの？」

すると彼は困った顔をして、「俺にもよく解らないんだ」と髭が伸びた口元をさすった。そして煙草をふかしながらゆっくりと喋りはじめた。

「自分では度胸が据わっていると思っていた。くぐった修羅場は数知れない。危うく正体がばれそうになった時も、冷静に言葉を重ねて切り抜けてきた。ところがどうだ。目の前でカズが殺されかけてから震えが止まらない。手足には出ていないが、今も体の中は凍えそうだ。怖いんだよ」

「死ぬことが?」

「死そのものが怖いんじゃない。このままいけば、俺は俺として死ぬことができない。それが怖くなった」

不思議なことをいう。

「いろんな人間を演じてきた。ある時はタナカヒロユキ、またある時はコジマコウイチ。そして今はシナノジョウジ。記号だけの人間、ひと仕事終えれば消えてしまう存在だ。だからタナカやコジマとしての俺を知っている者はいても、その裏に隠された真の俺を知る者はどこにもいない。両親とも、とうの昔に縁を切った。俺は、誰の束縛も受けない自由人なのだ。

しかしカズが苦しむ姿を見て思った。たった今、ここで俺が死んだらどうなるだろう？　マスターストロークの制作をやった信濃譲二の死を悲しんでくれても、俺そのものの死を悲しんではくれない。なんて皮肉なことか。死ぬことによって、本来なら使い捨てされる記号としての俺が永遠のものとなり、実体としての俺が完全に消滅する。何故こんな逆転が生じるのかというと、実体としての俺がこの世に存在していないからなのだ。そんなことを考えるうちに、無性に寂しく、怖くなった。自分の存在がほしくなった。存在を確認してくれる者が。

人間は一人で生きるものだ。どんなに他人と親しくなったところで、そいつと一体化することはできない。なのに人は心を開き、互いを理解しようと努力する。結果、感情というものが生まれ、多大なエネルギーを無駄に費やすことになる。ばかもいいとこだ。心を閉ざし、虚構の自己を前面に押し立てていればどんなに楽なことか。

そう思い続けていた俺がだよ、他人に自分を解ってほしくなったんだぜ」

頭を抱え、大きく息を吐き出し、吸った。恭子も深い溜め息をついた。きっと震えまじりのものだっただろう。

「どうして私を選んだの？」

額に手を当て、うつむきかげんに恭子は尋ねた。彼は口を開きかけて、やめた。はにかむような微笑みが答だった。そして彼はいつものつっけんどんな口調を取り戻

し、

「警察にタレ込むなら、それもいい。おまえの口を封じたりしないから安心しろ。俺がどこかに高飛びするだけだ」

「どこにも行かないで！」

自然と、瞬間的に、恭子の口をついて出た。そして涙と怒り。

「自分を何様だと思ってるの⁉　あなたを臆病にさせることが起きずに公演が終わったなら、私には何も告げずに消えるつもりだったってことじゃないの。だったら最初から、私を相手にしないでほしかったわ。責任取ってよ！　私の中のあなたの記憶を消してから、どっかに行ってちょうだい。それができないのだったら、どこまでもついていってやるわ！　私は本当にあなたが好き、だった、の、に……」

途切れた言葉を彼の唇が塞いだ。そしていった。

「じゃあ俺と一緒に芝居をしよう」

きょとんとする恭子の両手を握り、最上の微笑。

「主役はいつも俺たち二人。楽屋はこの部屋。どこまでも広がる舞台の上で、数えきれないほどの観客の前で、詐欺という芝居を打つんだ」

不思議な夜だった。

恭子はなんのためらいもなく彼を受け入れた。魔法にかかったように。

しかし今あらためて考えてみると、マスターストロークを裏切り、彼と行動をともにする決心をしたのにはちゃんとした理由があったようだ。

一つは、住吉を刺した直後の不安定な精神状態が頼りを求めていたということ。もう一つは、無意識のうちに打算がはたらいたのだろう。

この先いくら芝居を続けても芽が出ないのは解っていた。松岡みさとのようなしたたかさもない。あとは芝居に見向きもしない平凡な主婦になり、子どもの成長だけを楽しみに老いていくのを待つだけだ。それならいっそ、と思ったに違いない。

公演中、恭子がここに泊まったのは二十四日の晩きりで、その後は彼と一緒に自分のアパートで暮らした。警察にここの存在を明かすわけにいかなかったからだ。

しかし今はもう違う。こっそりアパートを引き払い、自分の存在を消した。知っているのは彼だけ。両親にも最後の別れをしてきたところだ。

「もうあとには引けないんだからねー」

恭子は決意を声に出し、ベッドを降りた。お茶でも淹《い》れようかとテーブルに歩み寄る。

電磁調理機の脇に、彼の好きなアフリカの煙草。そして事務用の大きな茶封筒。宛名は「駒込警察署捜査一課御中」。差出人の名前はない。彼は詐欺師だから当然、警察が嫌いだ。なのに警察に手紙だなんて。恭子は不審に思い、中をあらためた。

前略
私は、駒込のシアターKIで起きた住吉和郎殺害未遂事件、ならびに滝川陽輔殺害事件に関心を持つ者です。個人的な理由により名前を明かすわけにはいきませんが、以下、私が記すことを参考に、捜査方針を見直してもらいたいと思います。

まずは、犯行当時の状況を基に事件を考察してみたいと思います。

（中略）

以上の理由により、滝川陽輔が自らの命を絶った可能性がきわめて強いものと思われます。

では彼は何故、舞台の上で自殺を試みたのでしょうか。私は、いくつかの要因が混じり合った結果ではないかと考えます。

一つは、自分の才能に限界を感じていたことです。

「才能なき者は去れ」というのが、彼の昔からの口癖でした。それだけ自分に対して自信を持っていたわけです。しかし最近では、その自信もぐらついていたのではと察せられるのです。

芝居をはじめて十余年になるというのに、メジャーからの誘いはなく、いまだに小劇団でくすぶるばかり。自分の才能を疑問視してもおかしくない時期だと思われます。

二つ目の要因は、両親です。

ごく常識的な親の目には、芝居は単なる遊びとしか映らないでしょう。定職に就かず、食うや食わずの生活をしながら芝居を続ける子どもを、なんとかまっとうな道に進ませようとします。

特に彼は三十を過ぎていたこともあり、親の泣き落としが非常にきつかったようです。就職、見合い、子ども等を話題にした手紙を頻繁に書き送り、一日も早く芝居から足を洗ってくれることを願っていました。ところが彼は、そんな親をうとんじていたようなのです。きっと、芝居の世界にまだまだ未練があったからなのでしょう。

まずここで彼は悩みます。芝居で生計を立てていくだけの才能がないのなら、田舎にひっこんで平凡な生活に埋没しなければならない。しかし芝居は捨てがたい。

そんな彼のもとに、マスターストロークの風間から連絡がありました。

「伊沢清美の追悼公演をやることになった。手伝ってくれ」

これが彼の自殺を決定的なものにしたはずです。

伊沢清美というのは、シアターKIのオーナー伊沢保則の娘であり、滝川の恋人でもありました。しかし六年前、不慮の事故でこの世を去っています。事故の様子を簡単に説明しましょう。

(中略)

滝川は悩んだ末にマスターストロークを退団しました。彼女の匂いが残る場で芝居を続けるのに耐えられなかったのです。

しかし彼は、どうしても彼女のことが忘れられませんでした。代償行為として女性遍歴を重ねても、決して満たされません。彼の心は伊沢清美に支配されていて、無意識のうちに彼女と比較してしまうからです。そしていつになっても彼女以上の女性は現われませんでした。

そこに追悼公演の連絡です。彼は、自分の中に伊沢清美が生きていることをはっきりと認識したことでしょう。同時に、形ある伊沢清美は永遠に自分の前に現われないということも。

六年前、滝川は悲しみに襲われましたが、自殺しようとは考えませんでした。恋人は失っても、芝居という夢があったからです。ところが今は違います。愛すべき女性はいない、夢は本当の夢で終わりつつある。

才能、将来、伊沢清美——この三つが交錯し、彼は死を意識します。意識はしだいに決意へと変わります。

芝居を捨てず、かつ彼女を自分のものにする方法はただひとつ。舞台の上で芝居とともに死に、自分から彼女に逢いにいくのだ。しかも彼女と同じような死に方で。

こう決意した滝川は、自分を殺すための台本を書きました。伊沢清美の追悼公演は、彼の追悼公演でもあったのです。

滝川陽輔が自己完結の完璧な演出を行なった、さらに深読みするならば、伊沢保則に対してささやかな復讐を試みた。これが事件の真相ではなかったかと私は考えます。

そして一点を除いて、彼のもくろみは成功しました。

唯一の失敗は、ばかばかしいほどささいなことですが、事件の本質を考えるうえでは非常に重要なことです。私が真相を解明したこと？　いいえ違います。死後に真相をあばかれようと、彼にとっては痛くもかゆくもありません。

彼女の命日――五月二十四日――に死にそこなったことが誤算であり、彼はそれをあの世で悔いていることでしょう。

以上は状況を基にした推測にすぎません。しかし私にはどうしても、風間をはじめとした役者たちが滝川を殺したとは思えないのです。

素人のたわごとと破り捨てたりせず、ぜひ一考してくださるよう、重ねてお願いします。

草々

チャイムが鳴った。

恭子ははっと顔をあげ、あわてて便箋を封筒に戻した。板張りの床を滑るように歩く。

二度三度、続けざまにチャイム。まるで怒っているかのようだ。ノブもガチャガチャと鳴る。

「あなた?」

といいながらチェーンを外し、ノブに手をかけた。が、恭子が回すよりも早く、外から力が加えられ、ドアは勢いよく開けはなたれた。

たたらを踏んだ恭子の鼻先に黒い手帳が突きつけられた。

「警察だ。あんた、毛利恭子だね？」

恭子は息を飲んだ。無意識のうちに肯定のうなずきが出た。

「信濃譲二を名乗った男の家だな？」

これにもうなずいてしまった。すると、私服と制服の入り交じった一団が、靴も脱がずに室内になだれこんできた。押しのけられた勢いで恭子は尻餅を突いた。

スチール・キャビネット、ロッカー、洋服簞笥《だんす》、サイドボード。白い手袋が次々と開けていく。

「署まで来てもらおうか」

一人の私服刑事が恭子の腕を摑んだ。

「あの……。私が何か……」

おおかたの察しはついたが、訊いた。

「何かはないだろう。やつがやっていたことを知ってるんだろう？　あんたもそれを手伝ったんだろう？」

「彼は捕まったんですね？」

「あんた……、知らないの？」

刑事は目を丸くした。そして視線をそらしてぼそっといった。

「彼の本名は？」

「鬼塚歳《おにづかとし》」

「そうか。鬼塚か……。彼は死んだよ」

「死んだ……」

恭子は復唱し、それが耳の奥でエコーした。

「鬼塚が死んだのは今月の十五日のことだ。西池袋の空地でね。喧嘩のはずみで後頭部を強打し、病院に運ばれたときには手遅れだった。喧嘩の相手は一昨日になって自首してきた。ほら、あんたの仲間だよ。斎木雅人。

おたくの劇団にやってきた鬼塚を見て、どこかで会ったことがあると感じたそうだ。そして最近になってようやく、はっきり思い出したらしい。五年前、斎木の知り合いの劇団で公演のチケット代が持ち逃げされる事件が起きたのだが、その時の犯人の顔が鬼塚と同じだとね。だから池袋でばったり出くわしたあと、詰問になり――」

刑事は喋り続けたが、恭子の耳には届かなかった。歳が死んだ。それだけで充分だ。

彼が犯罪者であろうといっこうに構わなかった。自分がマスターストロークを裏切ったことも、芝居から足を洗ったことも、ちっとも後悔していない。彼の存在に較べればちっぽけなものだった。彼は、すばらしく新しい世界を教えてくれたのだ。

なのに、その存在がなくなった。

扉を開け、一歩踏み出したとたんに、扉を閉ざされたようなものだ。振り返ると彼はいない。

ずるいよ。

誘っておいて。

夢だけ見させておいて。

一人でさっさと行ってしまう。

ずるいよ。

心を開いて。

扉を閉ざして。

悲しみを一人に押しつける。

ずるい――。

「さあ、行こうか」

刑事がふたたび腕を取った。

「着替えていいですか？　こんな恰好じゃはずかしいし、お化粧も直したい」

恭子は立ちあがり、トレーナーの裾をつまんだ。

「じゃあ風呂場で着替えなさい。くれぐれも変な気を起こさないように」

刑事は手を離した。恭子は箪笥を開け、淡いピンクのコットンパンツとエメラルドグリーンのヨットパーカを取り出した。彼とはじめて会った時に着ていたものだ。

バスルームで着替え、化粧を直す。

目を閉じて肩の力を抜く。大きく息を吸って、ゆっくり吐く。少しずつ、少しずつ。セルフコントロールを教えてくれたのも彼だった。

部屋に戻り、姿見の前に立ってブラシを使う。そして顔を動かさずに左右を見る。

キャビネットの周辺にひとかたまり。何か重要なものが発見されたらしく、首を突き合わせている。そして最前の刑事は、恭子のすぐ横で腕組している。

ブラシを投げつけ、恭子は走った。刑事の怒声が背中に降りかかる。キャビネット前の集団もいっせいに向かってくる。

ベンチシートを飛び越える。めいっぱいの力で窓ガラスを引き開ける。

ベランダを一歩、二歩。

手摺《てすり》の向こうに、彼。

Special thanks to Akihiko Yanagisaka

解説

霧舎 巧

『動く家の殺人』を初めて読んだのは、もう二十年も前のことだ。

冒頭の「信濃譲二は殺された」の一行に驚かされてから二十年、何の巡り合わせか、その文庫解説を仰せつかることになった。

解説者の特権で、今回新たに添えられたまえがきを先に読ませてもらって、二十年ぶりにまた驚かされた。この作品で信濃譲二を殺すことは、作家・歌野晶午を続けていく上で必要欠くべからざる出来事だったと知らされたからだ。

推理作家が自ら創造した名探偵を殺す理由はいくつかある。大抵はミステリ上の企みを実践するための手段であり、トリックだったりするのだが、そんな生半可な思いで《信濃譲二殺害》が企てられたのでないことは、まえがきを一読すればよくわかる。そこには生涯をミステリに捧げることを誓った若き推理作家の、並々ならぬ決意が読み取れる。ドラマチックにとらえるなら、信濃譲二を葬ってからの歌野氏の二十年は、新たな可能性を求めたミステリを紡ぐことで、彼を弔い続けた二十年だったのかもしれない。

と、そんな夢想に浸っていたら、あることを思い出した。

かつて推理文壇には「名探偵論争」というものがあった。作家の佐野洋氏と都筑道夫氏のあいだで繰り広げられたその論争は、ざっくり言えば、佐野氏が「シリーズ探偵に頼った創作は、作家の手抜きにもつながるし、作品の幅を狭めることになる」と主張したのに対し、都筑氏が「解決に必要とされる《論理的思考》が同じなのに、その都度、新しい探偵役を用意するのはうまいやり方ではない」と返したことに始まる。

実際は都筑氏のエッセーを読んだ佐野氏が注文をつけた（質問した）ことに端を発するので、発言の順番は逆になるが、注目すべきは両者の言い分とほぼ同じ主旨のことを、本書のまえがきで歌野氏が述べていることだ。

「名探偵論争」は一九七七年から翌年にかけて交わされ、本書『動く家の殺人』は一九八九年に出版された。およそ十年の歳月を経て登場した歌野氏が、期せずして、かの先達と同じ問題に突き当たり、自ら答えを出していたことは（しかも、こちらは自問自答だ）非常に興味深い。

何となれば、「名探偵論争」は都筑氏の言葉を借りるなら、「いわゆる《社会派》ふうがせっかく否定されはじめたのに、謎とき論理小説のほうへは行かずに、古風な探偵小説のほうに行こうとしている」時期に闘わされたものであり、他方、歌野氏が本書を上梓したのが《新本格》の一大ムーブメントの渦中であったことは言うまでもない。

《新本格》が推理小説として面白く、謎解きとしても質の高い作品を数多く輩出した一方で、古色蒼然とした、陳腐な作品もまた世に送り出してしまった事実は否《いな》めない。「名探偵論争」が起きた時代と、《新本格》が席巻していた時代は、《本格》の復興を歓迎しつつも、一部で《先祖返り》ととらえられ、行く末に不安や不満を抱いていた人たちがいたという意味で、実はよく似ていたのかもしれない。

その後の時代がどうなったか。先の十年はやがて冒険小説やハードボイルド系の作品に取って代わられ、それに続く二十年、すなわち現在がどういう状況かは、みなさんが肌で感じておられる通りだ。

一つだけ言えることは、三十年前から、いや、それ以前から読み継がれている本格推理小説はあるし、この『動く家の殺人』のように二十年経って《新スタンダード》

の域に達した本格作品も多数ある。

ブームに乗った作品はやがて潮流に押し流されるが、川の中心にいたものはいつまでもそこに留まり続ける——。こうして新装版が刊行された歌野氏の作品がいい例だ。確かなものは残り続け、読まれ続けなければならないのだ。


ところで、本書のまえがきを読んで、もう一つ「そうだったのか」と膝を打った箇所がある。ミステリを書こうと思い立った歌野氏が、まずトリックやストーリーよりも、探偵のキャラクターを先に考えた、という部分だ。

当時の《新本格》作家は多かれ少なかれ、島田荘司氏の作品に感化され、その洗礼を受けている。本格推理小説とはこういうものだ、こういうところが面白いんだ、と無意識に刷り込まれた中には、当然、名探偵・御手洗潔の存在もあったはずだ。ところが、そこに落とし穴があった。

新人が名探偵を創造しようとした時、実は最もモデルにしてはいけないのが御手洗潔なのだ。

あのエキセントリックで、警察や権力には決まって減らず口を叩き、時にロマンチックで、時に恥ずかしげもなく友情に厚くなる男を、作家を志した者なら書いてみたくなるのは当然だ。しかし、あの天才探偵は島田氏にしか書けない。なぜなら、御手洗潔を形作っているのは、島田氏の中にある《哲学》だからだ。

その部分を見落とし、御手洗潔の奇矯な行動だけを真似ても、それは猿まねにすらならない。個性的であることと、個に一本筋を通すことには雲泥の差がある。そのことに気づかず、名探偵にどんな個性を持たせるかばかりに腐心した（その結果できあがった、キャラクター見本市みたいな探偵が主人公の）作品が、当時多数を占めていたことは否定できない。

《新本格》は「人間が描けていない」と批判されたものだが、実は「探偵が描けていない」ことのほうが、ミステリとしては致命的だったりする。

そんな中で、歌野氏が創造した信濃譲二には《哲学》があった。芯が一本通っていた。

マリファナを好むというのは、外見上の設定だ。むしろ、その個性が強烈すぎて、内にある確固たるものが読者には届きづらかったかもしれないが、彼の中には間違いなく《哲学》があった。その行動や発言は常にブレることなく、彼なりの規範できちんと動いていた。

そもそも歌野氏は小説がうまい。一般に（というか、当時はまだインターネットが普及していなかったので、私の周りで一致していた見解では）、歌野氏は『ＲＯＭＭＹ　そして歌声が残った』（のちに『ＲＯＭＭＹ　越境者の夢』に改題）から別人のように読ませる小説を書くようになった、と認識されていた。そのターニングポイントとなる作品が書かれたのは一九九五年。三年間の沈黙ののちのことだった。

本書のまえがきを読んでも、そのブランクの期間に《現在の歌野晶午》へ変身が遂げられたことは明らかだが、変化の兆しはすでに本書『動く家の殺人』でも見受けられる。信濃譲二が殺される第二幕の19から第三幕、エピローグ、カーテンコールに至るまで、途中で読むのを中断できる読者がいるだろうか。《謎解き》という因子を抜きにしても、物語に引き込まれてページを繰る手が止められなくなること請け合いだ。

「手摺の向こうに、彼」――こんな言葉が出てくる歌野氏が、正直うらやましい。

そう言えば、三年のブランクの間、歌野氏は講談社ノベルスで、ほかの作家の原稿を校正する作業をしていたと、ご本人から聞いたことがある。他人《ひと》の手による文章を直しているうちに、「自分ならこう書く」と、ついには一章まるまる書き直したなんてこともあるとおっしゃっていた。もちろん、相手はプロ作家の原稿だから、そんな直し方は認められないし、受け取る編集者もいない。だが、当時の出版部長であり、

《新本格》の育ての親でもあった故・宇山日出臣氏は「あなたがそう言ってくるのを待っていた」と、喜んで歌野氏が直した原稿を受け取ったそうだ。

本書のまえがきと併せてこのエピソードを思い出すと、感慨深いものがある。

本作品は、一九八九年八月、講談社ノベルスとして初版刊行され、
一九九三年に文庫版として刊行した作品の新装版です。

(JUST LIKE) STARTING OVER
Words & Music by John Lennon
©LENONO MUSIC
Permission granted by EMI Music Publishing Japan Ltd.
Authorized for sale only in Japan
日本音楽著作権協会（出）許諾第0908912–903号

|著者|歌野晶午　1961年千葉県生まれ。東京農工大卒。'88年、島田荘司氏の推薦を受け『長い家の殺人』でデビュー。2004年に『葉桜の季節に君を想うということ』(文春文庫)で第57回日本推理作家協会賞を受賞。『死体を買う男』『安達ヶ原の鬼密室』『新装版 長い家の殺人』『新装版 白い家の殺人』『新装版 ROMMY 越境者の夢』『増補版 放浪探偵と七つの殺人』『新装版 正月十一日、鏡殺し』『密室殺人ゲーム王手飛車とり』『密室殺人ゲーム2.0』『密室殺人ゲーム・マニアックス』(以上、講談社文庫)、『魔王城殺人事件』(講談社)、『ハッピーエンドにさよならを』『家守』(ともに角川文庫)、「舞田ひとみ」シリーズ(光文社文庫)、『絶望ノート』(幻冬舎文庫)、『春から夏、やがて冬』(文春文庫)、『ずっとあなたが好きでした』(文藝春秋)など著書多数。'10年、『密室殺人ゲーム2.0』で第10回本格ミステリ大賞受賞。

新装版《しんそうばん》　動《うご》く家《いえ》の殺人《さつじん》

歌《うた》野《の》晶午《しょうご》

© Shogo Utano 2009

2009年8月12日第1刷発行
2019年7月16日第3刷発行

発行者——渡瀬昌彦
発行所——株式会社　講談社
東京都文京区音羽2-12-21　〒112-8001
電話　出版 (03) 5395-3510
　　　販売 (03) 5395-5817
　　　業務 (03) 5395-3615

Printed in Japan

講談社文庫
定価はカバーに表示してあります

デザイン——菊地信義
本文データ制作—講談社デジタル製作
カバー・表紙印刷—大日本印刷株式会社
本文印刷・製本—株式会社講談社

落丁本・乱丁本は購入書店名を明記のうえ、小社業務あてにお送りください。送料は小社負担にてお取替えします。なお、この本の内容についてのお問い合わせは講談社文庫あてにお願いいたします。

本書のコピー、スキャン、デジタル化等の無断複製は著作権法上での例外を除き禁じられています。本書を代行業者等の第三者に依頼してスキャンやデジタル化することはたとえ個人や家庭内の利用でも著作権法違反です。

ISBN978-4-06-276439-1

講談社文庫刊行の辞

二十一世紀の到来を目睫に望みながら、われわれはいま、人類史上かつて例を見ない巨大な転換期をむかえようとしている。

世界も、日本も、激動の予兆に対する期待とおののきを内に蔵して、未知の時代に歩み入ろうとしている。このときにあたり、創業の人野間清治の「ナショナル・エデュケイター」への志を現代に甦らせようと意図して、われわれはここに古今の文芸作品はいうまでもなく、ひろく人文・社会・自然の諸科学から東西の名著を網羅する、新しい綜合文庫の発刊を決意した。

激動の転換期はまた断絶の時代である。われわれは戦後二十五年間の出版文化のありかたへの深い反省をこめて、この断絶の時代にあえて人間的な持続を求めようとする。いたずらに浮薄な商業主義のあだ花を追い求めることなく、長期にわたって良書に生命をあたえようとつとめるところにしか、今後の出版文化の真の繁栄はあり得ないと信じるからである。

同時にわれわれはこの綜合文庫の刊行を通じて、人文・社会・自然の諸科学が、結局人間の学にほかならないことを立証しようと願っている。かつて知識とは、「汝自身を知る」ことにつきていた。現代社会の瑣末な情報の氾濫のなかから、力強い知識の源泉を掘り起し、技術文明のただなかに、生きた人間の姿を復活させること。それこそわれわれの切なる希求である。

われわれは権威に盲従せず、俗流に媚びることなく、渾然一体となって日本の「草の根」をかたちづくる若く新しい世代の人々に、心をこめてこの新しい綜合文庫をおくり届けたい。それは知識の泉であるとともに感受性のふるさとであり、もっとも有機的に組織され、社会に開かれた万人のための大学をめざしている。大方の支援と協力を衷心より切望してやまない。

一九七一年七月

野間省一

講談社文庫　目録

講談社文庫　目録

講談社文庫　目録

講談社文庫　目録

小澤征良　蒼い　みち
大村あつし　エブリ リトル シング〈クワガタと少年〉
折原みと　制服のころ、君に恋した。
折原みと　時《とき》の輝き
折原みと　幸福のパズル
面高直子　ヨシアキは戦争で生まれ戦争で死んだ
岡田芳郎　世界一の映画館と日本一のフランス料理店を山形県酒田につくった男はなぜ忘れ去られたのか
大城立裕　小説 琉球処分(上)(下)
大城立裕　対馬丸
太田尚樹　満州裏史〈甘粕正彦と岸信介が背負ったもの〉
大泉康雄　あさま山荘銃撃戦の深層(上)(下)
大山淳子　猫弁〈天才百瀬とやっかいな依頼人たち〉
大山淳子　猫弁と透明人間
大山淳子　猫弁と指輪物語
大山淳子　猫弁と少女探偵
大山淳子　猫弁と魔女裁判
大山淳子　雪猫
大山淳子　イーヨくんの結婚生活
大山淳子　光二郎分解日記〈相棒は浪人生〉

大倉崇裕　小鳥を愛した容疑者
大倉崇裕　蜂に魅《ひ》かれた容疑者〈警視庁いきもの係〉
大倉崇裕　ペンギンを愛した容疑者〈警視庁いきもの係〉
大倉崇裕　クジャクを愛した容疑者〈警視庁いきもの係〉
大鹿靖明　メルトダウン〈ドキュメント福島第一原発事故〉
大野更紗
開沼博　1984 フクシマに生まれて
荻原浩　砂の王国(上)(下)
荻原浩　家族写真
小野展克　JAL 虚構の再生
小野正嗣　獅子渡り鼻
小野正嗣　九年前の祈り
大友信彦　釜石の夢〈被災地でワールドカップを〉
乙一　銃とチョコレート
織守《おりがみ》きょうや　霊感検定
織守きょうや　霊感検定〈心霊アイドルの憂鬱〉
織守きょうや　霊感検定〈春にして君を離れ〉
尾木直樹　尾木ママの「思春期の子どもと向き合う」すごいコツ
岡本哲志《さとし》　銀座を歩く〈四百年の歴史体験〉
クァク・ジェヨン原案
鬼塚忠著　風の色

おーなり由子　きれいな色とことば
海音寺潮五郎　新装版 江戸城大奥列伝
海音寺潮五郎　新装版 孫子(上)(下)
海音寺潮五郎　新装版 赤穂義士
海音寺潮五郎　列藩騒動録(上)(下)〈レジェンド歴史時代小説〉
加賀乙彦　新装版 高山右近
加賀乙彦　ザビエルとその弟子
柏葉幸子　ミラクル・ファミリー
勝目梓　小説家
勝目梓　死《しに》支《じ》度《たく》
勝目梓　ある殺人者の回想
鎌田慧　残夢〈大逆事件を生き抜いた坂本清馬の生涯〉
桂米朝　米朝ばなし〈上方落語地図〉
笠井潔　梟《ふくろう》の巨《おおい》なる黄昏《たそがれ》
笠井潔　青銅の悲劇(上)(下)〈瀕死の王〉
川田弥一郎　白く長い廊下
神崎京介　女薫の旅 激情たぎる
神崎京介　女薫の旅 奔流あふれ
神崎京介　女薫の旅 陶酔めぐる

神崎京介 女薫の旅 衝動はぜて
神崎京介 女薫の旅 放心とろり
神崎京介 女薫の旅 感涙はてる
神崎京介 女薫の旅 耽溺《たんでき》まみれ
神崎京介 女薫の旅 誘惑おって
神崎京介 女薫の旅 秘に触れ
神崎京介 女薫の旅 禁の園へ
神崎京介 女薫の旅 欲の極み
神崎京介 女薫の旅 青い乱れ
神崎京介 女薫の旅 奥に裏に
神崎京介 女薫の旅 大人篇
神崎京介 女薫の旅 背徳の純心
神崎京介 I LOVE
神崎京介 美人と張形〈四つ目屋繁盛記〉
加納朋子 ガラスの麒麟
加納朋子 ぐるぐる猿と歌う鳥
かなざわいっせい ファイト！〈麗しの名馬、愛しの馬券〉
鴨志田穣 遺稿集
角岡伸彦 被差別部落の青春

角田光代 まどろむ夜のＵＦＯ
角田光代 夜かかる虹
角田光代 恋するように旅をして
角田光代 エコノミカル・パレス
角田光代 ちいさな幸福〈All Small Things〉
角田光代 あしたはアルプスを歩こう
角田光代 庭の桜、隣の犬
角田光代 人生ベストテン
角田光代 ロック母
角田光代 彼女のこんだて帖
角田光代 ひそやかな花園
角田光代他 私らしくあの場所へ
川端裕人 せちやん〈星を聴く人〉
川端裕人 星と半月の海
片川優子 ジョナさん
片川優子 明日の朝、観覧車で
片川優子 ただいまラボ
神山裕右 カタコンベ
加賀まりこ 純情ババアになりました。

門田隆将 甲子園への遺言〈伝説の打撃コーチ高畠導宏の生涯〉
門田隆将 甲子園の奇跡〈斎藤佑樹と早実百年物語〉
門田隆将 神宮の奇跡
柏木圭一郎 京都大原 名旅館の殺人
鏑木蓮 東京ダモイ
鏑木蓮 屈折光
鏑木蓮 時限
鏑木蓮 真友
鏑木蓮 甘い罠
鏑木蓮 京都西陣シェアハウス〈憎まれ天使・有村志穂〉
川上未映子 そら頭はでかいです、世界がすこんと入ります
川上未映子 わたくし率 イン 歯ー、または世界
川上未映子 ヘヴン
川上未映子 すべて真夜中の恋人たち
川上未映子 愛の夢とか
川上弘美 ハヅキさんのこと
川上弘美 晴れたり曇ったり
海堂尊 外科医 須磨久善
海堂尊 新装版 ブラックペアン1988

講談社文庫　目録

風森章羽《しょう》　渦巻く回廊の鎮魂曲《レクイエム》〈霊媒探偵アーネスト〉
風森章羽　清らかな煉獄〈霊媒探偵アーネスト〉
加藤千恵　こぼれ落ちて季節は
神田茜　しょっぱい夕陽
神林長平　だれの息子でもない
神楽坂淳　うちの旦那が甘ちゃんで
神楽坂淳　うちの旦那が甘ちゃんで 2
神楽坂淳　うちの旦那が甘ちゃんで 3
神楽坂淳　うちの旦那が甘ちゃんで 4
加藤元浩　捕まえたもん勝ち！〈七夕菊乃の捜査報告書〉
梶永正史　銃の啼《な》き声〈潔癖刑事・田島慎吾〉
金田一春彦 安西愛子 編　日本の唱歌 全三冊
岸本英夫　死を見つめる心〈ガンとたたかった十年間〉
北方謙三　君に訣別の時を
北方謙三　われらが時の輝き
北方謙三　夜の終り
北方謙三　帰路
北方謙三　錆びた浮標《ブイ》
北方謙三　汚名の広場

北方謙三　夜の眼
北方謙三　試みの地平線〈伝説復活編〉
北方謙三　煤煙
北方謙三　旅のいろ
北方謙三　新装版 活路 (上)(下)
北方謙三　新装版 余燼 (上)(下)
北方謙三　抱影
菊地秀行　魔界医師メフィスト〈怪屋敷〉
菊地秀行　吸血鬼ドラキュラ
北原亞以子　深川澪通り木戸番小屋
北原亞以子　新地橋〈深川澪通り木戸番小屋〉
北原亞以子　夜の明けるまで〈深川澪通り木戸番小屋〉
北原亞以子　澪つくし〈深川澪通り木戸番小屋〉
北原亞以子　たからもの〈深川澪通り木戸番小屋〉
北原亞以子　降りしきる
北原亞以子　贋作天保六花撰《うそばっかりえどのはなし》
北原亞以子　花冷え
北原亞以子　歳三からの伝言
北原亞以子　お茶をのみながら

北原亞以子　その夜の雪
北原亞以子　江戸風狂伝
桐野夏生　新装版 顔に降りかかる雨
桐野夏生　新装版 天使に見捨てられた夜
桐野夏生　新装版 ローズガーデン
桐野夏生　ＯＵＴ (上)(下)
桐野夏生　ダーク (上)(下)
京極夏彦　文庫版 姑獲鳥《うぶめ》の夏
京極夏彦　文庫版 魍魎《もうりょう》の匣《はこ》
京極夏彦　文庫版 狂骨《きょうこつ》の夢《ゆめ》
京極夏彦　文庫版 鉄鼠《てっそ》の檻《おり》
京極夏彦　文庫版 絡新婦《じょろうぐも》の理《ことわり》
京極夏彦　文庫版 塗仏《ぬりぼとけ》の宴《うたげ》―宴の支度
京極夏彦　文庫版 塗仏の宴―宴の始末
京極夏彦　文庫版 百鬼夜行―陰
京極夏彦　文庫版 百器徒然袋―雨
京極夏彦　文庫版 百器徒然袋―風
京極夏彦　文庫版 今昔続百鬼―雲
京極夏彦　文庫版 陰摩羅鬼《おんもらき》の瑕《きず》

京極夏彦 文庫版 邪魅《じゃみ》の雫
京極夏彦 文庫版 死ねばいいのに
京極夏彦 文庫版 ルー＝ガルー 〈忌避すべき狼〉
京極夏彦 文庫版 ルー＝ガルー2 〈インクブス×スクブス 相容れぬ夢魔〉
京極夏彦 分冊文庫版 姑獲鳥《うぶめ》の夏(上)(下)
京極夏彦 分冊文庫版 魍魎《もうりょう》の匣《はこ》(上)(中)(下)
京極夏彦 分冊文庫版 狂骨《きょうこつ》の夢《ゆめ》(上)(中)(下)
京極夏彦 分冊文庫版 鉄鼠《てっそ》の檻《おり》全四巻
京極夏彦 分冊文庫版 絡新婦《じょろうぐも》の理《ことわり》(一)(二)
京極夏彦 分冊文庫版 絡新婦《じょろうぐも》の理《ことわり》(三)(四)
京極夏彦 分冊文庫版 塗仏《ぬりぼとけ》の宴《うたげ》 宴の支度《したく》(上)(中)(下)
京極夏彦 分冊文庫版 塗仏《ぬりぼとけ》の宴《うたげ》 宴の始末《しまつ》(上)(中)(下)
京極夏彦 分冊文庫版 陰摩羅鬼《おんもらき》の瑕《きず》(上)(中)(下)
京極夏彦 分冊文庫版 邪魅《じゃみ》の雫(上)(中)(下)
京極夏彦 分冊文庫版 ルー＝ガルー 〈忌避すべき狼〉(上)(下)
京極夏彦 分冊文庫版 ルー＝ガルー2 〈インクブス×スクブス 相容れぬ夢魔〉(上)(下)
京極夏彦・原作 志水アキ・漫画 コミック版 姑獲鳥《うぶめ》の夏(上)(下)
京極夏彦・原作 志水アキ・漫画 コミック版 魍魎《もうりょう》の匣《はこ》(上)(下)
京極夏彦・原作 志水アキ・漫画 コミック版 狂骨の夢(上)(下)

北森鴻 狐罠
北森鴻 花の下にて春死なむ
北森鴻 香菜里屋《カナリヤ》を知っていますか
北森鴻 親不孝通りラプソディー
北村薫 盤上の敵
北村薫 紙魚家崩壊 〈九つの謎〉
北村薫 野球の国のアリス
岸惠子 30年の物語
木内一裕 藁の楯
木内一裕 水の中の犬
木内一裕 アウト&アウト
木内一裕 キッド
木内一裕 デッドボール
木内一裕 神様の贈り物
木内一裕 喧嘩猿
木内一裕 バードドッグ
木内一裕 不愉快犯
木内一裕 嘘ですけど、なにか？
北山猛邦 『クロック城』殺人事件

北山猛邦 『瑠璃城』殺人事件
北山猛邦 『アリス・ミラー城』殺人事件
北山猛邦 『ギロチン城』殺人事件
北山猛邦 私たちが星座を盗んだ理由
北山猛邦 猫柳十一弦の後悔 〈不可能犯罪定数〉
北山猛邦 猫柳十一弦の失敗 〈探偵助手五箇条〉
北康利 白洲次郎 占領を背負った男(上)(下)
北康利 福沢諭吉 国を支えて国を頼らず(上)(下)
北康利 吉田茂 ポピュリズムに背を向けて(上)(下)
北原尚彦 死美人辻馬車
北尾トロ テッカ場
樹林伸 東京ゲンジ物語
貴志祐介 新世界より(上)(中)(下)
北川貴士 マグロはおもしろい 〈美味のひみつ、生き様のなぞ〉
木下半太 サバイバー
北原みのり 毒婦。 〈木嶋佳苗100日裁判傍聴記〉
北原みのり 木嶋佳苗100日裁判傍聴記 〈佐藤優対談収録完全版〉
北夏輝 恋都の狐さん
北夏輝 美都《みと》で恋めぐり

北　夏輝　狐さんの恋結び
岸本佐知子 編訳　変《ヘン》愛《アイ》小説集
岸本佐知子 編　変愛小説集　日本作家編
木原浩勝　文庫版 現世《うつしよ》怪談㈠　主人の帰り
木原浩勝　文庫版 現世怪談㈡　白刃の盾
木原浩勝　増補改訂版 もう一つの「バルス」〈―宮崎駿と『天空の城ラピュタ』の時代―〉
喜国雅彦・国樹由香　メフィストの漫画
清武英利　石つぶて〈警視庁 二課刑事の残したもの〉
黒岩重吾　新装版 古代史への旅
栗本　薫　新装版 絃《いと》の聖域
栗本　薫　新装版 ぼくらの時代
栗本　薫　新装版 優しい密室
栗本　薫　新装版 鬼面の研究
黒井千次　カーテンコール
黒井千次　日の砦
倉橋由美子　よもつひらさか往還
黒柳徹子　窓ぎわのトットちゃん 新組版
工藤美代子　今朝の骨肉、夕べのみそ汁
倉知　淳　新装版 星降り山荘の殺人

倉知　淳　シュークリーム・パニック
熊谷達也　浜の甚兵衛
鯨　統一郎　タイムスリップ森鷗外
倉阪鬼一郎　大江戸秘脚便
倉阪鬼一郎　娘飛脚を救え〈大江戸秘脚便〉
倉阪鬼一郎　開運十社巡り〈大江戸秘脚便〉
倉阪鬼一郎　決戦、武甲山〈大江戸秘脚便〉
倉阪鬼一郎　八丁堀の忍
倉阪鬼一郎　八丁堀の忍㈡〈大川端の死闘〉
草野たき　ハチミツドロップス
黒田研二　ウェディング・ドレス
黒田研二　ペルソナ探偵
黒田研二　ナナフシの恋〈～Mimetic Girl～〉
黒野　耐《たえる》　「たられば」の日本戦争史〈もし真珠湾攻撃がなかったら〉
楠木誠一郎　火除け地蔵〈立ち退き長屋顛末記〉
楠木誠一郎　聞き耳地蔵〈立ち退き長屋顛末記〉
群像 編　12星座小説集
草凪　優　わたしの突然。あの日の出来事。
草凪　優　芯までとけて。最高の私。

桑原水菜　弥次喜多化かし道中
朽木　祥　風の靴
黒木　渚　壁の鹿
栗山圭介　居酒屋ふじ
栗山圭介　国士舘物語
決戦！シリーズ　決戦！関ヶ原
決戦！シリーズ　決戦！大坂城
決戦！シリーズ　決戦！本能寺
決戦！シリーズ　決戦！川中島
決戦！シリーズ　決戦！桶狭間
小峰　元　アルキメデスは手を汚さない
今野　敏　ST 警視庁科学特捜班 エピソード1〈新装版〉
今野　敏　ST 警視庁科学特捜班 毒物殺人〈新装版〉
今野　敏　ST 警視庁科学特捜班〈黒いモスクワ〉
今野　敏　ST 警視庁科学特捜班〈青の調査ファイル〉
今野　敏　ST 警視庁科学特捜班〈赤の調査ファイル〉
今野　敏　ST 警視庁科学特捜班〈黄の調査ファイル〉
今野　敏　ST 警視庁科学特捜班〈緑の調査ファイル〉
今野　敏　ST 警視庁科学特捜班〈黒の調査ファイル〉

講談社文庫 目録

2019年6月15日現在